나와 호랑이님 4

지금처럼 사이좋게

KB012151

카넬 지음
영인 일러스트

목차

시작하는 이야기

마당에서 뛰어노는 아이들을 바라보고 있자니 일상의 모든 피로가 씻기는 것만 같다. 장녀, 미내. 은하수를 뜻하는 미리내에서 따온 이름만큼이나 예쁘고 귀여운 아이다. 내가 아닌 아내를 닮은 것이 아버지로서 너무나 고맙다.

"너! 내가 밖에서 놀 때 엄마 힘들지 않게 옷 더럽히지 말라고 했지?! 말을 하면 좀 들으란 말이야!"

그 성격까지 닮은 건 어떨지 모르겠지만. 나중에 미래가 크게 되면 나에게도 똑같이 대하지 않을까 조금 걱정이 된다. 혹시 모를 그 날을 위해 지금부터 권위 있는 아버지가 되도록 노력하자.

"누, 누나. 일단 그거, 그거 내려놓고 말하자. 응? **동생들**하고 놀다가 그런 거니까. 응? 내 잘못이 아니라고~!"

빗자루를 손에 쥐고 엄포를 떠는 미내에게 겁에 질려 두 손을 휘젓는 둘째의 이름은 미루. 용을 뜻하는 미르에서 따온 이름이다. 이름만 보면 뭔가 멋있어야 할 것 같지만 불쌍하게도 아빠인 나를 쏙 빼닮아서 엄마의 덕을 못 본 녀석이다. 성격까지 나를 닮았는지 미내에게 기를 못 펴고 살고 있지만, 뭐. 어렸을 때는 다 그렇게 자라는 거지. 나중에 나이가 들고 나서 누나와 자신은 종이 다르다는 것을 깨달아라.

"거기서 뭐해?"

"응?"

뒤를 돌아보자 내가 사랑하는 나래가 앞치마에 손을 닦고 있었다. 나래는 10년 전과 비교해도 키가 조금 커지고 성숙해진 외모와 허리까지 내려오는 머리카락 말고는 시간의 흐름을 느낄 수 있는 부분이 없어서 주위의 부러움을 많이 사고 있다. 특히나 나래와 결혼한 나에 대한 시샘과 부러움은 말을 못할 정도지. 그 사람들은 우리가 소꿉친구에서 연인으로 발전해, 그리고 결혼까지 가기 위해 내가 얼마나 많은 노력을 했는지 상상도 못할 거다. 그 노력을 행복으로 보답받고 있으니 상관 없지만. 다만 옛날 버릇 때문에 아이들 앞에서도 반말을 하는 건 조금 고쳐 줬으면 하는데. 언제까지 우리가 애들도 아니고 말이야.

"이상해……."

나래가 턱을 매만지며 말했다.

"뭐가?"

"이상한 생각 하고 있지?"

이상한 생각까지는 아닌데.

"내가 옛날보다 늙었다고 생각하는 거 아니야?"

무섭다, 마누라. 뭐가 무섭냐면 아무렇지 않게 마루에 있는 TV를 손가락으로 툭툭 건드리는 것이 무섭다. 손가락을 가볍게 튕기는 것만으로 내 월급의 상당수를 다시 TV에 투자하게 만들 수 있다는 것이 무서워.

"그거 아직 할부도 다 못 갚았는데요."

"내 돈으로 사면 돼?"

……부르주아란.

"뭐 그런 걸 신경 쓰고 계세요? 시간 지나면 다 늙는 거죠."

내 당연한 이야기에 나래가 아랫입술을 깨물고 흥 하며 고개를 돌린다. 아, 삐쳤다.

"당연히 신경 쓰이지. 나는 언니하고 동생들하고 다르게 늙어 가니까."

언니? 동생들? 무슨 말이지? 나래는 외동인데. 뭔가 이상한 기분이 들었을 때, 끼이익~ 하는 소리와 함께 마당에 있는 대문이 활짝 열렸다.

문 너머로 은빛으로 보이는 하얀 머리카락을 곱게 땋아 올린 귀여운 소녀, 랑이가 보인다. 그리고 양옆에는 랑이를 쏙 빼닮은 꼬마 둘이 있었다. 본 적은 없지만 랑이가 지금보다 어려 보인다면 저런 모습이지 않을까. 그 정도로 아이들은 랑이를 쏙 빼닮았다.

"낭군님아! 나 왔느니라!"

……지금 랑이가 뭐라고 했지? 낭군님이라고 했나? 누구를? 주위를 둘러봐도 여기에 성 염색체가 XY인 사람은 나밖에 없다. 아니, 저 녀석의 지아비가 될 사람은 나밖에 없으니까 나

를 부르는 건 맞을 텐데 마음에 걸리는 게 있다. 그래, 랑이의 옆에 있는 두 아이들 말이다. 생각이 거기까지 미치자 입이 떡 벌어져서 다물어지지 않았다. 나, 남편은 누구입니까? 아니, 아니! 분명히 내가 남편이겠지만 아무리 생각해 봐도 **저 모 습**으로 결혼했다는 건 인륜이라든가, 상식이라든가, 여러 가지로 문제가 있으니까 그건 아니겠지! 당황하는 나를 이상하게 보던 나래가 가볍게 고개를 숙이며 말했다.

"오셨어요, 언니?"

"응! 우리 아이들이 더 놀고 싶다고 해서 조금 늦었느니라."

아이들? 아이들?! 그래. 아이들이지. 랑이까지 세 명의 아이들. 그런데 왜냐. 왜 내 등 뒤에 땀이 흐르는 거냐.

"아빠~."

"아빠도 놀자~."

두 아이들이 내게 달려온다. 그러니까 내가 저 아이들의 아버지라는 말이고, 랑이가 어린아이의 모습으로 있다는 말은 다시 말하면…….

"으아아아아악!!"

미칠 듯이 뛰는 가슴을 한 손으로 누르며 격한 숨을 내쉰다. 등 뒤는 이미 식은땀으로 범벅이 되어 있고 미칠 듯이 뛰는 심장은 진정할 기미가 없다. 손을 들어 이마의 땀을 닦고 머리맡에 놔둔 휴대폰으로 날짜를 확인한다. 하루가 지났을 뿐이다. 다행이다. 꿈이었구나. 개꿈. 지독한 악몽 같은 개꿈이었다는 말이지.

"후우……."

안도의 한숨이 나왔다. 뭐야. 도대체 무슨 꿈을 꾼 거냐. 기분 좋은, 정말로 내가 꿈에 그리던 일이 정말로 꿈으로 나왔는데 랑이가 나타난 것만으로 단번에 악몽이 돼 버렸다. 아니, 정정하자. 어린아이인 채로 내 아이로 보이는 꼬마 애들의 손을 잡고 있는 랑이 때문이지. 적어도! 최소한! 어른의 모습으로 나와 주면 안 되는 거냐?! 꿈이잖아! 난 꿈에서도 네가 어른의 모습으로 성장한 걸 못 보는 거야?

내가 이런 꿈을 꾸게 된 건 바로 어제 있었던 인간쓰레기 인증이 관련돼 있는 것 같다.

나는 바로 어제. 내가 예전부터 줄곧 좋아하던 나래와 요 며칠 사이에 좋아하게 된 랑이에게 둘 다 좋아한다는 고백을 했다. 너희 둘을 모두 좋아하고 누구 하나도 포기할 수 없다는, 참 이런 말 하면 안 되겠지만, 병신 같은 고백을 말이야. 방금 꾼 꿈도 그것과 연관되어 있다고 생각하면 이해가 된다.

……그런데 내가 무슨 꿈을 꿨더라. 나래와 랑이가 나오는 상당히 끔찍한 꿈이었던 것 같은데 왜 끔찍했는지 잘 기억이 안 난다. 꿈이라는 게 원래 그런 거긴 하지만.

뭐, 어때. 그럼 좋은 거지. 잊자. 끔찍한 꿈을 기껏 잊어버렸는데 뭘 생각해 내려는 거야?

나는 머리를 흔들고 마음의 안정을 되찾기 위해서 옆을 내려다보았다. 내가 사랑하는 소녀와 내가 좋아하는 어린아이가 잠들어 있었다. 어젯밤 늦게까지 이야기를 나눠서 아직 못 일어나는 것 같다. 악몽만 아니었다면 나도 자고 있었겠지. 둘이 서로 껴안고 자고 있는 모습이 마치 사이좋은 자매처럼 보인다. 나래는 랑이를 한 손으로 껴안고 있었고, 랑이는 나래의 품에 안겨 가슴에 얼굴을 묻고 마치 젖을 빠는 아기처럼……?!

"음냐음냐……."

"으……응."

아니, 아니, 아니!! 그건 아니지! 야, 인마! 네 나이가 몇인데 그런 짓을 하는 거냐?! 말 그대로 랑이에게 아기를 가진 어머니의 역할을 강요당하고 있는 나래는 얼굴을 붉힌 채 몸을 움찔움찔 떨었다.

……못 본 거로 하겠습니다. 나는 재빨리, 하지만 조용히 방에서 기어 나왔다. 내가 조금 전에 본 것은 잊기로 하자. 그래. 랑이는 단순히 잠결에 아기 같은 짓을 한 것뿐이다. 머릿속의 망상이 폭주하기 전에 씻자. 차가운 지리산 지하수로 잠깐 머리 좀 식히는 게 좋겠다.

세희가 자고 있을 수도 있는 안방 말고 마당을 질러 부엌에 들어갔지만 그런 내 배려는 우습다는 듯 귀신은 부엌에 있었다. 검은색 한복에 흰색 앞치마를 두른 세희는 국자에 담긴 국물의 간을 보다가 고개를 돌려 내게 말했다.

"생각보다 일찍 일어나셨군요, 도련님."

"평소보다 늦게 일어났는데."

"어젯밤에 거사를 연속해서 치르셨기에 오후쯤에야 일어나실 거라 생각하고 있었습니다."

어허, 통재라. 이놈의 귀신은 아침부터 무슨 헛소리를 하는 것이느냐.

"여기서 인간이 귀신을 성불시키는 거사를 일으켜 줄까."

"레벨 1 슬라임이 만렙 용사에게 덤비는 꼴이겠군요."

레벨 5 정도는 된다고 생각한다.

"참고로 제 레벨은 소수이기 때문에 레벨 4 데스는 통하지 않습니다."

"네가 생각해서 내가 모를 것 같은 소리는 하지 마라."

"세상에. 이걸 모르십니까? 이래서 요즘 아이들은…… 쯧."

딱하다는 듯이 혀를 차며 나를 내려다보는 세희에게 나는 그대로 되돌려 주기로 했다.

"이래서 나이가 많은 아주머……."

"도련님."

국자란 국물을 뜨는 부분이 휘어져 있어야 한다. 그렇다면 지금 세희가 들고 있는 일자형 주방기구는 뭐라고 불러야 할까. 국자였던 것? 형식을 파괴한 새로운 국자?

"부엌에는 무슨 용무로 오셨습니까?"

"아니, 그냥, 좀, 씻으려고."

"마침 국에 고기를 좀 넣고 싶어졌는데 들어가시겠습니까? 육수를 우리는 데 도움을 주셔도 괜찮습니다."

"사양한다."

"그러면 이상한 말씀은 그만 거두시고 가서 씻으시지요."

"응."

나는 말 잘 듣는 순한 양처럼 세희의 말에 따르기로 했다. 역시 그런 이야기는 싫어하는구나. 그렇지만, 야. 생각해 보면 너도 살아오기는 랑이만큼이나…….

"지금 씻으러 가겠습니다."

세희가 부엌칼로 오자미 놀이를 시작하는 것과 동시에 나는 욕실로 도망쳤다.

찬물로 씻고 나오니 부엌에는 아무도 없었다. 세희한테 갈 아입을 옷 좀 달라고 해야 하는데. 방에 들어가면 있겠지만 나 래와 랑이가 안에서 자고 있으니 들어가고 싶지가 않다. 다른 이유가 아니라 잘 자고 있는 녀석들을 깨우고 싶지 않은 거야. 방에서 나오기 전에 본 건 전혀 상관이 없습니다.

나는 머리를 휘젓는 것으로 기억을 다시 깊은 곳으로 가라 앉힌 다음 세희를 찾을 생각을 했다. 말 한 마디만 하면 어디 선가 툭 튀어나오겠지만, 이번 기회에 다시 한 번 말하겠다. 나는 그런 비정상적인 일에 익숙해지고 싶은 생각은 없다. 이 미 너무 멀리 와 버린 것 같지만 이렇게 가끔씩 생각이 날 때 라도 되새기는 것은 중요한 일이다. 그럼. 이런 일에 너무 익 숙해져 버리면 문을 잠그고 컴퓨터로 동영상을 보고 있을 때 세희가 공포 영화의 귀신처럼 튀어나와도 그런가 보다 하며 하던 일을 계속 하려고 할 것 같으니까. 지금은 생각만 해도 오싹할 일이지만 익숙해지다 보면 나중에 그렇게 안 되라는 법도 없다. 이런 생활이 계속되면 진짜로 그럴 거 같아. 나의 밝고 건전한 미래를 위해 세희를 찾아 안방으로 들어갔다.

"……빨리 일어났네?"

방에서 자고 있을 거라 생각한 나래가 안방에서 날 맞이해 줬다. 나는 아침 인사를 하려다가 입에서 뭔가 튀어나오려는 것을 손으로 가리고 뒤로 한 걸음 물러났다. 아직 잠에서 덜 깬 나래는 고개를 갸우뚱거리고 눈을 깜빡였다. 지금 모습으로 유추해 보아 내 생명은 앞으로 30초 정도 남은 것 같다. 그렇다면 죽기 전에 내가 본 걸 이야기하자.

나래는 조금 전까지 잠들어 있었다는 듯 부스스한 머리로 아직 잘 떠지지 않는 눈을 손등으로 비비고 있었다. 그것뿐이라면 잠에서 덜 깬 나래는 귀엽구나! 이 한 마디로 끝났겠지만 문제는 다른 것에 있다. 그렇다. 잠에서 덜 깬 나래는 어젯밤에 입고 잤던 그 잠옷 차림으로 안방까지 온 것이다.

"……?"

세희가 주고 랑이가 가져와 나래가 입은 것으로 완성된 알몸 와이셔츠 말이다. 팬티를 입고 있기에 진정한 의미의 알몸 와이셔츠는 아니지만 오히려 와이셔츠 아래로 빼꼼 보이는 팬티가 더 사람의 마음을 두근거리게 만든다. 그것뿐일까. 랑이 때문일지는 몰라도 위에서부터 단추가 4개나 풀어져 있어서 그 사이로 보이는 끝이 가려진 나래의 가슴이…….

"!!"

나래가 정신을 차리는 대신 내 정신이 사라졌다.

안면에 통증을 느끼며 정신을 차렸다.

"일어나셨습니까."

눈을 뜨자마자 보이는 것이 세희의 내려다보는 얼굴이라니. 나는 지금까지 살아오면서 얼마나 많은 죄를 지은 걸까. 농담이지만. 상황을 보니 나래의 '부끄러우니까 머릿속을 비워 주겠어 펀치.'를 맞고 정신을 잃은 나를 세희가 보살펴 주고 있었던 것 같다. 세희의 무릎베개는 이번이 두 번째이지만 그다지 기쁘지 않은 건 왜일까. 나래나 랑이가 해 주면 정말 기분 좋을 것 같은데. 나는 몸을 일으켰다.

"나래 님의 주먹을 맞고 기절한 도련님이 정신이 들 때까지 잠시 제 허벅지를 빌려 드렸습니다."

나는 솔직하게 대답했다.

"고마워."

"대여료는 3백만 원입니다."

안 고맙다.

"랑이를 담보로 대출 가능하냐?"

"죽고 싶습니까."

"농담입니다."

그러니까 옛 기억이 되살아날 것 같은 무서운 눈으로 노려보지 말아 주세요. 세희의 화가 가라앉은 다음에 나는 슬쩍 물어봤다.

"나래는?"

"싫다는 주인님을 끌고 가서 같이 씻고 계십니다."

마치 도망치려는 애완동물을 끌고 가는 풍경 같았겠지. 그런데 나하고 같이 씻을 때는 좋아하는 녀석이 왜 그랬을지 궁금하다.

"오늘은 도련님의 냄새가 한층 더 짙게 배어 있다는 것이 그이유였습니다."

"친절한 설명 감사합니다."

"그래서."

세희가 진지하게 물어 보았다.

"주인님의 자제 분은 언제쯤에야 볼 수 있습니까?"

나도 진지하게 대답했다.

"내 인간성과 윤리 의식과 인간의 상식이 사라지는 날이다, 이 자식아."

"오늘입니까."

"네가 뼈 몽둥이로 맞고도 그런 소리를 할 수 있나 궁금한데."

"제가 아라 같은 애송이 요괴인 줄 아십…… 이런, 실례했습니다. 그런 바둑이 하품만도 못한 애송이에게 곤욕을 치르신 쥐며느리 같은 도련님께 할 말은 아니었군요."

"파충류에서 격이 떨어졌잖아!!"

자기가 말하고도 이건 아니라는 것을 깨달았다. 원래는 말은 그렇게 하면서도 하고 싶은 말은 다 하는 것에 딴죽을 걸어야 했는데! 후회하는 나를 보며 세희가 입꼬리를 올렸다.

"이쪽 세계에 오신 것을 환영합니다."

"거기가 어떤 세계인지 관심도 흥미도 없다."

"붉은 달이 뜨면 검은색 드레스를 입은 아가씨가 홍차를 마시며 후후, 흑화될 것 같군, 이라고 말하는 세계입니다."

"죽을 때까지 가고 싶지 않습니다."

"하긴 그렇군요. 어린 소녀를 보며 후후, 발정하는군, 이라고 말하는 세계에 살고 계시니까요."

"그런 세계는 없거든?"

"그런데 신기하군요. 아직 요술의 영향이 사라지지 않았는데 아무 일도 저지르지 않으셨다니요."

"……뭐?"

이건 무슨 마른하늘의 날벼락 같은 소리냐.

"왜 그렇게 놀라십니까? 제가 도련님께 요술을 걸었다는 것은 3권, 이런, 나중에 출판하게 되면 세계관을 파괴하게 될 말을, 어쨌든 저번에 말씀드리지 않았습니까?"

딴죽 걸 곳이 많은 건 세희가 이야기를 산으로 보내려고 하기 때문이라는 사실을 눈치챈 나는 가장 중요한 것에만 집중했다.

"풀지 않았던 거냐."

"시간이 지나면 풀릴 겁니다. 안 풀리면 어쩔 수 없는 거지요."

이 무슨 무책임한 소리인가.

"야, 이 자식아."

"그렇다 해도 지금까지와 별다를 것이 없기에 일상생활에 문제는 없을 겁니다. **저번과 같이 중요한 순간에 조금 더 자신의 마음에 솔직해질 뿐이니까.** 그렇다고 도련님께서 주인님과 나래 님의 앞에서 알몸으로 훌라 댄스를 추실 것도 아니지 않습니까?"

"그건 내가 솔직해지는 게 아니라 마음에 병이 들어야 가능한 일이겠지."

"그 날이 오기를 즐겁게 기다리고 있겠습니다."

"나, 네 주인님 맞냐."

"지금이라도 충성의 증거로 도련님의 발가락을 구석구석 정성스럽게 핥을 수 있습니다. 물론 그런 행동을 하게 만든 책임은 도련님께서 지셔야 하겠지만요."

"하지 마."

세희와 평소와 다름없는 대화를 하고 있는데 부엌 쪽의 문이 열렸다. 방 안으로 들어온 것은 랑이였다.

"아, 성훈아! 정신이 들었느냐!"

나는 방금 씻고 나와서 뽀송뽀송해진 랑이를 흐뭇하게 바라보기도 전에 깜짝 놀랐다.

"어, 그런데…… 너 옷이 왜 그래?"

평소에 랑이는 옷을 디자인한 귀신의 정신 상태가 의심될 정도로 제멋대로 한복을 개조한 상의에 짧은 반바지를 입고 다녔다. 세희가 2주일이 넘게 그 옷 하나만을 고집했지. 단 한 번, 위엄을 차려야 했던 일 때문에 갈아입은 것을 빼면 말이야. 그런데 오늘은 한 번도 본 적 없는 옷을 입었다. 내가 옷에 대해서 잘은 모르지만 저런 옷을 차이나 드레스라고 부르는 것 정도는 알고 있다. 다만 평소에 알고 있던 차이나 드레스와는 디자인이 조금 다르다. 일단 옷이 상, 하의로 나누어져 있다. 상의는 반팔로 허리까지만 내려올 정도로 짧다. 아래에는 위와 맞춘 듯한 라인이 돋보이는 바지를 입고 있다. 색은 모두 하얀색. 가슴팍에 꽃무늬가 들어가서 밋밋해 보이지 않도록 하고 있지만 굴곡이 없는 무늬를 보니 랑이의 작은 가……. 아니, 슬픈 이야기는 그만두고. 다시 돌아가서, 마지막으로 보통의 차이나 드레스와 다른 점은 지금 입고 있는 옷도 가슴 아래쪽부터 옆트임이 있다는 것이다. 이제는 랑이가 더운 걸 싫어해서인지 아니면 단순한 세희의 취향 문제인지 모르겠다.

"둘 다입니다."

둘 다라고 합니다. 그건 그렇고 평소와 다른 옷에 치마를 입으니까 색다른 느낌이 들어서 그 귀여움에 다시 한 번 반했다. ……아니, 이런 이야기는 하지 말고.

내가 색다른 변신에 놀라서 아무 말도 못 하고 있자 랑이가 귀를 쫑긋거리고는 불안해하는 듯 떨리는 목소리로 말했다.

"이, 이상하느냐?"

이런. 옆에 있는 세희의 눈초리가 따가워졌다. 내 심장이 두근 하고 뛴 것도 세희 때문이다. 랑이가 귀를 만지작거리며 내 눈치를 살짝살짝 살피는 것 때문이 아니야. 나는 랑이에게 느낀 그대로 말했다.

"그럴 리가 없잖아. 표정 보면 몰라? 완전히 넋이 나간 거야."

내 말을 나래가 가로채 갔다. 아, 맞다. 나래도 랑이와 같이 씻었다고 했지?

……잠깐.

그렇다는 것은 나래도 차이나 드레스를 입었다는 거지? 오, 맙소사. 나래가 차이나 드레스라니. 차이나 드레스는 내 취향상 슬림한 랑이보다 풍만한 나래가 입을 경우 그 매력이 두 배, 아니, 그 이상으로 늘어난다! 나는 기대감에 가득 차서 랑이의 뒤쪽으로 시선을 돌렸다. 그리고 세상은 그렇게 만만치 않다는 사실을 다시 한 번 깨달았다. 나래는 평소와 같이 탱크톱에 핫팬츠를 입고 있었거든. 안다. 자기 멋대로 기대하고 자

기 멋대로 실망한 거라는 거. 그래도, 그래도 말이다.

나래가 차이나 드레스 입은 모습이 보고 싶었다아아아아!

"……너 생각하는 게 다 보이거든?"

나래가 아랫입술을 깨물며 성큼성큼 다가와서 내 귀를 쭈욱 잡아당겼다.

"아야야야야야!!"

"내가 왜 너를 위해서 저런 옷을 입어야 되는지 설명 좀 해 봐."

"전 그런 말 안 했습니다!"

"그런 생각은 했잖아."

"……입었으면 좋았겠다고 생각했는데요."

"그래서?"

"살려 주세요."

나래의 표정을 보아하니 반쯤 죽일 생각인 것 같다.

"나래야! 나래야! 성훈이가 많이 아파하느니라! 그만 놓아주어라!"

랑이가 안절부절못해 두 팔을 들고 폴짝폴짝 뛰며 말한다. 그렇습니다, 나래 님. 저를 걱정하는 랑이가 불쌍하지도 않습니까? 그러니까 놓아주세요! 귀가 뜯겨 나갈 것 같습니다!

하지만 나래는 미소를 지으며 말했다.

"괜찮아, 랑이야. 성훈이는 이런 것도 좋아하거든."

거짓말이다!

"좋아하지?"

요술을 배우게 된 후, 나래가 기분이 나빠지면 머리카락을 풀풀 날릴 수 있다는 사실을 깨닫게 된 나는 예, 아니면 그렇습니다, 만을 말하게 되는 저주에 걸리고 말았다.

"예, 그렇습니다."

"바둑이와 좋은 친구가 되시겠군요."

강 건너 불구경하는 세희에게 한 마디 해 주려는데 갑자기 옆에서 랑이가 눈을 번쩍였다.

"그러하느냐?"

안 좋은 예감이 든다.

"그러면 나도 성훈이를 기쁘게 해 주겠느니라!"

나와 나래가 뭐라 말할 틈도 없이 랑이가 내 몸을 다람쥐처럼 타고 오르더니 입을 크게 벌렸다. 다시 말하지만 랑이가 저렇게 입을 크게 벌릴 때는 뭔가를 먹을 때밖에 없다.

"냠."

덥석. 랑이는 이빨을 세워 내 귀를 무는 것으로 끝내지 않고,

"히익?!"

혀로 날름날름 핥았다.

"하, 하앙?!"

"기, 기분 나빠!"

짜악!!

한쪽 볼에는 손자국, 한쪽 귀에는 이빨 자국을 새긴 채 아침 식사를 마치고 세희가 설거지하는 틈을 타서 느긋하게 뉴스를

본다. 랑이는 배가 불러서 내 다리를 벌리더니 바닥에 앉아 소파의 앉는 부분에 등을 기대고 허벅지를 베개 삼아 잠들었고 나래는 커피를 타러 부엌으로 들어갔다. 아아, 평화롭다. 그래. 이런 게 일상이지. 더 이상 이것저것 생각하고 머리 굴리며 사소한 일 하나하나에 신경 쓰며 언제 무슨 문제가 터질지 모르는 살얼음 위를 걷는 생활은 이제 좀 그만뒀으면 좋겠다. 그동안 고생 많이 했으니까 이제 여름방학이 끝날 때까지는 좀 편하게 지내자. 그 정도는 허락해 줘도 되잖아?

"뭐 보고 있어?"

부엌에서 나온 나래가 손에 머그컵을 들고 내 옆에 앉는다. 향만 좋고 맛은 없는 커피를 왜 마실까 궁금해하며 대답했다.

"뉴스요."

"……안 어울려."

속에서 울컥하고 솟아오른 감정에 나는 아무 말 없이 **98번**으로 채널을 돌렸다. 죽을 각오를 하고 한 장난이었지만…… 내 예상과는 달리 교육 방송이 나왔다. 이런, 젠장! 속였구나, 세희!! 이런 걸 속이다니! 네놈은 피도 눈물도 없냐?! 혼자 있을 때 몰래 보려고 했는데!

"아, 그러고 보니까."

다시 채널을 돌리는데 나래가 커피를 한 잔 마시고는 이해 안 되는 말을 해 왔다.

"모레부터 보충 수업이니까 내일 올라가야 하는 거 알지?"

"……예?"

그게 무슨 말씀이십니까? 어리둥절해 있는 내게 나래가 말했다.

"왜 그래? 꼭 처음 듣는 사람처럼?"

"아니요. 말 그대로 처음 듣는데요."

나래가 눈썹을 추켜세웠다.

"그저께 말했잖아. 너 보충 수업에 데려가려고 왔다고."

……머리 저편 어딘가 잊고 있었던 기억이 되살아난다. 하루가 한 달같이 멀게 느껴져서 잘 기억이 안 난단 말이야. 그래. 그런 이야기를 했었던 기억이 있어. 하지만, 나래야.

"그거 그냥 핑계 아니었어?"

나래가 고개를 갸웃거리며 말했다.

"응? 무슨 핑계?"

"사실은 나를 보고 싶어서 온 걸 숨기아아아아아악!!"

"바, 바보얏!!"

"으냐앗?!"

손! 손! 제 옆구리에서 그 손 좀 치워 주세요!

"내, 내가 왜 그런 핑계를 대는데?!"

나는 나래가 대답하라는 뜻으로 옆구리를 놓아주는 즉시 대답했다.

"좋아하니까?"

상처받았다. 나래의, '뭐야. 이 새끼는. 짜증나. 죽일까? 커피를 끼얹어 버려?' 하는 생각이 고스란히 드러나는 표정과 슬쩍 움직이는 머그잔에 상처받았다.

"짜증나."

"죄송합니다. 제가 분수도 모르고 기어올랐습니다."

나는 허리를 숙이며 사과했다. 그리고 그 위에 뭔가가 올라탔다. 뭐라 생각할 것도 없이 랑이다. 내 비명 소리에 깬 것 같다.

"무, 무슨 일이느냐? 누가 널 해치려 하느냐?!"

벽에 걸린 거울에 랑이가 긴장한 얼굴로 내 등 위에 올라타서 몸을 낮추고 손을 이마에 댄 채 고개를 좌우로 두리번거리는 모습이 보인다. 그러지 마라. 내가 무슨 망루냐.

"미안, 랑이야. 성훈이하고 장난치다가 깨워 버렸네. 더 자도 돼."

속담에 이런 말이 있다. 장난으로 찌른 옆구리에 불쌍한 강성훈 죽는다. 호랑이 굴에 들어가도 화나게 하면 산다는 속담에 등장하는 요괴님은 장난이라는 말에 안심하고 없는 가슴을 쓸어내렸다. 다 좋은데 일단 내려와서 해라. 내 허리 부러지겠다.

"내려와."

"알겠느니라."

랑이가 내 몸을 딛고 뜀틀을 넘듯 두 다리를 펴고 앞쪽으로 뛰어내려 두 팔을 양옆으로 쫙 폈다. 10점 만점에 10점일 것 같은 균형 잡힌 자세. 나도 균형 잡힌 몸을 위해 허리를 세웠다. 그랬더니 랑이가 자연스럽게 뒤로 폴짝 뛰더니 내 허벅지 위에 앉는다. 너무 자연스럽게 앉아서 할 말이 이것밖에 없었다.

"야, 인마."

"왜 그러느냐?"

랑이가 머리를 뒤로 젖히며 물어 온다. 밤하늘의 달빛을 가득 담은 그 눈동자에, 남아 있는 말도 사라지고 말았다. 그래서 행동으로 내 마음을 전하기로 했다. 나는 랑이의 배에 두 손을 올린 다음,

"응?"

간질였다.

"꺄웅?! 가, 간지럽다! 하, 하지 말거……히히힛!!"

"요놈아. 내가 네 의자냐? 안 내려와?"

"그, 그만하거라!"

몸을 들썩들썩거리면서도 용케 내 무릎 위에서 떨어지지 않는 이 녀석을 보자니 고양잇과의 균형 감각은 장난이 아니라는 것이 피부로 와 닿았다.

"그만해."

곰의 힘이 장난이 아니라는 것도 말이야.

"끄어억!"

"하아, 하아."

눈물을 찔끔 흘린 랑이의 몸에 기대서 내 옆구리의 상태를 확인해 본다. 괜찮아. 안에 있는 내장의 위치가 한쪽으로 몰릴 정도로 아팠지만 구멍은 뚫리지 않았으니까.

"랑이하고 장난치지 말고. 나하고 이야기하던 중이었잖아."

새침하게 나래가 핀잔을 준다. 그게요, 나래 님. 다른 이야기라면 이렇게 딴청을 피우지 않았을 텐데 보충 수업이라는 화제를 꺼내신 게 문제입니다. 이게 다 내 잘못이라는 거야? 나래의 눈이 번쩍인다. 요술을 배우면서 이상한 것도 많이 배운 것 같다.

"왜 갑자기 보충 수업 이야기입니까."

나는 살기 위해 화제로 삼고 싶지 않은 이야기를 꺼냈다.

"보충 수업이 무엇이느냐?"

랑이가 대화에 끼어들었다. 나이스 어시스트. 이걸 기회로 자연스럽게 화제를 돌리자. 나는 친절하게 보충 수업이라는 것을 랑이에게 설명해 주기로 마음먹었다. 물론 그 전에 기본적인 상식에 대해 물어봐야지.

"너 학교라는 곳은 알아?"

"우……. 성훈은 가끔씩 나를 너무 무시하는 것 같으니라."

랑이가 볼을 부풀리고 뿌뿌거리며 투정을 부리지만, 네가 평소에 한 행동을 봐라. 넌 이런 쪽으로는 무시당해도 어쩔 수 없다고.

"서당하고 비슷한 것이 아니느냐?"

그래도 칭찬을 해 줄 건 칭찬해 줘야지. 나는 랑이의 머리를 쓰다듬어 주었다.

"헤헤헤."

랑이가 눈을 가늘게 뜨며 좋아하는 것과 비교되게 나래는 눈썹을 날카롭게 치키며 화를 냈다. 옙. 알기 쉽고 간단하고 빠르게 요약해서 설명하겠습니다.

"날씨가 너무 덥거나 추울 때, 학생이 학교에 안 가도 되는 걸 방학이라고 하거든? 옛날에 농번기 때 서당이 쉬던 거와 비슷한 거야."

랑이가 응, 응, 거리며 고개를 끄덕였다.

"그런데 학생이 푹 쉬어야 하는 방학에 학교에서 억지로 공부를 시키는 걸 보충 수업이라고 해.”

나는 헛기침을 하고 두 손을 들어 올리며 험악한 표정을 지었다. 랑이는 갑작스런 내 변화에 깜짝 놀라 겁에 질린 표정으로 부들부들 떨며 나를 올려다보았다.

“우리나라의 비정상적으로 과한 교육열로 인해 생겨난 무시무시한 제도로 내가 보충 수업에 가게 되면 나는 공부만 하는 기계가 돼서 집에 돌아오면 생각만 해도 끔찍한 곱하기와 나누기로 너를 괴롭히는 것밖에 모르는 무시무시한 악당이아아악?!”

“……라고 생각하면 안 돼, 랑이야. “으아악!” 보충 수업이라는 건 방학이지만 “옆구리! 내 옆구리!!” 자신의 미래를 위해 “나래야! 일단 그만! 농담이었으니까 그만!” 열심히 노력하는 학생들을 위해 “살려 주세요오오오오!!” 만들어진 거니까.”

“어, 으, 응. 자, 잘 알겠느니라.”

미소를 지으며 나긋나긋한 목소리로 설명을 하며 내 옆구리를 뜯어내는 나래에게 두려움을 느꼈는지 랑이의 표정이 굳어졌다.

“다음에도 랑이한테 이상하게 가르쳐 주면 혼날 줄 알아. 랑이는 순진해서 네 말이면 다 믿는단 말이야.”

“예.”

나는 쉽게 사라지지 않는 통증에 흘러내리는 눈물을 훔치며 대답했다. 마치 아버지와 어머니의 모습을 그대로 본뜬 것 같은 기분. 그런데 내가 아파하는 게 신경 쓰이는지 랑이가 몸을 틀어 앉고는 내 옆구리에 손을 대고 빙빙 원을 그리며 말했다.

"내 손은 약손이니라. 내 손은 약손이니라."

……고맙네, 이 녀석.

"그렇게 세게 안 꼬집었어. 성훈이가 엄살 부리는 거야."

엄살 아닙니다. 나래의 말에 랑이가 입술을 삐죽 내밀며 말했다.

"그래도 나래야. 성훈이는 내가 후 불면 날아가는 약골이라서 이런 거에도 많이많이 아파할 수 있느니라."

후 불면 날아가는 약골이 거대한 호랑이를 잡는 모습을 보고 싶으신 분? 방법은 간단하다. 랑이의 귀를 이빨로 꽉 깨물어 버리면 그만이니까. 그래도 이 정도의 일로 보충 수업에 대한 이야기를 피할 수 있었으면 남는 장사겠지.

"알았어. 그건 어쨌든, 성훈아."

"응?"

"올라갈 준비 해."

빚지고 팔게 되겠습니다. 나래가 자기 혼자서 어른이 되어 버린 바람에 랑이를 이용해서 한바탕 소동을 일으켜 화제를 돌린다는 계획이 무산됐다. 결국은 정면 승부밖에 답이 없는 건가.

"아니, 그전에요. 저 보충 수업 신청 안 했습니다."

전에도 말했듯이 나는 보충 수업을 신청하지 않았다. 아무리 우리 부모님이라고 해도 2학년 때부터는 공부를 시킬 게 뻔하기 때문에 올해는 신나게 놀려고 마음먹었거든. 그런 내가 보충 수업 같은, 놀기 좋은 방학 때 학교에 가야 하는 끔찍한 제도를 인정한다는 서류에 사인을 할 리가 없잖아. 학교 측에서도 1학년들은 그리 큰 강요를 하지 않아서 나는 담임과의 단판 승부를 통해 방학 자유이용권을 끊을 수 있었다. 그리고 이런 마음가짐을 가진 사람이 보충 수업에 참가하는 것은 진지한 마음으로 공부를 하기 위해 자진해서 학교에 나온 학우들에게도 민폐. 무엇보다 나는 보충 수업비도 안 냈다고. 세상은 예산이 지배한다. 돈도 내지 않았는데 내가 어떻게 학교에 갈 수 있겠냐?

"그럴 줄 알고 내가 신청했어."

"그게 무슨 소리입니까?!"

"왜?"

"왜 네가 내 보충 수업을 신청하는데?"

"아버님이 부탁하시던데? 우리 아들 공부 좀 시켜 달라고."

"아부지이이이!!"

나는 바지에서 휴대폰을 꺼내려고 몸을 꿈틀거렸다.

"오옷?!"

랑이는 그게 또 재미있는지 엉덩이를 들썩들썩하며 반동을 즐긴다. 이런 게 재밌나 보네. 랑이하고는 나중에 놀아 주기로 하고 지금은 아버지에게 전화를 걸자. 받을지 의문이긴 하지만 그래도 시도도 안 하는 것보다는 낫겠지. 제발 받아라!

―사용자의 요청으로 수신 거부된 번호입니다.

"어디의 부모가 자식 번호를 수신 거부해 놓는데?!"

망할 아버지!

"그리고 나 반장이라서 보충 수업 신청 정도는 쉽게 할 수 있어. 체크만 하면 되니까."

나래 님. 그런 불법 행위가 뭐가 그리 자랑스러워서 가슴을 펴며 말씀하십니까? 지금 제 정신 상태로는 그 자랑스러운 가슴을 주물럭주물럭해 버릴 수도 있습니다. 물론 그랬다가는 지리산에 뼈를 묻게 될 테니 현실 도피는 그만하자.

"신청비는?"

"어머님이 주셨어."

그렇다. 내가 바보였다. 어쩐지 결사 항쟁의 각오를 다지고 방학에는 놀 거라고 전화했을 때 마음대로 하라고 하시더니, 뒤로 이런 일을 벌이셨군. 당했다. 아예 신청을 안 했다면 모를까 속사정이야 다르지만 겉으로는 자의적으로 신청을 한 상태라 가지 않으면 일이 커진다. 담임이 젊어서 어느 정도 말이 통하긴 해도 어른은 어른인지라 이런 일에는 칼 같거든. 그 괴상망측한 성격으로 교사가 될 수 있었던 건 의외로 그런 면이 있었기 때문이겠지.

"그러니까 잔말 말고 서울 갈 준비 해."

꼭 가야 하는 겁니까.

"서울에 가는 것이느냐?"

가만히 이야기를 듣고 있던 랑이가 살짝 떨리는 목소리로 말했다. 아, 맞다. 이 녀석이 서울에 가는 걸 싫어할 수 있다는 걸 생각 못하고 있었다.

그래. 불과 2주일도 지나지 않은 일이다. 나는 아무런 생각 없이 랑이를 서울로 데려갔고 그 결과 랑이에게 큰 상처를 안겨 줬었다. 두말할 것도 없는 내 잘못이었다. 내 잘못으로 랑이에게 있어 서울은 그다지 좋은 기억이 있지 않은 곳이 되었을 수도 있다. 그리고 이 녀석의 본신이 잠들어 있고 세희의 철저한 요술로 보호돼 있는 이 집과, 음주 요술만 걸려 있는 서울. 어느 쪽이 더 심적으로 안정이 될지는 묻지 않아도 잘 알 수 있다. 웅녀와 곰의 일족의 일은 어떻게든 잘 해결된 것 같지만 세상만사가 좋은 쪽으로 돌아가지 않는다는 것을 나는 몇 번의 경험을 통해 뼈에 새겨질 정도로 잘 알고 있다. 서울로 올라가면 또 어떤 일이 벌어질지 모르는 일이다.

"괜찮습니다, 도련님."

"꺅?!"

"우왓?!"

"으냐앗!!"

아, 이번에는 나도 놀랐다. 세희가 원래 뜬금없이 나타나기로 유명하지만 이번에는 그 차원이 달랐으니까. 천장에서 거꾸로 서서 나오는 건 또 뭐야?! 그러면서도 치마가 아래로 내려오지 않는 게 무슨 공포 영화의 한 장면 같았다. 덕분에 나도 모르게 랑이를 꽉 껴안아서 요 녀석까지 놀라게 하고 말았잖아.

"평범하게 나와!"

아직 포기하지 못한 나래가 세희에게 화를 냈지만 쿨하기로 유명한 귀신님은 이번에도 가볍게 나래의 말을 무시하며 허공에서 몸을 돌려 방에 내려오며 말했다.

"지금은 서울로 올라가시기로 마음먹으신다 해도 **주인님께는** 별일이 일어나지 않을 것이니 걱정하지 않으셔도 됩니다."

그것 참 고마운 말이지만 난 너한테 아무 말도 안 했는데.

"표정만 보면 알 수 있습니다."

생각을 말자.

"아, 그런 걱정을 하고 있었느냐? 나는 괜찮으니라! 성훈이만 있어 주면 난 어디에 가도 상관없으니까!"

사랑스러운 말을 해 주네, 이 녀석. 그리고 그 귀여운 목소리에 나는 안심했다.

나는 학생이다. 어떻게 방학 동안은 이곳에 있는다 해도 개학을 하게 되면 학교 때문에 서울로 올라가야 한다. 그 때 랑이가 울며불며 가지 말라고 하면 올라갈 자신이 없다고. 그 때는 주소를 이쪽으로 옮긴 다음에 여기에서 학교를 다니는 걸 생각해 봐야겠지.

……그런데 어째 분위기가 자연스럽게 내가 서울로 올라가서 보충 수업을 받는 것으로 정해진 것 같다?

"그럼 미리미리 준비해."

확정인 것 같다. 더 이상의 쓸데없는 발언은 용서하지 않는다는 듯 나래의 손이 옆구리에 와 닿았다. 아이고, 이젠 어쩔 수 없구나. 그런데 말이다.

"……나 가지고 갈 거 없는데."

나는 이곳에 올 때 세희의 요술로 맨몸으로 왔었다. 그런데 가지고 갈 게 있을 리 없잖아.

"아니니라! 있느니라!"

그런데 랑이가 이해 못할 말을 하며 불만 섞인 표정으로 몸을 돌려 나를 정면으로 바라보며 두 손을 높이 들고 무릎 위에서 방방 뛴다. 하지 마.

"뭐가?"

랑이는 당연하다는 듯이 소리 높였다.

"랑이이니라! 성훈이는 나를 가지고 가야 하느니라! 나는 성훈의 재산목록 1호이니라!"

아, 그렇습니까. 나는 아무 말 없이 랑이의 뺨을 쭈욱 잡아당겨서 거의 한계점에 가까울 정도로 늘어났을 때 툭 놓았다.

"으냐냐냐냐얏?!"

스프링처럼 띠옹띠옹 흔들리는 두 뺨을 랑이가 두 손으로 착, 하고 누르며 아픈 것보다는 신경이 쓰이는 것이 있다는 걱정스러운 눈동자로 나를 올려다보며 말했다.

"서, 설마 나와 같이 안 갈 것이느냐?"

"그럴 리가 있냐."

"그럼 왜 그러느냐?"

네가 너무 당연한 말을 해서 그랬다, 이 자식아. ……나래하고 세희 앞이라 말해 줄 수는 없지만.

"랑이가 너무 당연한 말을 해서 그랬다는 표정으로 보이는데? 부끄러워서 말은 못 하고 있는 것 같지만."

"주인님께서 너무 당연한 말을 해서 그랬다는 표정 맞습니다. 부끄러워서 말은 못 하고 있습니다만."

……의미가 없잖아.

"아, 예. 맞습니다."

나는 머리를 짚고 싶을 정도로 골치가 아파 왔지만 그에 비해 랑이의 얼굴에는 웃음꽃이 폈다.

"그런 것이었느냐? 네가 나를 생각해 주는 마음이 나날이 커져 가는 것 같아서 기쁘느니라!"

어떻게 그런 말을 솔직하게 말할 수 있는지 모르겠다. 난 부끄러워서 말 못 하겠는데.

"그러면 잔치를 벌이자꾸나!"

나는 멍한 눈으로 랑이를 보았다. 뭔 소리냐, 이 녀석. 잔치라니. 나는 곡소리가 나와도 이상할 게 없는데.

"저번에는 너무 급하게 올라가는 바람에 아무것도 못 하고 가지 않았느냐?"

급하긴 급했지. 어머니의 전화 한 통에 급하게 올라가야 했으니까. 그러면서 두 분 다 어디론가 떠나셨으니 할 말이 없다. 어머니야 원래 그런 분이시니까 이해할 수는 있어도 왜 아버지까지 데려가셨을까. 그 방구석 폐인을 집 밖으로 끌고 가다니, 뭔가 있는 건가? 지금 신경 쓸 건 그게 아니지만.

"무슨 소리야."

"그러니까 크게 잔치를 벌려야 한다는 말이니라!"

이유가 안 된다. 말이 안 이어지고 있다고. 나는 기대에 찬 눈을 반짝반짝거리는 랑이는 잠시 혼자 놔두고 세희에게 말했다.

"해석."

"포털 사이트에 입력하시죠."

랑이어 번역기라도 있는 거냐?

"직접 물어보시면 되지 않습니까?"

그게 가장 간단하지만 나도 어느 정도 경험이 쌓였거든. 랑이의 입으로 그 이유를 들으면 내가 별말도 하지 못하고 받아 줄 수밖에 없을 것 같아서 말이야. 세희한테 들으면 반박이라도 하지.

"어차피 결과는 똑같지 않습니까."

"세상에서 가장 중요한 게 과정이라는 거 모르냐."

"패배한 개들이 세상이 날 이렇게 만들었어. 난 잘못한 게 없다고, 라고 지껄이는 변명 같은 소리는 하지 마시지요."

······넌 세상이 무섭지도 않은 거냐.

"그럼 저는 다시 뒷정리를 하러 가 보겠습니다."

"도와줄까?"

나래의 말에 세희는 고개를 흔들었다.

"지방 덩어리가 거추장스럽습니다."

"넌 거추장스러울 게 없어서 좋겠다."

"벗으면 굉장합니다."

그건 아니지.

"아무리 봐도 아니잖아."

세희는 나래에게 혀를 찬 다음, 더 이상 귀찮게 굴지 말라는 뜻으로 일어나 자리를 비웠다. 세희가 부엌으로 들어가 버렸으니 탐탁치는 않지만 돌고 돌아 언제 자신에게 말을 걸어 줄지 기대에 찬 눈으로 기다리고 있는 랑이에게 물어볼 수밖에 없었다.

"잔치는 왜 하자는 건데?"

"성훈이도 이제 내가 없으면 안 되지 않느냐?"

부정 못 한다.

"그러니까 우리의 마음이 같아졌으니 이번에는 내가 너의 집에 시집가는 날이라 생각해도 되지 않느냐?!"

x

거봐라, 할 말이 없지. 랑이의 말은 얼토당토하지 않지만 그렇다고 귀를 쫑긋거리고 꼬리를 살랑거리며 고개를 들어 내가 대답을 해 주길 기대하는 이 녀석에게 무슨 말을 할 수 있겠냐고.

"그러면 연지곤지 찍어야겠네."

그런 나를 대신해서 이야기를 듣고 있던 나래가 대신 대답해 주었다.

"연지곤지?"

랑이가 머리카락으로 물음표를 만들었다.

"그래. 시집가는 여자애는 치렁치렁한 옷을 잔뜩 입고 머리에는 관을 쓰고 양 볼하고 이마에 빨갛게 화장을 해. 그런 걸 보통 연지곤지 찍고 시집간다고 하는 거야."

나래의 설명에 랑이의 호기심이 일은 것 같다.

"그러면 예뻐지느냐?"

나는 머릿속으로 랑이가 연지곤지 찍은 모습을 상상하려고 했지만 무리였다. 아무리 노력해도 안 된다. 꽤 귀여울 것 같지만 이상하게 상상이 안 된다. 이 녀석이 그런 옷을 입고 다소곳이 내 맞은편에서 수줍어하며 고개를 숙이는 모습은 안 어울리니까.

"예뻐지기는 하는데, 그 옷이 **상당히 거추장스러운 거 알고 있니?**"

나래의 말에 랑이가 딱딱하게 굳었다. 남의 허벅지 위에 앉아 있는 녀석이 얼음이 되지 마라. 이 더위에 너를 위에 올려놓고 있는 이유가 사라지니까. 나는 랑이의 손을 주물러 줘서 몸을 풀어 주었다. 정신을 차린 랑이가 상당히 큰 각오를 하듯이 말했다.

"괘, 괜찮으니라. 성훈이가 예쁘게만 봐 준다면……."

"성훈이는 그런 옷 싫어하는데?"

거침없는 나래의 말에 랑이가 목에서 끼기긱거리는 소리를 내며 나를 돌아보았다. 그와 동시에 나래가 눈빛으로 말했다.

귀찮은 일 벌이지 않도록 그렇다고 해.

그래도 랑이가…….

어머, 성훈아. 아직도 눈치 못 챘어?

예?

나 아직 화 덜 풀렸어.

알아서 기겠습니다, 나래 님.

그렇지만 나는 순수한 눈동자로 나를 올려다보는 랑이를 똑바로 바라보며 거짓말을 할 자신이 없어서 한 손으로 눈을 가리며 말했다.

"……난 그런 옷은 조금 그런데."

절대로 노출이 낮아져서 그런 건 아니다.

"으냐앗?!"

랑이가 깜짝 놀라서 내 위에서 뛰어내렸다. 절박한 표정으로 랑이가 좌우를 둘러보더니 부엌으로 뛰어가며 외쳤다.

"세희야! 큰일이니라!! 성훈이가 내가 연지곤지 찍으면 안 예쁘다고 하였느니라!"

호랑이를 물리치니 귀신이 나오는 경우가 되진 않겠지. 불안해하는 나와는 달리 일을 이렇게 만든 장본인은 태연해 보였다. 그건 그렇고 아까 눈빛으로 나눈 대화……라고 해야 하나 내 망상이라고 해야 하나. 그게 마음에 걸려 나는 슬쩍 조심스럽게 말을 걸었다.

"화 아직 덜 풀린 거 맞아."

깨갱, 깽깽. 말을 걸 수도 없네.

"그러니까 성훈아. 랑이가 또 그럴까 봐 최대한 평소처럼 대해 주려고 노력하고 있기는 한데……."

나래는 빙긋 웃으며 내 손을 잡아 왔다. 그런데 어째서 나는 가슴이 두근거리는 이유가 좋아하는 여자아이와 손을 맞잡았기 때문이 아니라 발톱 길이가 10cm인 야생 불곰을 만났기 때문이라고 생각되는 걸까.

"아까처럼 헛소리하면 랑이 없을 때 조심해야 할 거야."

싱긋, 하고 웃는 나래였지만 나는 웃을 수 없었다. 손이, 손이 아파요. 다행인 것은 손이 부러지기 전에 랑이가 다시 안방으로 들어왔다는 거다.

"웨딩드레스를 입으면 된다 하였느니라!"

의기양양한 표정으로 저런 말이나 하면서.

출발은 내일 점심을 먹은 후에 저번과 같이 공무원 아저씨가 운전하는 자동차를 타고 가기로 했다. 나와 랑이는 가지고 갈 것이 서로 없었기 때문에 짐을 싸는 건 나래뿐이었다. 그런데 올 때는 가방을 세 개 가져왔는데 다시 올라갈 때는 왜 작은 가방 하나만 들고 가는 걸까. 방 안에 남아 있는 짐들은 어쩌려고.

"신경 쓰지 마. 혹시 몰라서 놔두고 가는 거니까."

"아니, 그래도 여기는 저희 할아버지 댁이니까 신경이 쓰이는 건 어쩔 수 없다고 생각합니다."

"그래서?"

나래의 손이 옆구리에 다가오는 게 보여서 신경 쓰지 않기로 했다. 하지만 나래보다 더한 녀석이 있었다. 내가 보기에 가장 바쁠 것 같았던 세희는 여행용 가방 하나 꺼내지 않고 준비가 모두 끝났다고 말해 나를 당혹스럽게 만들었다.

"짐은?"

"도련님께서도 저희에게 익숙해지셨으니 눈속임은 피하기로 했습니다."

세희가 소매를 가리키는 것으로 모든 이해가 끝났다. 나는 저 안에 만리장성이 들어간다고 해도 믿을 수 있어.

평소와는 달리 분주한, 나름대로 분주한 집안 분위기에 마루에서 늘어지게 잠들어 있던 바둑이도 신경이 쓰인 것 같다. 바둑이는 마루에서 엎드린 상태로 자벌레처럼 기어와 내 무릎에 턱을 올리고 늘어지게 하품을 했다.

"하아암...... 무슨 일이에요, 도련님?"

바둑이에게 보충 수업 같은 이야기를 해도 이해할 것 같지가 않기에 나는 간단하게 설명해 줬다.

"서울로 올라가려고."

"서울로요?"

바둑이가 꼬리를 흔들며 물어보기에 귀의 밑 부분을 긁어주며 말했다.

"응. 그러니까 바둑이는 집 잘 지키고 있어. 방학 끝나기 전에 또 올 거니까."

"예?"

그 말에 바둑이가 벌떡 일어나더니 갑자기 커다란 눈망울에 눈물을 고였다. 흐엇?

"왜, 왜 그래? 무슨 일 있어?"

바둑이의 머리를 쓰다듬으며 달래 본다. 바둑이가 소매로 눈가를 쓱 닦으며 말했다.

"저만 여기 혼자 놔두고 가시는 거예요?"

그, 그래야겠지? 일단 바둑이는 할아버지 댁을 지켜야 하잖아. 저번에 세희도 그렇게 말했고. 그렇다고 울음을 터트린 바둑이에게 그런 말을 하는 것은 못할 짓이다.

"왜 그래? 이번에는 같이 가고 싶어?"

바둑이가 고개를 끄덕이며 말했다.

"이제는 주인님하고 도련님이 안 계시면 친구들이 와도 쓸쓸한걸요."

바둑이도 내가 이곳에 있는 며칠간 정이 많이 든 것 같다. 워낙 사람을 잘 따르는 개라서 그런 걸까.

"저도 서울에 같이 가서 도련님을 지키고 싶은걸요. 저도 같이 가면 안 돼요?"

어린아이가 물기 어린 눈동자로 올려다보는 시선에는 알 수 없는 힘이 있다. 바둑이의 촉촉하게 젖은 갈색 눈동자를 보며 내가 다른 생각을 할 수 있을까. 난 바둑이의 처우에 대해 물어보기 위해 세희를 부르기로 했다. 울고 있는 바둑이가 있으

니 자리를 떠나기도, 큰 소리를 내는 것도 안 좋을 것 같아서
좀 다른 방법으로. 큰 소리를 냈다가 나래라도 나와 봐라. 일
단 눈빛으로 한 대 맞고 시작하는 거다. 나는 오른쪽을 보고
왼쪽을 본 다음 다시 오른쪽을 보았다. 세희가 그곳에 있었다.
……익숙해질 생각은 없지만 필요한 때는 어쩔 수 없잖아.

"괜찮습니다. 복날이 멀지 않았으니 시골은 위험할 수 있으
니까요."

야, 이 자식아. 세상에 요괴를 잡아먹으려는 사람이 어디 있
냐. 하지만 지금은 그런 걸 말할 때가 아니다. 나는 세희가 나
중에 한 말은 의도적으로 무시하며 다시 물어보았다.

"그래도 되냐? 여기 집은?"

"예전에 했던 말을 또다시 하고 싶지 않습니다."

그래. 나만 없으면 여기는 요괴 소굴이 된다는 말을 했었지.
그 말은 곧 집은 그 요괴들이 사용하면서 지킨다는 말이 된다.
나는 세희의 말을 이해하지 못하고 눈만 깜빡이고 있는 바둑
이에게 쉽게 뜻을 풀이해 줬다.

"같이 가도 괜찮대."

"정말 괜찮아요?"

바둑이가 기쁨을 숨기지 못하며 물어보았고 세희는 고개를
끄덕였다.

"그러면 저도 같이 가요, 도련님!"

바둑이가 꼬리를 흔들며 내게 달려들었다. 나는 바둑이를
받아 주다가 버티지 못하고 뒤로 넘어졌다. 바로 일어나 앉으
려는데 바둑이가 혀를 내밀어 내 볼을 핥는다. 외국으로 파병

나간 주인하고 오랜만에 감동적인 재회라도 한 강아지 같은 모습이네. 너무 좋아하는 게 눈에 보여서 뭐라고 말릴 수도 없기에 난 그저 머리를 쓰다듬어 줄 수밖에 없었다.

"그래. 이번에는 너도 같이 가자."

그건 그렇고 이러다가 얼굴이 침 범벅이 되겠다. 어떻게 하면 이 녀석을 진정시킬 수 있을까 고민하고 있는데 세희가 스쳐 지나가듯 말했다.

"마침 서울에 올라가면 귀찮은 일이 생길 텐데 잘됐군요."

바둑이의 머리를 쓰다듬던 손이 멈췄다. 이 귀신, 또 아무렇지 않게 무서운 말을 슬쩍 말하고 아무것도 모르는 척을 하고 있다. 나는 바둑이의 등에 손을 둘러서 가슴에 안아 주며 자리에서 일어나 세희에게 말했다.

"이번에는 또 뭔 소리냐?"

"혼잣말은 모르는 척하는 게 예의라 하지 않았습니까?"

그게 어딜 봐서 혼잣말이야. 나보고 들으라고 한 말이지.

"말 돌리지 말고 제대로 말해."

"지금은 심각하게 생각하실 것이 아닙니다. 제가 도련님이 다니시는 학교까지 따라갈 수는 없지 않습니까? 봐야 할 소설, 만화, 애니메이션과 해야 할 게임이 산더미같이 쌓여 있습니다."

말 돌리지 마라.

"누가 그걸 물어봤어? 그건 학교에 가면 생기는 귀찮은 일이겠지. 너는 서울에 가면 귀찮은 일이 생긴다고 했잖아."

내 말에 세희가 소매로 입을 가렸다.

"사람이 평소에 하지 않는 일을 하면 죽는다고 합니다."

"죽을 일 없으니까……."

말 돌리지 마, 라고 말하려다가 나는 세희의 시선이 내 가슴에 머리를 기대고 있는 바둑이에게 향해 있다는 사실을 깨달았다. 뭐야. 바둑이가 있어서 말할 수 없다는 거냐? 자리를 옮기고 싶으면 손짓이나 눈짓을 하라고. 그래서야 알아채기 힘들잖아!

"잠깐만 바둑아. 세희하고 할 말이 있으니까……."

"쿠우울……."

자냐?! 도대체 언제부터?! 나는 꼬리를 축 늘어뜨리고 세상 모르게 잠들어 있는 바둑이를 조심스럽게 옆에 내려놓고 마당의 가장 으슥한 곳으로 갔다. 세희는 그런 내 뒤를 따라왔다.

"처녀 귀신이 더 이상 처녀가 아니게 되었습니다, AVI."

정말 네 머릿속은 짐작도 못하겠다. 세희의 말을 받아 주다가는 정신적인 괴롭힘에 시달릴 것이 눈에 보여서 나는 바로 본론으로 들어갔다.

"그건 됐고. 귀찮은 일이라는 건 뭐야. 그런 일은 랑이가 나선 거로 다 끝난 거 아니었어?"

세희가 입꼬리를 슬쩍 올리며 나를 비웃었다.

"정보 통제는 기본적인 통치 방법입니다. 예로부터 숨길 것이 많은 정치인들은 언론 매체를 먼저 장악하곤 했지요."

네가 정치인이냐. 아니, 지금 따질 건 그게 아니지.

"왜 숨겼는데."

"그때는 그리 말씀드리는 게 도련님께 가장 좋을 것이라 생각했습니다. 까치 님 때문에 정신적으로 궁지에 몰려 있는 도련님께 어찌 진실을 말할 수 있겠습니까?"

세희의 말은 일리가 있었다. 만약 세희가 그때 사실대로 말했다면 나는 다시는 그런 일이 일어나지 않도록 무슨 짓이라도 하려고 했을 테니까. 그래. 랑이를 이용해서라도 세상의 모든 요괴란 요괴를 다…….

"그래서."

세희가 평소보다 큰 목소리로 말하는 바람에 깜짝 놀랐다. 뭐라고 한 마디 해 보고 싶었지만 세희가 바로 말을 이었다.

"도련님께서는 무엇을 알고 싶으십니까."

나중에 기회가 있을 때 사람 좀 그만 놀라게 하라고 말을 하자.

"네 말로 봐서 아직도 위험한 일이 남아 있다는 것 같은데 결국엔 어떻게 된 거야?"

"머릿속에 든 것이라고는 주인님과 나래 님에게 어떻게 하면 야한 짓을 할 수 있을까 하는 생각밖에 없는 도련님을 위해 친절하게 예를 들어 설명해 드리겠습니다."

내가 지금 필요한 건 예를 드는 것이 아니라 네가 나한테 예를 표해 주는 것이다. 지금은 이야기가 산으로 가는 게 싫어서 입 다물어 주겠지만.

"생각하시는 것 그대로 말씀하셔도 됩니다."

입꼬리를 올리는 세희에게 한 마디 할 뻔했지만 참았다.

"재미없는 어른이 되어 가시는군요."

"사춘기 소년이 할 것 같은 말은 그만두고 할 이야기나 해라."

"애태우는 법을 모르는 사내는 미움받는 법입니다."

"그러면 너는 예쁨받겠다?"

"데려가시겠습니까?"

"사절한다."

세희는 입가를 가리며 눈웃음을 지었다. 이러다가 또 잡담만 하다가 시간이 다 가겠다.

"설명은 언제 해 줄 거냐."

"인류의 범주에 들지 못하는 도련님의 아둔한 머리로도 쉽고 빠르게 이해할 수 있는 비유를 생각하고 있었습니다."

세희는 자신의 말을 지켰다.

"왕정 국가라 하더라도 모든 신하가 마음속으로부터 충성을 맹세하는 것은 아닙니다."

그건 평소와 달리 정말 알기 쉬운 예였다.

"랑이에게 불만이 있는 요괴들도 있다는 말이야?"

"요괴의 주인이라 칭하는 자격에 대한 의심도 생겨나고 있으며 또 다른 요괴를 주인이라 칭하는 요괴들도 생겨나고 있습니다."

나는 물었다.

"그 자격이 뭔데?"

"힘입니다."

그럴 거라고 대충 짐작은 하고 있었다. 아라가 한 말이 아직 기억에 남아 있으니까.

"그래서?"

"하지만 정면으로 반기를 들기에는 시기상조라 생각하고 있겠지요. 제가 주인님의 곁에 있다는 사실도 무시하지 못하고요."

세희가 입꼬리를 올리며 웃었다. 내가 아닌 다른 누군가를 생각하며 짓는 명백한 비웃음이었다. ……나라도 네가 있는데 랑이한테 해코지하고 싶은 생각이 들지는 않겠다. **만약 그럴 생각이 있다면 먼저 너부터 어떻게 한 다음에 랑이를 노리겠지.** 세희가 계속해서 말을 이었다.

"그래서 주인님보다 도련님을 노리는 세력이 아직도 존재합니다. 도련님께서 죽으면 주인님께서 제정신을 차릴 거라는 헛된 생각에 지금도 호시탐탐 때를 노리고 있지요."

"그러면……."

그때의 일은 아무런 소득도 없었다는 거냐? 그 말이 입 안을 감돌았다. 랑이가 집을 비운 사이에 치이가 죽을 뻔, 아니, 죽었던. 랑이가 없었다면 그 불쌍하고 기특하며 착한 아이가 죽을 뻔한 일조차 아무런 의미가 없었다는 생각이 들자 혀가 굳어 버렸다. 그리고 나는 세희가 내 마음을 읽을 수 있다는 것이 처음으로 감사했다.

"아닙니다."

세희의 확고한 대답에 나는 무엇인가를 보답받는 기분이 들었다.

"불만은 있지만 힘이 약한 요괴들은 그 일로 감히 도련님을 해할 생각조차 하지 못하게 되었습니다. 그 이유는 그 둔한 몸으로 직접 느끼셨으니 달팽이 정도의 기억력만 있다면 아실 겁니다."

랑이가 진심으로 명령했을 때의 느낌을 나는 아직 기억하고 있다.

"그래서?"

세희는 한숨을 쉬고는 아무 말 없이 손을 들어 자신의 머리를 툭툭 건드렸다. 예, 그렇죠. 지금까지 친절하게 설명해 주신 것이 오히려 이상했습니다. 사실 네놈은 친절하곤 동떨어진 귀신이었으니까. ……그래도 지금은 솔직하게 말해 줘서 아주아주아주아주 많이 고맙지만.

나는 잠시 머리를 굴려서 생각해 낸 것을 세희에게 말했다.

"땅이에게 거역할 수 있는 힘 있는 요괴들만이 나를 노리게 되었다는 거야? 그리고 그 요괴들만이 무슨 수를 쓰려고 한다고?"

"30점입니다."

나름대로 머리가 아플 정도로 열심히 생각해서 낸 대답인데 여전히 점수가 짜다. 조금 전의 대답이 내 한계였기에 나는 별다른 기대를 하지 않고 세희에게 물어보았다.

"나머지 70점은 뭐냐."

"제가 할 행동이 생략되어 있습니다."

한 마디로 내가 한 대답이 맞는다는 거잖아. 도대체 이 녀석이 할 행동이 뭐기에 70점이나 감점이 되는 거야? 나는 볼을 긁적이며 말했다.

"넌 뭘 하려고?"

세희는 자신에게 어울리지 않는 어린아이같이 해맑은 미소를 지으며 말했다.

"이 땅 위에 군림하실 주인님들께 자기 주제도 모르고 이를 드러낸 티끌보다 못한 하찮은 것들을 제 손으로 모조리 갈기갈기 찢어 그 형태를 알아볼 수 없게 널리 세상에 퍼트려 경고

할 것입니다. 그 누구도 주인님들께 반기를 드는 자는 이러한 운명을 피할 수 없다는 것을 말이죠. 그건 정말로 정말로, 너무나 기쁘고 행복한 일일 겁니다."

오싹했다. 해맑은 미소로 귀기를 풍기며 자신의 감정을 속이지 않고 행복하다는 듯 진심을 말하는 세희를 보며 나는 본능적인 공포에 사로잡혀 다리의 힘이 풀려 주저앉고 말았다. 농담이라고 생각하고 싶지만 어딜 봐도 진담이다. 목덜미가 오싹해지며 등 뒤에 흐르는 땀이 멈추지를 않는다.

나는 세희에 대해서 무엇을 보고, 무엇을 알고 있었던 걸까.

"아. 죄송합니다, 도련님. 저도 모르게 진심을 내보이고 말았군요. 병아리에게는 귀여운 고양이도 무섭게 보일 수 있다는 것을 깜빡했습니다."

어느새 평소대로 돌아온 세희는 나를 내려다보며 어깨를 으쓱하며 말했다. 뭐가 깜빡이냐. 네가 그런 걸 모를 리가 없잖아. 그렇다면 세희는 왜 내게 그런 모습을 보였던 걸까.

"뭔가 하실 말씀이라도 계십니까?"

세희는 아무것도 모른다는 듯 평소와 같은 무표정을 지으며 내게 손을 내밀었다. 나는 남아 있는 모든 힘을 총동원해서 세희의 손을 잡고 일어나며 농담을 건넸다.

"조류로 올라가니 행복해서 그런다."

"나중에 되는 게 닭대가리인데 말입니까."

지리산을 떠나기 하루 전날은 그렇게 흘러갔다.

오랜만에 혼자서 편안하게 잠을 자고 일어난 아침. 지난밤

에도 랑이는 은근슬쩍 내 방으로 들어왔지만,

"올 줄 알았어, 랑이야."

어둠 속에서 기다리고 있던 나래에게 잡혀 버리고 말았다.

"나, 나래야?"

"오늘은 언니하고 같이 자자. 괜찮지?"

"으냐앗?!"

니래에게 뒷덜미를 잡혀 바닥에 엉덩이를 질질 끌며 잡혀 가는, 애타는 눈으로 나를 바라보며 손을 휘젓던 랑이의 모습은 눈물 없이는 볼 수 없는 광경이었다. 나래 덕분에 편하게 잘 수 있었지만 아쉽네. 응. 정말 아쉽다. 어젯밤처럼 나래하고 랑이하고 밤늦게까지 이야기를 나누다가 자기도 모르게 잠들고 싶었는데.

지리산에서의 마지막 점심을 먹고 마루에서 기다리고 있자니 문 밖에서 차가 오는 소리가 들렸다. 이제 며칠 동안 정들었던 이 집도 안녕인가. 나도 모르게 감상적인 기분이 든다. 뭐, 다시 못 올 곳도 아닌데 왜 이러지. 겨울 방학 때 다시 오면 되지. 나는 마음을 가볍게 하고 자리에서 일어났다.

"갈까?"

"응!"

나는 랑이에게 손을 내밀었다. 그리고 랑이가 내 손을 잡으려는 순간.

[————————!!]

천지가 울렸다. 전에 들었던 랑이의 포효와 비슷한 느낌의 울부짖음이 세상을 가득 채웠다. 뭐지? 나는 깜짝 놀라 옆을 내려다보았다. 랑이가 새파래진 안색을 하고 있었다. 뭔가 있다. 나는 당황하고 있는 랑이에게 물어보는 것을 관두고 세희를 찾았다. 뒤에 있던 세희는 입꼬리를 올리며 기분 나쁜 미소를 짓고 있었다.

알고 있었냐? 또 무슨 일이 벌어질 걸 알고 있었어?! 나는 그런 생각을 가득 담아 세희에게 말했다.

"무슨 일이야?"

"곤란하게 되었습니다."

네 표정은 그게 아니다. 마치 올 것이 왔으니 오늘 제대로 한 판 뜨자는 표정이었어. 하지만 그건 일단 무시하자. 중요한 건 그게 아니라 지금 들린 포효가 무엇인지 아는 것이니까.

"설명."

"러브 콜입니다."

간단해서 좋구나.

"방금 소리는 뭐야?"

나래도 조금 전의 소리에 불안해졌는지 내 팔을 끌어안으며 내게 기대왔다. 상황이 상황인지라 이런 생각을 하는 것 자체가 어울리지 않는다는 걸 알고는 있지만 그래도 어쩔 수 없는 게 나는 한창때인 청소년 남자아이라서 팔에서 느껴지는 뭉클하고 탄력 있는 감촉에 잠시 황홀한 기분을 느끼고 팔을 나래 쪽으로 좀 더 밀어 볼까 하는 생각을 하며 움직이려고 했지만 지금은 때가 아니다.

"나래 님의 고지방 피부에 정신이 나갈 때가 아니라고 생각합니다, 도련님."

팔목이 꺾이는 고통에 정신이 든 나는 세희에게 물어보았다.

"그러면 조금 전의 소리가 무슨 뜻인지 설명이나 해 줘라."

지금까지 잠자코 있던 랑이가 내 손을 꽈악 쥐어 오며 말했다.

"내가 안 오면 무슨 수를 써서라도 성훈이 너를 해하겠다는 말이었느니라."

참 무서운 말을 아무렇지 않게 공개적으로 외치는군. 그래도 저렇게 대놓고 나오는 것이 더 나을 수도 있다. 보이는 칼날보다 무서운 게 등 뒤에서 노리는 칼날이라는 말도 있잖아. ……사실 당연한 거겠지만. 그건 그렇고 랑이의 표정을 보니 조금은 불안해진다. 어쩔 줄을 몰라 발을 동동 구르며 당황하는 모습이거든.

"걱정돼서 그래?"

그렇다고 말하면 나를 믿으라고 말하려고 했지만 랑이는 고개를 흔들었다.

"아니니라. 단지……. 그런 아해가 아닌데 왜 그렇게 화가 났는지 몰라서 그렇느니라."

이건 그 요괴가 랑이와 인맥이 있다는 말이지? 알고 지내는 요괴. 그것도 나름대로 친한 것 같은 요괴가 화가 났다는 사실 때문인지 랑이는 안절부절못하기 시작했다. 당황하는 랑이를 보니 오히려 내가 차분해졌다.

잠깐 생각을 정리하자. 조금 전의 요괴가 공개적인 협박을 하며 랑이를 부른 건 어느 정도 나를 해칠 수 있다는 자신이 있다는 뜻이다. 그리고 랑이와 그 요괴는 친분이 있다. 그렇다면 랑이에게 있어서는 그 요괴를 만나러 가는 것이 지금으로서는 가장 좋은 방법일 것이다. 물론 나는 아니다. 나는 랑이를 부른 요괴가 어떤 놈인지 모르니까. 내게 가장 좋은 방법은 이곳에서 그 요괴가 쳐들어오는 것을 기다렸다가 격파하는 것이다. 하지만 그 요괴가 화났다는 사실에 랑이가 눈에 띄게 당황하는 모습을 보면 그래서는 안 될 것 같다는 생각이 든다. 나는 잘 모르지만 둘이 친구일 수도 있으니까. 그렇다면…….

나는 내 생각을 랑이에게 전했다.

"서울에 가는 건 뒤로 미루자. 너, 그 요괴한테 가 보고 싶지?"

랑이는 아무 말 없이 고개를 끄덕였다.

"그러면 나도 같이 가자."

"호오."

너는 뭘 감탄했다는 듯이 말하고 있냐, 이 귀신아. 박수 치지 마. 머리에 고깔모자 쓰고 뿌~ 하고 나팔 불지 마라! 옆에서 열심히 나를 놀리고 있는 세희는 내 말을 듣고 기뻐하는 랑이의 모습을 보며 무시하자. 하지만 그것도 아주 잠시였다. 랑이는 이윽고 내 손을 잡은 손에 꼬옥 힘을 주며 고개를 저었다.

"아니니라. 나의 일 때문에 지아비가 되실 너의 학업에 누를 끼칠 수는 없느니라."

지금은 끼치셔도 됩니다. 타오르는 제 학구열에 물 같은 걸 끼얹었어도 나는 화를 내지 않을 거니까. 나는 그런 마음을 가득 담아 랑이의 볼을 꾸욱 찔렀다. 랑이가 눈을 찡그리고 손을 위아래로 흔들며 말했다.

"아얏! 왜 그러느냐? 기특한 말을 했으니 뽀뽀를 해 주지 못할망정!"

어이구, 그런 걸 노리셨어요? 나는 손을 떼고 몸을 숙여 랑이와 눈을 맞추며 말했다.

"그래도 그런 말은 하는 거 아니야."

"……왜 그러느냐?"

이해 못 하는 랑이는 역시나 애였다. 언젠가는 이런 말도 알아들을 날이 오겠지. 그 날이 오면 나도 어른이 돼서 이런 닭살 돋는 말은 못 하겠지만. 나는 다시 몸을 일으켜 세웠다.

"학교 가기 싫어서 그런 주제에 말은 잘하네."

나래의 말에 가슴이 뜨끔하다. 사실 그런 생각도 아주 조금 있었거든. 그, 그래도 본심은 그게 아닙니다? 들킨 속셈을 감추기 위해 표정 관리를 하고 있을 때 랑이가 내 옷을 꾸욱꾸욱 잡아당겼다. 고개를 돌리자 랑이가 애써 환한 웃음을 지으며 말했다.

"그래도 괜찮으니라. 지금은 내가 찾아가지 않은 것에 화가 났을 뿐, 정말 예~옛날부터 친하게 지내던 착한 아해이니 잘 이야기하면 화가 풀릴 것이니라. 나는 걱정하지 말고 성훈이는 먼저 서울에 올라가 있거라. 일이 끝나면 바로 가겠느니라."

이럴 때는 그런 기특한 모습을 보여 주지 않아도 된다! 그래도 내 생각을 너무 많이 해 주는 게 고마워서 머리를 쓰다듬어 주려는데 랑이가 말했다.

"하지만 가기 전에 해야 할 것이 있느니라."

"어떤 거?"

랑이가 각오에 찬 표정으로 나를 올려다보았다. 이 녀석이 또 내 상식을 뛰어넘는 무슨 짓을 벌일지 몰라 긴장하는 것이 정답이었다. 나는 랑이가 입을 크게 벌리고 손을 집어넣는 동시에 그 가느다란 팔뚝을 움켜잡았다.

"동작 그만."

랑이는 손을 입에 넣은 채로 동글동글한 눈동자를 데굴데굴 굴리며 머리카락으로 물음표를 만들었다. 이번에는 사전에 제지할 수 있어서 다행이다.

"손 빼."

"아우아아우우—."

뭔가를 말하지만 손이 입에 들어가 있는 상황에서 말이 제대로 나올 리가 없다. 나는 랑이의 팔목을 잡고 조심스럽게 손을 뒤로 뺐다. 흥건하게 묻은 침을 세희에게 받은 손수건으로 닦아 내고 있자니 랑이가 볼을 부풀렸다.

"왜 그러느냐?"

"네가 무슨 짓을 할지 아니까 그렇지. 이빨은 전에 뽑아 준 거 있잖아."

"하지만 이미 몇 번이나 사용하지 않았느냐?"

랑이는 말했었다. **어느 정도 힘을 쓰면 이빨의 효력이 다한다고**. 랑이가 무슨 생각에 다시 이빨을 뽑아 주려고 했는지는 알 것 같지만……. 솔직히 랑이가 얼굴을 찡그리는 모습은 보고 싶지 않다.

"괜찮아. 그런 게 필요하면 네가 안 주려고 해도 세희가 알아서 필요하다고 말했을 거다. 그렇지?"

세희는 내 말에 슬쩍 미소를 지으며 말했다.

"그렇습니다, 주인님. 그러니 도련님을 생각하는 아리따운 마음은 잠시 거두시지요."

"우웅……."

"주인님의 치아는 지금의 상황이 딱 좋으니 그러실 필요 없습니다."

세희의 지원 사격에 랑이는 할 말을 잃은 것 같다. 자기가 마음을 써 주는 걸 나와 세희가 반대한 것에 살짝 침울해진 모습이 보기 싫다. 그래서 아무 생각 없이 랑이가 기뻐할 만한 말을 꺼냈다.

"그런 거 말고 너는 나한테 뭐 바라는 거 없냐?"

"너에게 말이느냐?"

입질이 온다. 랑이는 조금 전에 있었던 일 같은 건 잊었다는 듯 두 눈동자를 반짝반짝 빛냈다. ……말을 잘못했나. 그래도 이런 시선을 받으면서 말을 무를 수 있겠냐.

"응."

내 사정은 모른다는 듯 랑이는 해맑은 미소를 지으며 말했다.

"그러면 네 냄새를 가득 담아 가고 싶구나!"

떠오르지 마라. 그 이상한 베개는 떠오르지 마. 왜 잊어버려도 되는 일이 자연스럽게 생각나는 거냐.

"미리 말해 두지만 그 베개는 안 된다."

내 말에 랑이가 고개를 갸웃거리며 말했다.

"베개? 그건 무슨 말이느냐?"

나에게 트라우마 급의 상처를 준 호랑이 녀석은 발 뻗고 잘

자는 것 같다.

"겁이 많은 것도 그 정도면 까치 님 급입니다, 도련님."

네가 할 말이 아니다.

"아니, 그건 됐고. 그래서 뭐 어떻게 하게?"

"서로의 옷을 증표로 주자꾸나!"

아, 저 순진한 눈동자를 봐라. 지금 자기가 무슨 말을 하는지도 모르고 내가 승낙해 줄 거라고 한 치의 의심도 없이 믿고 있는 랑이를 보라고. 나는 랑이에게 인생의 쓴맛을 가르쳐 주기로 했다. 마음이 아프지만 내가 아니면 누가 가르쳐 주겠냐.

"……."

절대로 옆에서 매의 눈으로 나를 노려보고 계시는 나래 님 때문이 아니다. 내 의지다. 나는 내 의지로 랑이에게 말했다.

"싫은데."

랑이의 귀가 수그러든다. 그게 그렇게 실망이냐?

"왜 그러느냐? 며칠 동안 헤어지게 되었는데 너는 그동안 나를 그리워하지 않을 것이느냐?"

그리울 거다. 미친 듯이 그리울 거야. 아침에 일어났을 때, TV를 볼 때, 책을 읽을 때, 노래를 들을 때, 밥을 먹을 때, 잠들 때, 그 언제나 네가 내 옆에 없다는 것을 아쉽고 그리워할 거다. 하지만 그것하고 이건 다른 이야기다. 아니, 내가 무슨 변태도 아니고 랑이가 입고 있던 옷을 가지고 가서 뭐해? 랑이가 그리울 때마다 냄새라도 맡으라는 거냐? 거기다 이 녀석이라면 아무 생각 없이 내 옷에 코를 묻고 킁킁거릴 거라는 게 눈에 보인단 말이야. 실제로도 자주 그러니까. 그리고 더 무서운 것은 랑이 몰래 내 등에 손톱을 세운 나래다. 나는 슬쩍 시선을 피하며 랑이에게 말했다.

"그렇기는 하지만 그래도……."

"예로부터 헤어지는 연인들은 서로에게 증표를 주곤 하였느니라. 내가 너에게 그런 것을 바라는 것이 이상하느냐?"

우리는 아직 연인 단계로 발전하지 못했으니까 문제죠. 거기다 왜 하필 서로에게 주는 게 옷이냐고. 이게 얼마나 말이 안 되는지 당황한 나래가 손가락에 힘을 주고 있잖아. 하하하.

"이상하지는 않은데 뭐 다른 거 없냐?"

아얏?! 화나지 않도록 나름대로 생각해서 한 말인데 왜 쿡 찌르십니까?

"알 리가 없지."

나래의 말에 머리를 필사적으로 굴리려고 하는데 랑이의 방해가 들어왔다.

"으……. 그래도 이번에는 꼭 너의 냄새가 가득 담긴 옷을 가지고 가겠느니라!"

도대체 저번에 집을 나갔을 때 무슨 일이 있었던 거냐. 나를 보고 싶어서 밤을 뜬눈으로 지새우기라도 한 거냐. 그렇다고 해도 옷을 줄 수는 없다. 사춘기 소년의 섬세한 마음에 상처를 줄 만한 일이라고. 랑이가 내 옷에 코를 대고 킁킁거리는 모습을 생각해 봐라. 우와, 범죄의 느낌이 든다. 그 반대는 그냥 범죄고.

"그러기에는 속옷이 가장 좋습니다."

"역시 그러하느냐?!"

옆에서 세희가 엄한 소리를 해서 나는 딱 잘라 말했다.

"안 돼. 절대로 안 돼. 세상이 반쪽이 나도 안 된다."

내가 이렇게까지 강건하게 나갈 줄은 몰랐는지 랑이는 울상이 되었다.

"······안 되느냐."

그, 그런 눈으로 보지 마라. 내가 잘못한 것 같잖아. 나는 단지 상식적인, 이제 와서 이런 말을 하는 게 웃기긴 하지만, 상식적인 생각으로 결정한 거라고.

"히이잉······."

아, 운다. 나는 도와달라는 뜻으로 나래에게 시선을 돌렸다.

이젠 나도 몰라. 알아서 해.

알아서 하라고 하십니다. 세희를 보았다. 입꼬리를 슬쩍 올리며 소매에서 뭔가 날카로워 보이며 햇빛에 반짝 하고 빛나는 무엇인가를 꺼내서 보여 주셨습니다. 울리면 죽일 생각이냐. 세희가 고개를 끄덕인다. 에라, 모르겠다. 이미 상식하고는 동떨어진 인생을 사고 있는 나다. 여기서 비상식에 한 걸음 더 내딛는다고 뭐 달라지겠냐.

"알았어."

나는 배에 힘을 주고 티셔츠를 벗어서 랑이에게 내밀었다.

"이거면 됐지?"

"바지는 안 벗으십니까?"

넌 닥쳐라.

내 행동에 흘러내리려고 하던 랑이의 눈물이 쏙 들어갔다.

······저 나이에 벌써부터 여자의 무기를 사용할 줄 아는 건 아

닐 테니 참 감정이 쉽게쉽게 변하는 녀석이라는 말이 되겠지.
어린애는 좋구나.

"고맙느니라!"

랑이는 내 티셔츠를 받아 들고 금덩이라도 되는 듯 두 팔로 꽈
악 끌어안았다. 환하게 웃는 모습을 보니 이런 것도 나쁘지 않다
는 생각이 들었지만 그것도 잠시. 랑이가 자기 윗옷을 벗었다.

"아!"

"랑이야!"

나와 나래는 한마음 한뜻이 되어 소리쳤지만 랑이는 태연하
게 내 티셔츠를 입고서는 머리카락으로 물음표를 만들었다.

"왜 그러느냐?"

나래가 내 대신 말해 줬다.

"여자애가 그러면 안 된다고 했잖아."

"응?"

이해를 못 하는 걸 보니 랑이에게는 성교육이 필요한 것 같
다는 생각이 다시 한 번 들었다.

"남자는 성훈이밖에 없으니 괜찮지 않느냐."

……제대로 된 성교육이 필요한 것 같다. 아무 말도 못하고
있는 나래를 보며 고개를 갸웃거리던 랑이는 이내 나를 보며
자신이 벗은 옷을 건네주었다.

"이 옷을 나라 생각하고 다시 만날 때까지 간직해 주거라."

사랑하는 연인을 떠나보내야 하는 안타까움이 절실히 드러
난 랑이의 얼굴을 보는 순간, 나는 아무 말도 못하고 옷을 받
아 들을 수밖에 없었다.

"그러면 주인님."

랑이가 내게 이야기를 끝마치는 것을 기다렸다는 듯 세희가 대화에 끼어들었다.

"불구덩이를 향해 혼자 뛰어드시게 된 도련님을 위해 드릴 것이 있습니다. 잠시 괜찮으시겠습니까?"

세희의 말에 랑이는 싫은 표정을 지었다. 떨어지기 싫다는 거지. 나도 그렇다. 그런데 왜 내가 아니라 랑이한테 물어보는 거냐.

"우웅……."

"잠깐이면 됩니다."

랑이는 나를 한 번 보고 세희에게 시선을 돌린 다음 고개를 끄덕였다. 세희는 랑이에게 고개를 숙이고 나를 보며 말했다.

"따라오시지요."

일부러 자리를 옮기는 것에는 무슨 이유가 있겠지. 나는 먼저 앞서 간 세희를 따라갔다.

부엌으로 들어간 세희는 아무 말 없이 소매 안에서 웅녀의 뼈 몽둥이를 꺼냈다. 또 네가 가지고 있던 거냐.

"이건 왜?"

"금붕어는 어항의 끝에 닿아 뒤를 돌아보는 순간 자신이 한 번 세계의 끝에 닿았다는 사실을 잊어버리는 두뇌를 가지고 있다 합니다."

뻐끔뻐끔. 나는 과장되게 입을 벌리고 닫았다.

"입맞춤을 원하십니까?"

나는 진심으로 말했다.

"꺼져."

"그렇다면 이걸 입에 물려 드리죠."

뼈 몽둥이를 들어 올린다. 내가 바둑이냐.

"됐고. 이걸 주는 건 내가 쓸 일이 생긴다는 거냐."

지금까지 당한 일이 하나둘이 아니니까 세희가 하는 행동이라면 뭔가 의심하는 것이 좋다는 결론이 나온 내 말에 세희는 어깨를 으쓱하며 훗, 하고 숨을 내쉬며 말했다.

"저라고 원환의 이치를 아는 것이 아닙니다."

세상의 이치를 잘못 말한 거 아니냐. 원환의 이치는 도대체 뭐야. 그리고 거짓말하지 마라. 나는 네놈이 사과나무를 심는 순간 지금까지 하지 못했던 행동을 나래와 랑이에게 할 결심이 서 있다.

"저는 단지 모든 가능성에 대비해서 최악의 상황만을 면하기 위해 노력하는 것뿐입니다."

"다시 말해서 또 다른 요괴가 날 죽이려 들지도 모른다는 말이지?"

세희가 입꼬리를 올렸다.

"모르죠. 이미 서울에서 도련님을 기다리고 있을지도."

"무서운 말 하지 마!"

"단순한 가능성입니다. 확률을 말하면 구…….. 죄송합니다. 이런 말까지 하면 도련님이 무서워하시겠군요."

"구? 구 다음에는 뭐야?"

"구구구, 비둘기야 밥 먹자."

"어설프게 넘어가지 마!"

농담이 아닌 것 같아서 무섭다고!

"덜덜 떠실 필요 없습니다. 도련님도 아는 요괴니까요."

"누구?"

"도련님께서 아시는 요괴가 그리 많았습니까?"

세희는 이름을 언급하지 않았지만 대답은 해 줬다. 내가 아는 요괴라고 해 봤자 몇 명이나 있겠냐? 나는 그중에서 짐작가는 너무나 대견하고 사랑스러운 아이가 한 명 떠올랐다. 그녀석, 벌써 부모님의 치료가 끝난 건가.

잠깐. 그러면 도대체 왜 그렇게 무섭게 말한 거야, 이 녀석은?

"그것보다, 도련님. 주인님의 치아는 가지고 계십니까?"

말할 생각이 없는 세희에게 정보를 캐내는 것은 랑이가 귀엽지 않은 이유를 찾는 것보다 힘들다. **서울에 올라가면 뭔가 일이 생긴다는 것만 기억해 두고 물어보는 걸 포기하자.** 말을 안해 주는 것이 조금 마음에 걸리지만, 나는 세희를 믿는다. 세희를 믿는다는 건 나로서는 정말 안 어울리는 말이지만 이 녀석이 랑이의 행복에 큰 영향을 줄 수 있는 나의 안전에 해가 될 수 있는 일이 있는데도 손을 놓고 있을 가능성은 상상도 못 하겠다. 뭔가 이 녀석도 생각이 있겠지. 이건 방관이 아니라 믿음이다. 그런 생각을 하며 입꼬리를 올리는 망할 귀신에게 말한다.

"여기."

나는 주머니에서 랑이의 이빨을 꺼냈다. 지난 번 이후, 이것만은 언제나 몸에 지니고 있다. 세상일이 어떻게 돌아갈지 모르는 일이니까. 단순히 그런 이유다. 절대로 이게 랑이의 이빨이라서 가지고 있는 건 아냐.

"잠시 제게 건네주시겠습니까?"

"그런데 너 그거 들어도 상관…… 아니다."

세희가 '그게 무슨 바둑이 잡는 소리입니까?' 하는 표정으로 보기에 나는 말을 거두고 랑이의 이빨을 건네주었다. 세희는 공손하게 랑이의 이빨을 받은 다음 다른 손을 내밀며 말했다.

"주인님의 옷가지도 주시겠습니까?"

"왜?"

"다시 돌려드릴 겁니다. 그러니 사고 싶던 한정판 게임이 자기 바로 앞에서 절판된 것 같은 표정을 지으시지 않으셔도 됩니다."

도대체 그게 무슨 표정인지 나는 잘 모르겠다. 세희가 아, 하고 거짓으로 감탄하며 말했다.

"아직 사용하기 전이라서 그렇습니까?"

나는 진심으로 궁금해져서 물어보았다.

"옷을 어떻게 사용하는데?"

"주인님의 옷은 감촉이 부드럽기가 세상에 비길 것이 없지요."

그건 나도 알긴 알지만 그게 옷을 사용하는 것하고 무슨 관계라는 거야? 내가 랑이라면 머리카락으로 물음표를 만들 정도로 의아해하고 있자 세희는 한숨을 쉬며 말했다.

"개그를 해도 알아듣지 못하니 이길 자신이 없군요."

"그럴 때는 개그를 하는 사람이 문제 아니냐."

"도련님의 상식이 모자란 것이 제 잘못입니까."

"개그는 상대를 웃기려고 하는 거 아니었냐? 그러면 네가 날 배려해야지."

"제가 미쳤습니까?"

……나는 더 이상 이 귀신하고 말싸움하는 것은 내 인생에 도움이 되지 않는다는 것을 깨닫고 랑이의 옷을 건네주었다.

"그래서, 그거로 뭐하려고?"

"절름발이가 범인입니다."

군말 말고 지켜보라는 거겠지. 나는 입을 다물고 세희는 옷을 높이 들어 올려 강하게 한 번 털었다. 그러자 마술 같은 일이 눈앞에서 펼쳐졌다. 랑이의 옷이 새하얀 흰색 실로 변한 것이다! 나는 깜짝 놀라서 소리치듯 말했다.

"뭐야, 그거?!"

"모르셨습니까? 이 옷은 주인님의 털로 만들었습니다."

"면적이 다르잖아, 면적이!"

"그 부분은 요술입니다."

"질량 보존의 법칙은 어디로 간 거냐."

"그래서 가볍지 않습니까."

할 말이 없다. 입만 벌리고 멍하니 있는 나를 세희는 한 번 비웃더니,

"흡."

가벼운 기합성과 함께 이빨에 머리카락을 관통시켰다. 인간은 절대로 하지 못할 그 신위에 나는 깜짝 놀라며 순수하게 감탄했다. 세상에. 머리카락으로 이빨을 뚫다니. 그게 인간이…… 아니, 이 녀석은 귀신이었지. 세희는 머리카락 끝을 단단하게 묶더니 내게 돌려주었다. 이 녀석이 무슨 생각으로 이런 짓을 했는지 이제는 알 수 있었다.

"목에 걸고 다니라고?"

"도련님의 캐릭터 창에 목걸이 난이 비어 있으니까요."

RPG개그는 그만해라. 네가 자꾸 그러니까, 나중에는 호수에 꽂혀 있는 성검이라도 뽑으러 가야 할 것 같다.

"금도끼 은도끼는 어떻습니까?"

"나무꾼이 용사 지망생이었냐."

농담 따먹기 하고 있을 때는 아니라는 생각에 나는 이야기를 되돌렸다.

"그런데 왜 하필 랑이의 털이냐? 끊어지면 어쩌려고?"

"끊어질 리가 없지 않습니까?"

세희는 당연하다는 듯이 나를 바보 취급했다. 그래. 세희가 그렇다면 그런 거겠지. 나는 더 이상 아무 말도 하지 않고 랑이의 이빨을 목에 걸었다.

"그러면 제가 드린 솥뚜껑도 주시겠습니까?"

즉답했다.

"버렸다."

"……"

세희의 눈초리가 매서워진다. 자기는 아무렇지 않게 험한 말을 하면서 농담 좀 했다고 화내긴. 나는 주머니에서 세희가 준 솥뚜껑을 꺼냈다.

"진지해야 할 때 농담을 하는 사람은 시청하던 애니 마지막 회 방영일에 TV가 고장 난다는 말을 모르십니까?"

"즐겨 보는 드라마 마지막 방영일에 남편 회식 따라 나가게 된 아줌마 같은 소리 하지 마."

그런 자신도 농담을 하며 세희가 솥뚜껑을 가지고 가서 손에 쥐었다. 그렇게 잠시 후. 세희가 솥뚜껑을 다시 돌려주었다. 겉으로 보면 달라진 게 없다.

"뭐한 거야?"

"드라이버를 업데이트했습니다."

초 하이테크 솥뚜껑이다. 자세히 보니까 솥뚜껑에는 Made in Saehee 옆에 Ver 0.2라고 음각이 되어 있었다. 멋지군.

"알기 쉽게 설명해 드리면 도련님께서 솥뚜껑을 긁으시면 도련님과 신체적으로 접촉해 있는 두세 명 정도는 같이 주인님의 곁으로 오도록 손을 봤습니다. 당장은 필요 없겠지만 가지고 가시지요."

나는 진심으로 고마웠다. 세희도 치이와의 일을 마음속에 두고 있었다는 말이니까. 이 녀석이 매번 나를 못살게 굴어도 사실은……

"물론 도련님께 무슨 일이 벌어진다 해도 이것을 사용할 수 있을 거라는 생각은 하지 않습니다만."

못살게 굴고 싶은 놈이지.

"농담이냐, 진담이냐."

"진담입니다."

"그러면 왜 주는 건데."

"다시 한 번 말씀드리겠습니다. 금붕어는 어항의 끝에 닿아 뒤를 돌아보는 순간 자신이 한 번 세계의 끝에 닿았다는 사실을 잊어버리는 두뇌를 가지고 있다 합니다."

그래. 너라고 모든 일을 다 아는 것은 아니라는 말을 했지.

뭐라 할 말이 없어진 나와 달리 세희는 태평하게 이야기를 이어 갔다.

"그리고 이것도 가져가시지요."

시골에 사는 할머니가 손자가 서울에 올라간다고 이것저것 싸 주는 것 같은 기분이 드는 건 왜일까. 세희가 소매 안에서 꺼낸 것은 작은 봉제 인형이었다. 모르는 사람이 봤다면 귀엽다고 말할 정도로 잘 만들어졌지만 내가 그렇게 느끼지 못하는 건 단순히 이것이 세희를 본떠서 만든 것이기 때문이다.

"이건 또 뭐야."

"도련님께서 저에게만 선물해 주시지 않았기에 피눈물을 흘리며 만든 인형입니다."

"그, 그걸 아직도 마음에 두고 있었냐?"

"여자의 한은 오래가는 법이지요. ……**5천 년 정도**."

"너무 오래가잖아!"

"그러하니 그 인형을 저라 생각하고 소중히 간직하시기 바랍니다."

불태울까.

"제 요력과 과학을 합쳐 만들어 낸 식신, 아니. 이런 상식적인 것도 도련님께서는 모르시겠죠. 알기 쉽게 말씀드리자면 저의 핀판넬입니다."

식신 쪽이 오히려 알기 쉽게 들리는데.

"이걸 가지고 있으면 내가 위궤양에 걸리냐?"

세희는 보통 사람이라면 눈치채지 못할 정도로 살짝 눈썹을 꿈틀댔다.

"주인님께서 지금부터 만나러 갈 상대는 그 어떤 요괴보다도 위험한 분이십니다. 일이 어찌될지 모르니 도련님의 안전을 위해서 최소한 그 정도의 신기들을 몸에 지니고 있는 것이 좋겠다는 제 마음을 기특하게 생각해 주시지 못할망정 시비를 걸듯 따지시다니요. 그러니 여자들에게 인기가 없는 겁니다."

농담이 들리지 않았다. 세희의 말은 랑이가 위험할지도 모른다는 뜻으로 들렸으니까.

"야, 그게 무슨 말이야."

뭔가 울컥하고 솟구쳐 올랐지만 저번의 경험이 있기 때문에 인상을 찌푸리는 것으로 끝난 나를 세희는 비웃음으로 대해 주었다.

"그래 봤자 주인님의 털끝 하나 건드리지 못하는 분이시니 상관은 없습니다. 주인님은 걱정 마시고 자기 앞가림이나 잘해 주시지요. 지금부터 학업에 열중하지 않으시면 훗날 마누라들에게 빌붙어 사는 기둥서방이 됩니다."

랑이에게 위험이 없다면 그것으로 좋다. 그래서 나는 은근슬쩍 넘어가는 세희에게 더 이상 물어보지 않기로 했다. 물어봤자 대답해 주지 않을 게 뻔하니까. 나는 말을 돌렸다.

"그렇게 내가 걱정되면 바둑이를 붙여 주면 되잖아."

세희는 그 말에 어떻게 저리 안 어울릴 수 있는지 궁금한 눈웃음을 지으며 말했다.

"바둑이는 주인님과 같이 가서 해야 할 일이 있습니다."

바둑이가? 그 바둑이가? 매일매일 낮잠 자고 날아다니는 나비를 좇으며 허송세월 나빌레라 하는 그 바둑이가 할 일이 있다고?

"도련님께서는 바둑이를 너무 무시하시는 것 아닙니까?"

네가 그런 말 하니까 설득력이 없다.

"그건 네놈이겠지."

네가 평소에 바둑이를 어떻게 대하는지 생각해 봐라.

"전 무시한 적 없습니다. 우습게 보았죠."

"뭐가 다른데."

"다릅니다."

무시하는 것과 우습게 보는 것은 다른 의미로 쓰이는 것 같다. 내가 보기에는 똑같은데.

"그래서, 그 위대하신 바둑이가 랑이하고 같이 가서 뭘 하는데?"

랑이를 부른 요괴가 바둑이의 머리를 쓰다듬게 만들어서 정신적인 안정을 되찾게 만드는 거라면 확실히 그럴싸한 전략이다. 바둑이의 머리를 쓰다듬고 있자면 세상만사가 어떻게 흘러가는지 모를 정도로 기분이 좋으니까.

"……무슨 생각을 하시는지 알 것 같습니다."

"그러면 알기 쉽게 설명해 봐."

세희는 고개를 끄덕였다.

"바둑이는 풍산개의 핏줄입니다."

"뭐?"

바둑이가 그 호랑이 잡는다는 풍산개라고? 말도 안 돼! 애초에 풍산개는 바둑이처럼 안 생겼잖아!

"아, 풍산개인 건 아비뿐이고 어미 쪽은 동네 똥개입니다."

"그건 그냥……."

하고 싶은 말은 있었지만 바둑이를 위해 속으로 삼키기로 했다.

"잡견, 일명 똥개라고 할 수도 있습니다."

"말이 너무 심하잖아!"

"사실입니다."

세희는 딱 잘라 말했다. 그런데 바둑이의 혈통과 랑이를 따라가야 한다는 것이 무슨 상관이 있는지 모르겠다.

"어쨌든 그렇기에 이번 일에는 주인님과 함께 가야 합니다."

세희가 정한 일에 내가 뭐라고 이견을 제시하려면 그만큼 나에게도 굳은 의지와 명확한 이유가 필요하다. 바둑이는 랑이와 같이 가는 거로 알아 두자.

그건 그렇고 바둑이의 충격적인 출생의 비밀을 들은 것을 잊고 싶어서 나는 말을 돌릴 겸 몽둥이를 툭툭 치며 말했다.

"그런데 이 몽둥이는 들고 다니기 불편한데."

"바라는 것도 많으시군요."

세희는 혀를 차고는 소매에서 첩보원 영화에서 나오는 검은색 사각 가방을 꺼내며 말했다.

"몽둥이는 손에 쥐고 자신이 원하는 크기를 생각하시면 줄어듭니다."

"……그 가방은 왜 꺼낸 거야."

"제 인형을 소중히 보관하라는 뜻입니다."

말을 말자.

세희와 같이 나래와 랑이가 있는 곳으로 돌아오니 자기가 코알라인 줄 아는 호랑이 녀석이 우다닷 달려와서 내 쪽으로 높이 뛰어 안겼다. 나는 랑이의 허리를 두 손으로 안아 주었다. 랑이도 두 다리로 내 허리를 끌어안고 두 팔로 내 목을 휘감는다. 지금은 덥지만 참아 주마.

"너무 오래 걸렸느니라!"

나도 그렇게 생각한다.

"죄송합니다, 주인님."

"미안, 미안."

나는 랑이의 엉덩이를 한 손으로 받치고 등에 손을 둘렀다. 랑이가 편하게 있도록 배려해 준 거지 다른 생각은 없으니까 그렇게 무서운 눈으로 노려보지 말아 주세요, 나래 님. 제가 무슨 범죄자가 된 듯한 기분이 들지 않습니까?

"칫."

혀는 왜 차는 거야?

"이 로리콘."

"아니라니까."

저는 그저 랑이를 위한 순수한 마음에서 그런 것뿐입니다.

"됐으니까 가자. 올라가는 데도 시간이 걸리니까."

"조금만 더 이렇게 있으면 안 되느냐?"

랑이의 말에 나래는 응석꾸러기 녀석의 머리를 쓰다듬어 주며 말했다.

"랑이가 일 마치고 올라오면 금방 볼 수 있는걸. 너무 그렇게 아쉬워하지 마. 그렇지, 성훈아?"

나래는 말로는 내게 동의를 구했지만 눈빛은 명령을 하고 있었다. 나는 고개를 끄덕이며 말할 수밖에 없었다.

"그래, 이 녀석아. 누가 보면 영영 헤어지는 줄 알겠다. 그만 내려와."

"우웅……. 알겠느니라."

그 대답에 나는 안고 있던 팔을 놓아주었고 랑이는 내가 나무라도 된 듯이 스르륵 미끄러지듯 내 몸을 타고 아래로 내려왔다. 다음부터는 내가 허리를 안아서 내려주자. 그 이유는 말 안 하겠습니다. 하지만 그 이유를 말 안 해도 아는 나래는 경멸 섞인 눈으로 나를 바라보았다. 아파요. 아픕니다. 그 시선이 너무 아프다고요. 그래도 지금 아무 말도 하지 않고 있는 건 나와의 짧은 이별을 아쉬워하는 랑이를 배려해 주는 거겠지. 이러니저러니 해도 나래는 상냥하니까. 나는 나래의 배려를 받아 주기로 했다.

"랑이야."

"응."

아쉬워하는 랑이의 앞에 앉아서 눈높이를 맞춘 다음 나는 내 볼을 툭툭 건드렸다.

"여기 뽀뽀."

내가 랑이에게 뽀뽀를 해 달라고 조른 건 이번이 처음이 아닐까. 랑이도 깜짝 놀라서 눈을 동그랗게 떴다. 놀라서 아무것도 못 하고 있는 랑이에게 보란 듯이 나는 다시 한 번 볼을 툭툭 건드리며 말했다.

"뽀뽀."

그제야 랑이가 정신을 차렸다.

"뽀뽀!"

쪽, 쪽, 쪽. 자기 거라는 도장이라도 찍으려는 듯 랑이가 계속해서 내 볼에 입을 맞춘다. 나는 랑이가 하고 싶은 대로 내버려 두려다가, 뒤에서 느껴지는 불길한 기운에 겁을 먹고 슬쩍 랑이의 허리를 끌어안았다. 이러면 뽀뽀하고 싶어도 못 할 테니까.

"서울에서 기다리고 있을게, 랑이야. 빨리 와."

"응. 금방 가겠느니라. 바람피우지 말고 기다리거라."

바람은 누가 바람이냐. 나래하고 네가 있는데 내가 누구랑 바람을 피우겠어.

왜 지금 머리카락을 파닥이는 꼬마 요괴 녀석이 생각났는지 누가 그 이유 좀 말해 줘.

첫 번째 이야기

서울로 올라가는 길은 길었다. 구면인 아저씨와 간단한 인사를 나눈 후 차 안에서는 별다른 대화가 없어서 그렇게 느껴진 걸까, 아니면 그때는 랑이가 있었기 때문에 심심하지 않았던 걸까. 헤어진 지 한 시간도 되지 않았건만 벌써부터 가슴 한 구석이 아리다.

"……그렇게 불만이야?"

조용히 있던 나래의 말에 정신이 퍼뜩 들었다.

"응? 뭐가?"

"랑이하고 같이 못 가는 거."

"아니, 그런 건 아닌데……."

아쉽기는 하지만 최대한 금방 온다고 했으니까. 그런데 왜 나래가 화를 내는 것 같으면서도 풀이 죽어 있는 거로 보일까.

"미안하게 됐네요."

아, 그런 거였어? 자기가 보충 수업을 신청한 것 때문에 일이 이렇게 됐다고 자책하고 있었구나? 나를 신경 써 주는 상냥한 나래의 마음에 나는 가슴이 따뜻해져서 소꿉친구의 머리에 손을 올려 쓰다듬어 주며 농담으로 말했다.

"우리 아기 착하네~. 아빠 신경도 써 주고억!"

"누, 누가 우리 아기고 누가 **파파**라는 거야?! 그리고 왜 멋대로 남의 머리를 쓰다듬어? 내가 머리 세팅하는 데 시간이 얼마나 걸리는 줄 알아? 이래서 넌 싫다니까!"

허리를 굽히고 고통에 몸부림치는 내 귓가에 속사포와 같은 말이 들려온다. 나는 눈물을 참으며 고개를 들었다. 어느새 창밖을 바라보고 있는 나래의 귓불이 붉어져 있었다. 어쩔 수 없지. 내가 잘못한 거니까.

서울로 올라가는 동안 나와 나래는 졸다가 깨고, 멍하니 있다가 다시 조는 일을 반복했다. 한 번은 내가 나래의 어깨에, 다른 한 번은 나래가 내 어깨에, 마지막에는 나래가 내 무릎에 머리를 기대고 자게 되었다. 나는 나래가 깨기 전까지 천사처럼 잠들어 있는 나래를 내려다보았다. 시선이 얼굴에서 옆으로 가지 않도록 노력하면서 말이야. 잘못해서 아래로 내려갔다가 몸이 움찔했다가는 그 끝이 심히 좋지 않게 될 테니까. 사실 그런 기분은 아니지만. 내 말도 안 되는 고백을 정면으로 받아들여 준 나래를 보며 그런 생각을 할 정도로 나는……이라고 머리로는 생각하지만 몸이 왜 자꾸 움직이는 거냐. 육체야, 나래가 잠들어 있는 절호의 찬스를 기회를 허투루 돌리고 싶지 않은 건 이해하지만 그래도 이건 아니잖아. 웃기지 마라. 언제부터 그렇게 신사적으로 행동했다고 그래? 이럴 때는 잘

봐 둬야…….

"으……응."

정신이 육체를 이겼다. 나래가 잠에서 깨어나는 소리에 나는 재빨리 눈을 감았다.

"……응?"

무릎을 누르던 무게가 사라진 것을 봐서 나래가 벌떡 일어난 것 같다.

"에? 잠깐, 나……. 에에?"

자는 척, 자는 척. 깨 있다는 걸 들키면 나래에게 죽는다. 눈을 감고 있어도 알 수 있을 정도로 허둥대는 나래가 어느 정도 안정을 찾을 때까지 나는 눈을 감고 기다리다…… 나도 모르게 잠이 들고 말았다.

"……아."

누가 깨운다.

"성훈아."

나래의 목소리다. 눈을 뜨자 창밖에 익숙한 풍경이 보인다. 우리 집이다.

"정말. 침까지 흘리고."

나래가 손수건을 꺼내 내 입 주위를 닦아 주었다. 무슨 어린애가 된 기분이네.

"아, 미안."

나래가 손수건을 접어 주머니에 넣으며 말했다.

"도착했으니까 들어가."

나는 기지개를 쭈욱 폈다. 으어어억, 역시 아무리 승차감이 좋다고 해도 차를 타고 다니는 건 힘들다. 다음에는 기차를 타거나 바둑이를 타고 갈까.

……잠이 덜 깼나. 나는 머리를 휘휘 젓고 나래에게 말했다.

"너는?"

"아저씨가 집까지 태워 준다고 하셨어."

나는 잠결이 아니라면 할 수 없는 말을 꺼냈다.

"아니, 너는 우리 집에서 안 자고 가냐아악!"

나래에게 꼬집히고 나서야 완전히 정신이 들었다.

"내, 내가 왜 너희 집에서 자고 가?! 랑이도 없는데?!"

아, 그렇지. 원래 우리 집에서 지냈던 이유가 부모님도 없는데 여자애들, 세희도 일단 여자니까, 여자애들과 같은 집에 있다는 걸 눈뜨고 못 보겠다는 이유였지? 아쉽다. 나래도 우리 집에서 같이 살면 좋겠는데.

"……너무 아쉬워한다?"

눈을 가늘게 뜨며 화를 낼 준비를 하며 묻는 나래에게 나는 정색하며 말했다.

"아니, 아닙니다. 전혀 아쉬워하지 않고 있습니다. 다시 한 번 같이 자거나, 같이 씻었으면 좋……."

나는 말이 헛 나왔다는 것을 깨달았고 나래는 발을 들어 나를 걷어찼다.

"변태! 이상한 생각만 하고! 나가 죽어!!"

"악! 사, 살려 주세요!"

나래의 폭력에서 벗어나기 위해 나는 자동차 문을 열고 밖으로 도망쳤다. 내가 나가자마자 안에 있던 나래가 쾅 하고 문을 닫고 창문만 아래로 내렸다. 나래는 그 사이를 통해 세희에게 받은 첩보원 가방을 던지고서는 얼굴도 내보이지 않고 말했다.

"내일 늦으면 죽을 줄 알아! 아침 9시까지니까!"

"옙."

그렇게 나래는 내게 깊은 상처를 남기고 사라졌다. 에구구, 이래서 사람은 말을 조심해야 한다는 속담이 그리 많은 거였구나. ……뭐, 나래니까 5분 후면 화가 풀려 있겠지. 나는 머리를 비우고 집으로 들어가려다가 한 가지 사실을 깨달았다. 열쇠. 그렇다. 집 열쇠가 없다. 주머니에 손을 집어넣었다. 작아진 뼈 몽둥이와 솥뚜껑밖에 잡히는 게 없다. 가방 안은 세희의 인형이 전세 내고 있고. 하지만 나는 별다른 걱정 없이 벨을 눌렀다. 안에서 누군가 수화기를 드는 소리를 듣고 나는 입을 열었다.

"나다."

《아, 아우우.》

익숙한 목소리와 함께 띠~ 하고 문이 열렸다.

"다녀왔습니다."

나는 피곤에 찌든 목소리로 그리 말하며 집 안으로 들어갔다. 세희가 말한 손님이 있을 테니까. 내 예상대로 눈에 익은 사랑스러운 여자아이가 귀 위 머리카락을 파닥이며 나를 맞이해 주었다.

"다, 다녀오셨어요, 오라버니?"

치이다. 헤어진 지 4일밖에 지나지 않았지만 언제나 내 마음속에서 떠나가지 않았던 치이다!

"보고 싶었다, 이 녀석아!"

"꺄우우?!"

치이가 당황하든 말든 상관하지 않고 확 끌어안는다. 품에서 느껴지는 온기가 너무나 따스하다.

"오, 오라버니!"

"그래, 인마. 네 오빠다. 나 안 보고 싶었냐? 난 네가 보고 싶어서 죽는 줄 알았다!"

열심히 귀 위 머리를 파닥이며 내 볼을 간질이는 치이의 등을 한층 더 꽈악 끌어안는다. 어린애라고 생각할 수 없는 가슴에서 느껴지는 뭉클한 감촉은 치이를 안았을 때의 특전 같은 것. 이상한 쪽이 아니라 순수하게 그 부드러움이 기분 좋다.

"일단 놔주시는 거예요!"

이놈, 목청도 좋다. 그렇다고 놔줄 것 같냐. 나는 치이의 엉덩이를 툭툭 두드리며 말했다.

"요 녀석이. 며칠 못 봤다고 앙탈 부리긴. 좀 더 오누이의 정을 느껴야 되지 않겠냐?"

"무, 무슨 오누이의 정인 건가요? 저하고 오라버니 사이에 그런 게 어디 있어요?!"

"튕기기는."

이미 나는 치이에 대해서는 콩깍지가 씌어 있다. 치이의 말을 해석하는 건 쉽다고. 나는 입술을 쭈욱 내밀고 치이의 뺨에 뽀뽀를 하려고 했지만,

"이, 일단 나중에 하는 거예요! 친구도 왔는데 이제 그만하

세요!"

친구라는 말에 깜짝 놀라서 치이를 품에서 놓아주었다. 치이는 바동거리느라 가슴팍까지 내려간, 랑이라면 절대로 불가능할, 가슴에 저고리를 걸친 모습으로 얼굴을 붉힌 채 몸단장을 바르게 한다. 그 모습이 시집보낼 나이가 다 된 것 같은 규중처녀처럼 보여서 기쁘기도 하고 아쉽기도 하고……가 아니지. 이 녀석은 원래 이랬잖아. 그런데 나 왜 이러냐. 아직 남아 있는 요술의 영향과 사랑스러운 치이의 모습에 잠시 이성이 저 멀리로 날아가고 만 것 같다. 나는 정신을 추스르고 주위를 둘러보았다. 치이가 말한 친구 대신 내가 먼저 본 것은 글이었다.

[……변태.]

그건 정말로 말 그대로 글이었다. 세희가 전에 한 번 보여 줬던 것처럼 허공에 말줄임표와 변태라는 단어가 둥둥 떠다닌다. 지금까지 여러 가지 경험을 쌓은 끝에 이런 일로는 놀라지도 않고 어떤 원리로 가능한 건지 신경도 쓰지 않게 된 나는, 어차피 요술일 테니까, 그 글 너머로 보이는 치이 나이 또래의 여자아이에게 신경을 집중했다. 어리다. 그리고 요괴다. 내 눈앞에 나타나는 요괴들은 모두 어린애들밖에 없냐는 생각이 머리를 스쳐 가는 동시에 온몸이 홀딱 젖어 육감적인 몸매를 여과 없이 과시했던 아라가 떠올랐지만 사실 그것도 이유가 있다. 가슴. 그렇다. 사랑을 시키는 가슴이 크기 때문이다. 치이와 비교해도 질 것 같지 않은 어린애로 볼 수 없는 큰 가슴 때문이다. 치이도 크긴 하지만 저 아이는 입고 있는 옷이 전체적으로는 검은색인 드레스인데 가슴 부위만 흰색이라 특별하게 강조되는 바람에 내 시선이 더욱더…….

"어딜 보는 거예요, 오라버니!!"

치이가 정강이를 걷어찼다. 치이의 각력은 이미 나무와 방바닥 부수기로 증명된 적이 있었고, 나는 한쪽 무릎을 꿇고 앉아서 뼈에 이상이 가지 않았나 걱정할 만큼 고통스러운 정강이를 두 손으로 비벼야만 했다. 그러면서도 입은 자연스럽게 열렸다.

"가슴."

"꺄우우우?!"

[……왕변태.]

젠장! 이놈의 요술이 내 인격 및 인생과 사회 평가를 나락으로 끌고 내려가겠구나! 정신을 똑바로 차려야겠다. 나를 왕변태라고 정의 내린 소녀는 중세 시대에서나 볼 수 있을 법한 검정과 흰색이 잘 어울리는 드레스를 입고 있었다. 긴 검은색 머리카락을 양쪽으로 묶어 올린 양 갈래 머리에는 뭐라고 불러야 할지 모르는 모자 비슷한, 가끔씩 신세를 지는 어떤 종류인지 밝힐 수 없는 만화의 메이드들에게서 볼 수 있는 헤어밴드 같은 것을 쓰고 있었고 그 밑에 드러난 눈동자는 선명한 붉은색이었다. 요괴들은 인간으로 변신할 때 자신의 외모는 자신이 선택이라도 할 수 있는지 내 어린 시절과 비교해 보면 말도 안 될 정도로 귀여웠다. 다만 나를 바라보는 시선이 내가 바보짓을 했을 때 세희가 나를 바라보는 시선과 비슷해서 그 귀여움을 느끼고 있을 시간이 아니라는 것을 깨달았다. 진정해라.

아무리 요즘 들어 내 성 정체성에, 아니, 취향에 여러 가지로 문제가 일어나고는 있지만 그렇게까지 망가지지는 않았다. 그래. 이건 그거다. 귀여운 고양이를 보면 나도 모르게 시선이 가는 것과 마찬가지인 거야. 순수한 마음이라고.

[판결. 성희롱.]

순수한 마음을 성희롱이라 정의 내린 치이의 친구가 연기를 불러일으켜 글을 썼다.

[벌.]

벌을 주는 방법은 발이었다. 발. 足. 검은색 스타킹을 신은 아기자기한 발을 들어 올리며 한 손으로는 치마를 누르고 내 코를 짓누른다. 차는 게 아니라 미는 것이라서 나는 그대로 엉덩방아를 찧고 말았다. 이 정도면 죗값을 모두 치렀다고 생각하건만 이 녀석은 꾸욱꾸욱 발에 힘을 줘서 내가 완전히 뒤로 넘어가기를 바라는 눈치다. 봐줘라. 뭐라 말을 하고 싶어도 발꿈치가 입술에 닿아 있어서 입을 열 수가 없다. 내가 랑이도 아니고 다른 사람의 발바닥을 핥고 싶겠냐. 나는 남의 코를 낮추면서 내게 목 디스크를 선물해 주려는 녀석의 발목을 잡고 옆으로 치웠다. 치이의 친구는 중심을 잃지 않기 위해서인지 양 갈래 머리카락을 뒤쪽으로 빙빙 돌리더니 발을 제자리에 돌려놓고 양쪽 허리에 손을 올리며 나를 내려다보았다. 그 시선이 아랫것을 내려다보는 시선이라서 조금 화가 난 나는 마음에도 없는 소리를 내뱉었다.

"이게 벌이냐? 난 기분 좋았는데."

녀석의 안색이 질리는 것과 동시에 나는 다시 정강이를 걸

어차이기 전에 치이의 어깨를 두 손으로 잡고,

"아우우?"

반 바퀴 빙글 돌린 다음에 두 팔과 함께 허리를 껴안는다.

"꺄우우?! 뭐하는 거예요?!"

"농담이었는데 맞으면 억울하니까."

"아, 안 때릴 테니까 놔주는 거예요!"

"싫어. 껴안고 있으니까 기분 좋아서 놔주고 싶지가 않다. 아, 이건 진담이다."

치이가 귀 위 머리카락을 격하게 파닥이며 소리쳤다.

"변태 오라버니!!"

미안. 처음에는 단순히 정말로 진짜로 맞기 싫어서 그랬는데 말이야. 나는 치이의 애정 어린 반항을 무시하며 친구에게 말했다.

"그런데 넌 이름이 어떻게 되냐? 나는 강성훈인데."

[페이.]

말이 짧은 녀석의 이름은 페이란다. 그런데 페이라. 페이. 페이. 음.

"치이하고 비슷한 이름이네."

[알아.]

페이는 쿨하게 인정했다. 그리고 적막. 처음 보는 애라 조금 서먹한 감이 없지 않아 있지만 치이가 있으니까 이런 분위기야 알아서 해 주겠지.

"놓아 달란 말이에요!"

이렇게. 나는 솔직하지 못한 아이의 행복한 날갯짓을 무시

하고 치이의 머리에 볼을 비비며 안아 들었다. 치이의 두 발이
공중에 뜨자 바동거림이 더 심해졌다.

"일단 안에 들어가서 이야기하자."

[누추한 집. 들어와.]

페이가 먼저 몸을 돌려 마루로 걸어간다. 그런데 여긴 우리
집이다. 세희도 그렇고 이 녀석도 그렇고 남의 집을 보고 누추
한 집이니, 좁다느니 그린 말은 예의가 아니잖아.

"오라버니!"

"아, 미안. 불편했어? 어부바해 줄까?"

"저 화낼 거예요."

그러면 안 되지. 나는 치이를 놓아주었다. 치이는 바닥에 내
려오자마자 후다닷, 몇 걸음이나 내게서 거리를 벌린 다음 뒤
를 돌아보며 처음 봤던 때를 기억나게 하는 모습으로 삿대질
을 하며 말했다.

"오라버니는 이상해진 거예요. 갑자기 무슨 짓을 하는 건가
요?"

나는 솔직하게 말했다.

"사랑해서."

"꺄, 꺄우우?!"

양 귀 위 머리가 쉴 새 없이 파닥인다. 야, 그러다가 날아가
겠다. 얼굴은 왜 그렇게 붉히냐.

"무, 무슨 말을 하는 거예요?"

"알고 있었으면서 뭘 그러냐."

"그, 그래도……."

당황해서 아무 말도 못하고 머리카락만 파닥이고 있는 치이에게 다가가 머리에 손을 올리며 말했다.

"보고 싶었다. 그렇게 떠나보낸 뒤에 정말 보고 싶었어."

"아우우……. 치사한 거예요. 갑자기 그런 말이나 하고."

고개를 푹 숙이고 아무 말도 하지 못한다. 에휴. 어째서 내 주위에는 이렇게 너무나 사랑스러운 **아이들만** 많은지 모르겠다. ……뭐, 사실 나래만 내 마음을 받아 주면 그것으로 만족하지만.

[……안 와?]

페이의 재촉 어린 글이 두둥실 떠올라서 내 쪽으로 날아왔다. 좀 기다려 주면 안 되냐.

"간다."

나는 페이에게 대답하고 치이에게 말했다.

"가자."

나는 바보가 아니다. 아니, 바보였다가 목 위에 달려 있는 게 생명 유지 장치만이 아니라는 것을 깨달은 멍청이가 되었다. 치이의 친구. 페이. 이 녀석이 무슨 요괴인지 모르지만 무슨 일이 있어서 치이와 함께 우리 집에 왔을지도 모른다는 의심은 하고 있다.

"이거 마시는 거예요."

"아, 고맙다."

[……감사.]

치이가 준 차가운 보리차를 쭈욱 들이켠다. 시원하네.

"그런데 우리 집에 보리차가 있었나?"

"집에 아무것도 없어서 장을 봐 온 거예요."

마루에 놓은 상을 사이에 두고 앉은 치이의 시선에는 약간의 핀잔과, 잘 모르겠지만 사랑스럽게 보이는 감정이 녹아 있었다.

"폐이가 부자여서 다행인 거예요. 하마터면 여기서도 새로 변해서 사냥할 뻔한 거예요."

폐이=부자. 머릿속에서 공식이 성립되었다. 친하게 지내야겠군. ……아니, 속물적인 생각이라서 미안하지만 집에 오니까 주부 혼과 함께 가난뱅이 혼이 깨어났거든. 지리산에 있을 때는 뭔가 현실이 아닌 것같이 신선놀음을 즐기고 있었다면 지금은 현실의 족쇄가 내 발목에 채워졌다고 해야 하나. 이게 다 보충 수업 때문일지도 모른다.

"그래서. 폐이는 치이 따라 놀러 온 거야?"

은근슬쩍 이야기를 잘 꺼낸 것 같다. 그런데 분위기가 묘하다? 조금 전까지만 해도 나를 똑바로 바라보던 치이는 고개를 숙이고 폐이는 글 대신 보리차를 마셨으니까. 뭔가 있나.

"그게 말이에요, 오라버니."

치이가 말을 하려고 입을 열자 폐이가 손으로 연기를 일으켜서 그것으로 X자를 만들어 치이의 입술에 붙였다. X자가 입에 붙어 곤란해하는 치이의 모습은 사진으로 찍고 싶을 정도로 귀여웠지만 지금은 그게 문제가 아니다.

[내가 말할게.]

치이는 고개를 끄덕였고 나는 팔짱을 꼈다.

"단순히 놀러 온 건 아니라는 거지?"

폐이는 고개를 끄덕였다. **또 무슨 일이 있는 거냐.** 이야, 정말 하루하루가 살얼음판을 걷는 것 같은 나날이구나. 랑이를 만난 후 시간 개념이 달라진 것 같은 기분이다. 이렇게 지내다 가는 여름 방학이 끝나면 사람이 변해 있겠는데?

[……딴생각.]

"아, 미안하다."

나는 폐이의 글에 집중했다.

"미안한데 못 봤다. 뭐라고 말했어?"

[아직 안 썼어.]

만화라면 치이와 폐이의 눈이 반달로 표현이 될 것같이 한심하다는 표정으로 나를 본다. 이 녀석들이.

"그럼 준비됐으니까 말해 봐."

[먼저 사전 설명.]

……무슨 설명까지 필요하냐. 하지만 나는 입을 다물고 글을 기다렸다.

[2일 전에, 치이가 네 집에 가려고 했는데 무서운 언니가 오지 말랬어.]

치이가 입에 붙은 X자를 띄며 말했다.

"오라버니가 내일부터 학교에 간다고 해서 그런 거예요."

아, 그렇군. ……그런데 2일 전? 그때는 서울에 올라간다는 말을 한 적도 없는데? 세희는 보충 수업 때문에 서울에 올라갈 거라는 걸 어떻게 안 거지? 나래가 이야기했나? ……그럴 리가 없는데. 그런 이야기를 할 정도로 사이가 좋아 보이지는 않는다. 그러면 누구한테 들어서 알고 있는 거야? 혹시 이것도 요술입니당~☆라는 건 아니겠지.

[……보고 있어?]

아차. 또 생각이 다른 곳으로 날아갔다.

"미안."

[주의력 부족.]

뾰루퉁한 표정의 페이의 모습은 볼을 툭툭 건드리며 '삐쳤냐?'라고 말하고 싶게 만들었지만 나에게도 개념이라는 것이 있다. 치이라면 모를까 오늘 처음 만난 녀석에게 어떻게 그런 짓을 하겠냐.

[성적표에 머리도 나쁜데 주의력이 산만하고 집중력이 부족하여 가정 내에서 지도가 필요합니다, 라고 적혀 있을 거야.]

머리에 꿀밤을 먹이는 것도 안 된다.

"그러면 네 성적표에는 어른을 존경하는 마음과 예절 교육이 부족합니다, 라고 적혀 있냐."

[……나, 학교 안 가.]

부러운 이야기였지만 그 글을 쓰는 페이에게는 뭔가 마음에 걸리는 분위기가 있었다.

"……요괴는 학교 안 가나?"

[난 돈 많아서 안 가도 먹고 살아.]

정말 엄청나게 많이 끝내주게 부럽다.

[너는 돈 없고 힘도 없어. 그러니까 안 돼.]

"알았다."

나는 두 손을 들며 말했다.

"잘 들으마."

[보는 거야.]

……어린애가 말꼬리 잡는 거에 죽자고 달려들지 말자. 세희. 세희를 생각하며 참자.

"그래 봐주마."

[보통은 듣는다고 말하는 게 상식.]

"어쩌라는 거냐?!"

[언어유희.]

"언어유희는 국어 시간에만 하고 싶다."

[즐겨요, 이 기분.]

글과 함께 연기로 멕시코 아저씨들이 애용하는 전통악기를 연기로 만들어 치카치카 흔든다. ……차분해 보이는 분위기와는 달리 의외로 재미있는 녀석이구나.

"……제대로 말하는 거예요."

이야기가 삼천포에서 바다로 빠지는 걸 보다 못한 치이가 대화에 끼어들고 나서야 페이는 다시 원래의 이야기로 돌아왔다.

[그때 치이는 지리산 주소밖에 몰라서 곤란한 상황. 거기서 이 몸 등장.]

페이가 일어나 허리를 펴며 그위에 손을 얹고 턱을 들어 올린다. 옛날이야기에서 나올 법한 콧대 높은 귀족의 잘난척하는 모습같이 보인다. 그 잘난 꼴이 보기 싫어서 살짝 시선을 내리니 몸을 뒤로 젖혀서 그런 걸까. 내 시선은 색의 차이로 유별나게 강조되고 있는 페이의…….

"오라버니."

치이가 자신이 까치 요괴라는 것을 망각하고 매의 눈으로 나를 노려본다.

"로리콘 페도필리아 가슴 하악하악 변태라도 제 친구를 그런 눈으로 보는 건 아닌 거예요."

할 말이 없기에 페이에게 글을 재촉한다.

"그래서 네가 치이를 우리 집에…… 잠깐."

이상하잖아.

"그런데 너는 어떻게 우리 집 주소를 알았냐?"

페이는 흥 하고 콧김을 내쉬며 어깨를 으쓱하더니 두 손바닥을 위아래로 스치듯 지나치게 했다. 그러자 물 잔과 간식거리만 있던 탁자에 검은색 노트북이 하나 생긴다. 정말 곰이나 호랑이나 개나 귀신이나 다 쓰는 요술이구나.

[요괴넷에서 찾아봤어.]

"요괴넷? 그건 뭐냐?"

[인간들이 쓰니까 인터넷. 요괴가 쓰니까 요괴넷.]

아니, 저기요. 제가 아무리 영어를 몰라도 인터넷의 스펠링이 internet인 건 알거든요? ……맞나? 어쨌든 깊게 따지지 말자. 이 녀석은 농담으로 말한 것 같으니까. 그런데 이상하다. 내가 내 주소를 인터넷에 올릴 리가 없잖아.

"어디서 주소를 찾았어?"

페이가 자신은 잘났다는 듯이 나를 내려다보며 글을 썼다.

[해킹당한 개인 정보에서 네 주소를 찾는 것 정도는 쉬워.]

어이! 야! 야, 이 자식아!

"그건 범죄잖아!"

[나 요괴.]

"그렇다고 다르겠냐?!"

[내가 한 거 아니야. 난 그냥 개인 정보를 수집했을 뿐.]

그것도 범죄다.

"그게 말이 돼?!"

[이거 글.]

두 번째까지는 봐주마.

"그래도 그런 거 암호로 돼 있지 않냐?"

[암호화가 너무 잘 돼 있어서 나도 3초나 걸렸어.]

······할 말이 없군. 도대체 개인 정보를 어떻게 관리한 거냐. 어쩐지 요즘 들어 집에 이상한 편지가 자주 오더니 그런 이유 였냐.

[중요한 건 그게 아냐.]

범죄자가 은근슬쩍 넘어간다.

[그래서 내가 치이를 데려왔어.]

잡담 때문에 길어지긴 했지만 **일단** 페이가 온 이유는 우리 집을 모르는 치이를 위해 같이 왔다는 거구나. 그런데 이야기를 듣다 보니 한 가지 마음에 걸리는 게 있었다. 이건 치이에게 물어보자.

"세희가 우리 집 주소 안 가르쳐 줬냐?"

"그런 거예요."

"왜?"

내 말에 치이는 두 **뺨**을 확 붉히고서는 머리카락을 파닥였다. 그런 치이를 보고 페이는 볼을 부풀린다.

"세희 언니한테 물어보는 거예요."

……도대체 무슨 말을 들었기에 저렇게 부끄러워하는 걸까. 그건 세희와도 물어보지 말자. 그 녀석이 또 장난친 게 분명하니까. 어쨌든 할 말은 해 두자.

"그럼 페이야."

[?]

페이는 연기로 머리 위에 물음표를 만들었다. 편리하구나.

"고맙다. 치이를 도와줘서."

꾸벅 고개를 숙인다. 어린아이라고 해도 도움을 받았다면 감사를 표하는 게 맞는 일이니까.

[고마워할 것 없어.]

하지만 페이는 쑥스러워서, 혹은 감사를 받을 생각이 없어서가 아닌 뭔가 다른 의미가 엿보이는 얕은 미소를 지으며 글을 썼다.

[나도 너한테 부탁할 게 있으니까.]

……불길한 예감은 틀리는 법이 없어요. 이럴 때는 일단 말을 돌리자.

"그런데 너 왜 자꾸 나한테 너라고 하는 거냐?"

[그게 왜?]

"어딜 봐도 내가 어른이잖아. 그러면 오빠나, 치이처럼 오라버니라고 불러야지 너가 뭐야?"

[아저씨?]

"……아직 아저씨는 아니다."

[애새끼.]

"어린애도 아니다. 그리고 그런 나쁜 말 쓰는 거 아니야."

[……나 너보다 나이 많아.]

그야 그렇지. 요괴니까. 그래도 소기의 목적을 달성한 것 같다.

[그리고 멋대로 말 돌리지 마.]

그것도 안 됐네.

[요괴넷으로 다져진 날 우습게 보면 혼쭐.]

"우습게 본 적 없다."

단지 피하고 싶었을 뿐이다.

[그럼 부탁할 게 있으니까 그거나 들어.]

그래. 네 마음대로 해라. 어차피 어느 정도 뭔가 있을 거라는 예상은 했다. 지리산까지 혼자 날아온 치이와 일부러 함께 왔다는 게 뭔가 이유가 있다는 증거니까. 그래도 치이를 위해 범죄까지 일삼아 준 녀석이니 사소한 부탁 정도야 들어줄 수 있다.

"알았어."

치이가 몸을 움찔 떤다. ……왜 네가 그러냐? 폐이한테 부탁 내용을 미리 언급받았냐? 딴생각을 하고 있을 때가 아니라는 듯 폐이는 글을 썼다. 그런데 그 글의 내용이 정상적인 내 사고로는 이해할 수 없는 거라서 나는 내 눈부터 의심했다. 이게 뭔 소리냐. 나는 고개를 돌렸고 치이는 고개를 숙였다. 머리카락만이 소리 없이 파닥인다. 나는 다시 폐이가 쓴 글을 읽었다. 하지만 읽어도 이해를 하지 못하니 대답할 자신이 없다. 독해 실력이 이렇게 낮았었나. 나는 볼을 긁적이며 폐이에게 말했다.

"네가 변하고 싶은 거는 무슨 뜻이고 내가 도와주는 게 그거와 무슨 상관이 있다는 거냐."

[요괴에게는 작은 발걸음이지만 나한테는 거대한 도약.]

이 녀석은 머릿속이 4차원인가.

[넌 그냥 그렇게 알아 두면 간단.]

"전혀 간단하지가 않거든? 사람에게 도움을 받고 싶으면 제대로 말을 하란 말이다."

페이는 진지한 표정을 지으며 양 볼을 붉히고 양 갈래 머리카락을 재주도 좋게 빙빙 돌리면서 글을 썼다.

[도와주면 가슴 만지게 해 줄게.]

그 내용은 한 마디로 헛소리라고 치부할 수 있는 것이어서 문제지만.

"무슨 헛소리냐."

[안 통해?!]

그게 글을 이상하게 쓸 정도로 놀랄 일이냐.

"통하겠냐?!"

[그러면 새, 생으로 만지게 해 줄게, 그렇게 알고 도와줘.]

요즘 들어 내 인내심을 시험하는 일이 자주 일어나는 것 같다.

"야. 너 말이다. 사람한테 부탁하고 싶은 게 있으면 사정을 설명하고 제대로 말을 해야지, 태도가 그게 뭐냐. 거기다 그런 말도 안 되는 조건을 붙이는 것 자체가 나한테는 기분 나쁘다고. 아무리 치이 친구라고 해도 도가 지나치면 화낸다."

내가 조금 강하게 나가서 그런지 페이는 살짝 당황하더니 치이 쪽으로 시선을 돌렸다. 다른 건 몰라도 이 녀석이 치이에게 의존을 많이 한다는 건 금방 알 수 있었다. 페이는 상당히 곤란해 보이는 표정으로 글을 썼다.

[Help. Help. Help.]

글씨가 커졌다가 작아졌다를 반복하며 머리 위에서 떠다닌다. 직접 보여 주지 못해서 아쉽다.

"그러니까 제가 말한다고 했잖아요."

[가슴 만지게 해 주면 헬렐레해서 들어줄 줄 알았어.]

야.

"아닌 거예요. 오라버니는 더 심한 걸 하고 싶어 해서 그런 거로는 안 넘어오는 거예요."

야, 인마.

[어른이 되는 것하고 뭐가 달라?]

야, 이 자식들아!

"그러면 안 되니까 제가 같이 온 거잖아요."

[치이, 사랑해.]

"아우우, 부끄러우니까 그런 말 하지 마는 거예요."

더 이상은 못 참겠다.

"……난 도대체 언제 이야기를 들을 수 있는 거냐."

[너, 분위기 파악 못 해.]

"네가 할 이야기는 아니지."

나는 한숨을 쉬어 숨을 돌리고 다시 이야기를 시작했다.

"네가 말해 봐, 치이야."

페이는 입을 다물었고 치이는 고개를 끄덕였다.

"페이는 내성적인 성격인 거예요."

나는 그 첫마디에서 바로 손을 들어 치이의 말을 막고 손가락을 들어 페이를 가리키며 이견을 꺼냈다.

"내성적? 내성적인 성격이라고? 저게?"

어디의 내성적인 사람이 초면을 향해 저런 농담을 건네는지 모르겠다. 내가 어이없다는 듯 페이를 보니 그 당사자는 조금 울컥한 것 같다.

[너, 치이의 오빠. 생명의 은인. 믿을 수 있는 사람. 그래서 용기 내고 있는 거.]

입을 삐죽 내밀고 양 갈래 머리를 빙빙빙 돌리면서 딱 봐도 화난 것 같은 표정으로 나를 노려본다. 치이도 그런 페이를 응원한다.

"페이는 정말 노력하고 있는 거예요. 다른 사람들 앞에서는 제대로 말도 못 하고 제 뒤에 숨는걸요."

처음 본 나한테 그런 걸 이해해 달라고 하는 건 솔직히 말이 안 되지만 페이는 치이의 친구다. 그런데 내가 뭐라고 할 수 있을 리가 없잖아.

"미안하다."

[무식은 죄.]

화내지 맙시다. 나는 치이에게 눈빛으로 이야기를 재촉했다.

"그런데 페이가 도와달라고 말한 거예요. 자기**도** 변하고 싶다고요. 적극적인 성격이 되고 싶다고 한 거예요."

나는 페이를 보았다. 페이는 시선을 피했다.

"그래서 나한테 도와달라는 건?"

[실험용 생쥐.]

나 지금 화내도 되지? 인상을 팍 찌푸리며 페이를 노려보니 치이가 귀 위 머리카락과 함께 손을 파닥이며 말했다.

"아우우, 그럴 때는 흰색 햄스터라고 해야 하는 거예요."

"그게 그거잖아, 이 자식들아!"

"꺄우우?!"

[?!]

치이의 깜짝 놀란 소리와 함께 페이는 물음표와 느낌표를 머리 위에 퐁! 하고 띄웠다.

[깜짝.]

"놀란 거예요."

그건 내가 잘못한 것 맞지만 지금은 내가 화날 상황이라고 생각한다. 나는 아파 오는 머리를 짚으며 말했다.

"그래. 너희 사정은 대충 알았다. 그래서 넌 나하고 친해지고 싶은 거냐?"

페이는 고개를 흔들었다.

[난 아까 부탁할 게 있다고 했어.]

"내 말이 그 말이잖아. 나한테 친하게 지내 달라는 걸 부탁하고 싶었던 거 아니냐고."

[김칫국 사 와.]

"……떡 줄 요괴도 없구나."

내가 헛다리 짚었군.

"그러면 뭘 부탁하고 싶은 건데?"

페이는 글을 썼다.

[요괴넷에 인증해 줘.]

치이는 고개를 숙였다. 나는 페이가 무슨 소리를 하는지 이해할 수 없었다.

"이번에는 제대로 대답해라. 요괴넷은 뭐고 인증은 뭐야?"

[요괴넷은 요괴들이 활동하는 인터넷 사이트. 접속하려면 요력 필요.]

역시 그건 농담이었냐.

"인증은?"

[인증 몰라?]

"안다."

[그 말 그대로 인증.]

인증이라는 건 보통 인터넷에서 자기가 자신이 맞다는 것을 확인하는 걸 말하지 않나? 그런데 그게 나하고 무슨 상관인데?

"아니, 나도 인터넷에 인증한다는 게 무슨 뜻으로 사용되는지 알고는 있는데, 뭘 인증하라는 거야?"

[힘든 거 아니야. 이거만 들고 사진 한 번만 찍어 주면 돼.]

……뭐야. 이상하게 쉽잖아? 지금까지 당한 일 때문에 내가 너무 겁에 질렸나 보다. 난 또 말이 인증이지 요괴들과 싸워서 살아 남으라는 줄 알았네.

"좋아. 그 정도야 쉽지."

[그러면 자.]

페이가 다시 손을 스치자 거기에는 뭔가 써져 있는 흰 종이가 있었다. 무슨 글인지 궁금해져서 나는 내용을 읽어 보았다.

먼저 맨 위에는 영어. 아이 러브…… 뭐시기, 어쩌구, 저쩌구음. 엉어 공부를 열심히 하자. 알파벳은 알지만 그것들이 모이면 괴물이 되는군. 그다음은 한자. ……보았으나 읽을 수가 없다. 상형 문자는 어렵구나. 그리고 대망의 한글.

"……야."

페이한테 한 말이지만 치이가 몸을 떨었다.

[왜.]

"나는 매일 밤마다 어린 소녀를 가학적으로 다루어 자신의 성욕을 해소합니다……, 라는 글이 쓰여 있는 것 같은데."

[한글은 좋은 문자.]

"그 좋은 문자로 많은 문제가 되는 글이 써져 있는 건 어떻게 생각하냐, 이 자식아."

[그냥 그거 들고 사진 한 장이면 돼.]

역시 세상 일이 쉬운 건 없다. 어쩐지 계속 이야기가 수박 겉핧기식으로 계속 꼬이는 것 같더니……. 넌 도대체 뭘 숨기고 있는 거냐.

"내가 왜 이 사진을 찍어야 하냐."

[내 부탁.]

"그걸 물어본 게 아니다."

[어차피 사실. 상관없잖아.]

요괴들 사이에서는 세희가 퍼트린 소문이 창궐하고 있다는 건 알지만 그렇다고 해서 실제 본인이 이런 종이를 들고 사진을 찍어 인증을 하는 건 다른 이야기다.

"……너 치이한테 못 들었나?"

"아우우……."

내 말에 치이는 완전히 코가 상에 닿을 정도로 고개를 푹 숙였다. 이번에는 또 왜 그러지?

[치이도 인정했는데?]

그 대답은 페이가 해 줬다.

"뭐?"

[네가 자기를…….]

"꺄우우!! 그건 말 안 하기로 한 거잖아요!!"

페이가 쓴 글을 페이가 혼신의 손짓으로 연기로 뒤바꾼다.

[아, 깜빡.]

페이는 고개를 끄덕이고 다시 글을 썼다.

[어쨌든 사실. 그러니까 상관없어.]

페이의 당연하다는 듯한 모습에 나는 잠시 말을 아끼기로 했다. 솔직히 저런 걸 듣고 사진을 찍는 건 상관없다. 이미 소문은 퍼질 대로 퍼졌고, 내가 랑이를 사랑하는 것 자체도 사실이다. 조금 다르지만 **저 말이 완전한 거짓도 아니니까.** 하지만 이 녀석이 왜 그런 사진을 찍으려고 하느냐가 먼저다. 그 이유를 알아야 한다. 바로 눈앞에 있는 일들만 보다 고생했던 지금까지의 나날들을 잊지 말자.

"좋아. 그 정도야 별거 아니니까."

치이와 페이의 안색이 확 밝아진다.

"그런데 왜 그런 사진을 찍어야 하는데?"

페이가 고개를 갸웃하며 글을 쓴다.

[그거 아까 한 말. 너, 바보?]

말 참 귀엽게 한다.

"내가 궁금한 건 **네가 왜 하필 나한테 그런 부탁을 했냐는 거다.**"

나는 일부러 상 위에 손을 올려 턱을 괴고는 최대한 건들건들해 보이도록 애쓰며 말했다.

"사실 그렇잖아? 나는 랑이의 지아비가 될 인간이야. 그렇다면 그런 사소한 부탁이 아니라 다른 걸 원해야 하는 게 맞지 않냐? 이런 장난 같은 부탁을 들어 달라는 게 좀 이상한데……."

나는 잠시 뜸을 들이고 폐이를 노려보며 말했다.

"너 뭘 노리는 거냐."

세희는 힘이 약한 요괴들은 내 목숨을 노릴 수 없을 거라고 이야기했다. 하지만 폐이가 힘이 약할 거라는 보장은 없고 반드시 내 목숨을 노려야 하는 것도 아니다. 나와 랑이의 사이를 방해하려면 그것 말고도 방법은 많다.

"오, 오라버니?"

치이는 깜짝 놀라 한다. 하지만 지금은 일단 무시한다. 생각해 봐라. 과장해서 말하자면, 폐이가 한 부탁은 마치 소원을 들어주는 신기를 다 모은 다음에 팬티를 달라고 하는 것과 같은 말이다. 물론 과장이다. 그래도 어느 정도 좀 더 큰 걸, 내가 들어줄까 말까 고민할 정도의 것을 부탁할 수도 있다. 요괴들에 대해서는 모르지만 랑이는 왕과 비슷한 아이니까. 그런데 그 남편에게 부탁하는 게 이런 우스꽝스러운 사진 한 장. 뭔가 이상하잖아.

……하지만 내 생각은 크게 엇나간 것 같다.

[웃기지 마.]

페이는 양 갈래 머리를 빙빙 돌리며 인상을 찌푸렸다.

[치이가 슬퍼할 일을 내가 할 리가 없잖아!]

페이는 글 중에서 느낌표를 집어 들어 내게 던졌다. 나는 깜짝 놀라서 고개를 옆으로 피했고 뒤에서 푸욱 하는 소리가 들렸다. 뒤를 돌아보니 벽에 박혀서 부들부들 떨리고 있는 느낌표가 보였다. 나는 어이가 없으면서도 화가 나서 페이에게 소리쳤다.

"아무리 그래도 그렇지 저런 걸 사람한테 던지냐?!"

살인 미수 용의자는 죄의식이 없었다.

[너, 호랑이님 이빨 있어서 맞아도 조금 아픈 정도.]

그걸 어떻게 알았는지는 물어볼 것도 없다. 치이겠지. 하지만 그렇다고 해서 저런 걸 사람에게 던질 정도라면…… 정말로 화가 났다는 거구나. 내가 말을 잘못했다. 아니, 전제 자체가 틀렸다. 페이가 뭔가 못된 짓을 하기 위해 내게 이런 부탁을 했을 수도 있다는 생각 자체가 틀렸다. 당한 게 많으니까 의심만 하게 된 건가? 지금은 내가 사과를 해야겠지만…… 마음에 들지 않는다. 페이의 태도가 마음에 들지 않는다. 뭔가를 숨기면서 남에게 뭔가를 부탁하는 그 꼬락서니가 마음에 들지 않는다.

"그런데 이것도 치이가 싫어하는 일 아니냐? 아까부터 치이가 계속 나를 제대로 못 보고 있는데."

[으……!]

"오라버니……."

페이는 이를 악물었고 치이는 당황했다. 어른스럽지 못하다는 건 안다. 하지만 아이들은 솔직한 게 제일이다. 사실을 있는 그대로 말하고 도와달라고 말하면 되는 걸 저렇게 조건을 따지고 거리를 재며 거래를 하는 것같이 말하면…… 어렸을 때의 나래가 생각나잖아. 그렇다고 내가 잘못했다는 건 달라지지 않는다. 솔직하게 사과하자. 하지만 페이에게 사과하는 것보다 치이기 입을 여는 세 한 발 빨랐다. 치이는 거의 울 것 같은 표정으로 페이의 옷자락을 잡고 애원하듯 말했다.

"아우우. 페이는 그냥 아무것도 숨기지 말고 말하는 거예요. 오라버니는 우리 같은 어린애만 보면 파닥파닥하는 로리콘이라서 다 이해해 줄 거예요."

야! 야, 인마! 네 머릿속의 내 이미지는 도대체 어떤 놈으로 굳어져 있는 거냐?!

[나, 그런 이야기를 할 정도로는 저 인간 못 믿어.]

"오라버니가 아닌 절 믿는 거예요."

[치이, 사기 당하기 딱 좋은 아이. 나중에 전기장판 팔러 갈게.]

"폐, 페이를 위해서라면 사기 당해도 되는 거예요!"

[치이, 사랑해.]

"아우우……."

치이와 페이는 오랜 전쟁이 끝나고 만난 연인들처럼 서로를 꽉 끌어안았다. 너희들의 우정이 깊은 건 좋은데 말이다.

"……너희 둘 다 안 부끄럽냐."

내 앞이라는 건 잊지 말아 줘라. 내 말에 치이도 페이도 얼굴을 붉게 물들이며 휙 떨어져서 서로의 시선을 피한다. 그러는 사이 나는 생각을 정리했다. 다른 건 몰라도 페이가 치이와 함께 온 것은 단순히 생각할 일이 아니라는 건 알겠다. 나는 페이에게 말했다.

"그러니까 대충 때려 맞춰 보면……. 페이가 날 속이려고 했다는 거지?"

어린애가 어른을 속이려고 애쓴 것 같지만 아직 먼 것 같다. 세희라면 내가 위화감을 느끼지도 못하게 만들 정도로 일을 준비했을 텐데.

"그런 거예요, 오라버니."

[치이, 나빠. 속이려고 했는데 바보가 눈치 다 챘어.]

페이가 치이에게 달려들었다. 조금 전의 훈훈한 모습은 어디 갔는지 모르겠다. 역시 이 녀석도 애인가.

"까우우?"

치이는 당황하면서 페이에 의해 뒤로 넘어졌고 어린아이 둘이 거실에서 뒹굴뒹굴거리기 시작했다. 이런 말 하면 욕먹을 걸 알지만 보이는 건 말해야겠지.

두 녀석 다, 가슴이 크니까 이럴 때 보기 좋구나.

……아니, 요술 때문이라니까요.

"절 믿는 거예요."

[변태는 못 믿어.]

"변태라서 조금 믿기 힘든 면은 있지만 믿을 만한 오라버니에요."

[변태잖아.]

"변태니까요!"

왜 싸우는 건 두 녀석인데 마음의 상처를 입는 건 나일까. 나는 마음을 안정시키기 위해 보리차를 마신 다음 일부러 탁 소리 나게 상 위에 내려놓았다. 한 덩이가 돼 있던 두 녀석이 서로의 머리카락을 잡고 있다가 고개만 돌려 나를 본다.

"대충 사정은 알겠다. 치이는 내가 보고 싶어서 온 거고……."

"꺄우우우?! 오, 오해예요! 오해인 거예요! 제가 왜 오라버니를 보고 싶어 하나요?!"

머리카락을 파닥거리며 페이의 인상을 찌푸리게 만든 새끼까치는 잠시 후에 혼내 주기로 하자. 이 녀석. 솔직하지 못한 건 여전하구나.

"페이, 너는 왜 그런 부탁을 하는지 사실대로 말해. 난 거짓말을 하거나 뭔가 숨기는 녀석은 싫으니까."

치이와 페이는 다시 원래대로 자리에 앉았다. 페이는 슬쩍 눈치를 보았고 치이는 고개를 끄덕였다.

"오라버니는 나쁜 사람 아닌 거예요. 저를 위해서 죽을 각오도 하는 사람인걸요. 그러니까 페이가 사실대로 말하면 무슨 일이든 도와줄 거예요. 로리콘이니까요."

좋은 말이긴 한데 마지막이 좀 이상하다. 내가 로리콘이라는 말에 페이는 조심스럽게 엉덩이를 한 뼘 뒤쪽으로 빼며 글을 썼다.

[……나도 수비 범위?]

대답하기 곤란한 말 묻지 마라.

[그래서 믿는 거야?]

페이의 물음에 치이가 답했다.

"아니요. 그 전에 오라버니는 목숨을 걸고 저를 구해 주신 분이니까요."

치이는 가슴에 손을 대고 행복한 미소를 지으며 나를 바라보았다. 나는 가슴이 아팠다. 하지만 겉으로 드러내지 않는다. 치이에게 그것이 행복한 기억이라면 나는 내 감정을 드러내지 않아야 한다. 비록 내게는 정말로 마음이 아픈, 내가 얼마나 바보 같았는지, 발전이 없었는지 다시 한 번 깨닫게 된 일이라고 해도 말이야.

페이는 치이의 미소를 보고 살짝 볼을 부풀리며 글을 쓰기 시작했다.

[며칠 전의 일이야.]

페이의 이야기는 간단했다.

[치이가 되돌아왔을 때 뭔가 달라져 있었어. 그래서 나도 변하기로 했어. 내성적인 성격을 고치는 첫 단추로 요괴넷에서 유명한 사이트에 가입하는 게 좋을 것 같아서 가입 신청을 했어.]

나는 아무 말 없이 계속 글을 읽었다.

[그런데 가입 조건이 인간을 가지고 장난치는 걸 사진으로 찍어서 인증하는 것.]

그러니까 내 식으로 정리하자면 성격을 바꾸고 싶어서 인터넷 사이트에 가입하려고 한다. 그런데 그 조건이 사진이다 이거지. 이해 못 하지는 않겠다. 못 하지는 않겠지만……. 왜 그렇게 귀찮은 방법을 쓰는 거지? 성격을 바꾸고 싶다면 좀 더 적극적으로 나서야 하는 거 아닌가? 아니, 그게 안 되니까 내성적인 성격이라는 건가. 나는 이 문제는 나중에 신경 쓰기로 하고 궁금한 사실을 물어보기 위해 손을 들었다.

"요괴들은 인간에게 해 끼치면 곰의 일족이 잡으러 오는 것 아니었냐?"

[안 들키면 장땡.]

그렇습니까.

[그리고 네가 도와주면 그런 걱정도 없어. 그래서 네 도움이 필요.]

너무 간단했다.

[이하 생략.]

"생략하지 마! 좀 알기 쉽게 말하라고!"

[이해 못 해? 국어 성적 가. 쾅!]

옆에 참 그랬어요 도장까지 찍어 주는 센스를 발휘해 주신다.

"적어도 육하원칙 정도는 지켜라."

[그거 말할 때 쓰는 거. 나 글 쓰고 있어.]

"그러면 기승전결이라도 맞추든가."

[기승승병.]

이유는 모르겠지만 가슴이 욱씬하고 아린다. 아니, 지금 그게 문제가 아니라.

"제대로 말해 줘. 그래야 나도 성심성의껏 도와줄 수 있으니까."

[내 몸이 목적?]

"내가 미쳤냐?!"

[난 할 생각은 있어.]

곰의 일족님. 여기 위험한 요괴가 있어요.

[무릎 꿇고 빌면서 멍멍 짖으면 생각만 해 볼게.]

생각만 하는 거냐! 아니, 아니, 그게 아니라!!

"둘 다 농담은 그만하는 거예요!!"

치이가 귀 위 머리카락을 파닥이며 화를 내자 페이가 치이를 휙 돌아보았다.

[치이가 나빠.]

"아우우?"

갑작스러운 페이의 선공에 치이가 당황한다.

[치이가 집에 돌아와서 "호랑이님의 약혼자인 로리콘 변태 페도필리아 오라버니가 너무너무 멋진 거예요."라고 그래서…….]

"꺄우우우?!"

치이가 허둥대며 페이가 쓴 글을 두 손으로 휘젓는다.

[왜 그래.]

"페이야말로 왜 그런가요?!"

[오라버니를 오라버니라 부르지 못하고 치이를 치이라고 부르지 못해. 언론 탄압.]

"페이가 이상한 말을 하니까 그렇죠! 제, 제가 언제 그런 말을 했다는 거예요?"

"……저기, 둘이 사이가 좋다는 것하고 치이가 날 좋아하는 건 이제 잘 알겠으니까 설명부터 마저 해 줘."

"오라버니!"

치이가 귓불까지 새빨갛게 붉히며 귀 위 머리카락을 파닥이는 걸 무시하며 나는 페이에게 말했다.

"어쨌든 잘 알겠다. 네가 요괴넷이라는 사이트에 가입하고 싶어서 나를 장난치는 대상으로 삼고 싶다는 말이지."

페이는 고개를 끄덕였다. 하지만 그 의문은 사라지지 않는 다. **정말로 자신의 성격을 바꾸고 싶은 애가 그런 식으로 빙 돌아가는 방법을 선택할까?**

"그럴 것 없이 사람을 만나는 게 더 낫지 않냐?"

[싫어.]

페이는 즉답했고,

"그건 힘든 거예요."

치이는 페이에게 힘을 실어 주었다. 뭔가 말 못 할 사정 같은 게 있나 보다. 지금은 묻지 않는 게 좋을까. 하지만 이야기를 해 준다면 들어주는 것도 그리 나쁘지 않을 것 같은 생각이 든다.

"말해 줄 수 있냐."

페이는 고개를 흔들었다. 나는 치이에게 시선을 돌렸다. 제 대로 눈도 못 마주치고 고개만 숙인다. 그렇다면 더 이상 추궁 하지 말기로 하자.

"알았어. 마음대로 해라."

그렇다고 오해하지 마라. 나는 단순히 치이를 위해서 네 부 탁을 들어주는 거다. 치이가 기죽은 모습, 자기 잘못도 아닌데 페이에게 나와 있었던 일을 말했다는 것이 잘못이었다는 듯 죄책감을 느끼는 모습을 보고 싶지 않아서 그런 거니까! 나는 치이의 오빠로서 내 여동생을 위해 손을 걷어 부치기로 했다. 내 말에 치이는 고개를 들고 감격한 표정으로 나를 바라보았 고 페이는 몰래 안도의 한숨을 쉬다가 내가 바라보고 있다는 사실에 안색을 굳히고 태연하게 글을 썼다.

[그러면 사진.]

다시 그 종이를 보니까…… 물리고 싶어진다.

나는 페이가 준 종이를 들고 품에서 휴대폰을 꺼냈다. 시간, 알람에 이어 이제는 카메라 용도인가. 나는 범죄자처럼 종이를 목 아래쪽에 댄 다음에 정면에서 사진을 찍었다. 보통 이런 걸 셀카라고 하지. 이런 사진을 찍은 적이 없어서 휴대폰 액정 속의 나는 꽤 우스꽝스러웠다. ……45도 각도로 올려다보면서 찍을 걸 그랬나.

"휴대폰 있냐? 문자로 보내 줄 수 있는데. 없으면 컴퓨터에 연결해서 옮겨 줄게."

[휴대폰 같은 건 다 있는 거.]

치이가 깜짝, 귀 위 머리카락을 높이 띄웠다가 풀 죽은 강아지처럼 추욱 내리는 걸 보면 이 녀석은 휴대폰이 없는 것 같다. 집안 살림하는 돈으로 하나 사 줄까. 이번 달에는 지리산에 내려가서 돈이 많이 굳었는데. 앞으로도 그럴 것 같고.

"그래? 그럼 잘됐네. 보내 줄까?"

[내 번호 가르쳐 주기 싫어.]

"……아 그러냐. 그러면 자."

나는 페이에게 휴대폰을 건넸다. 이렇게 일단 한 가지 일은 일단락되었으니까 지금까지 미루고 미루었던 일을 하고 싶어졌다. 바로 씻고 쉬는 것. 나, 피곤하다고.

"그러면 난 좀 씻고 와도 되냐?"

[맘대로 해.]

페이의 글을 읽고 치이에게 말한다.

"치이야."

"왜요, 오라버니?"

"같이 씻을래?"

"꺄우우우?! 제, 제가 왜 같이 씻는데요!"

"오누이의 정?"

"그런 건 다른 데서 찾는 거예요!"

쳇. 거절당했다. 나는 가방을 들고 내 방으로 들어가려고 손잡이를 잡았다.

"자, 잠깐만요. 오라버니."

설마?! 나는 화색이 돼서 뒤돌아섰다.

"같이 씻게?"

"그게 아니라고요! 머릿속에 도대체 무슨 생각만 하는 거예요? 저, 전 아직 어리다고요!"

응? 어리니까 같이 씻지 어른일 때 같이 씻을까. 그런 의문은 이어지는 치이의 말에 곧 사라졌다.

"그 방은 저하고 페이가 쓰고 있는 거예요."

듣고 넘어갈 수 없는 말이 들렸다.

"여긴 내 방인데?"

"그런 줄 아는 거예요!"

아버지를 아버지라 부르지 못하고 내 방을 내 방이라 부르지 못하는 것도 아니고 이게 뭐냐.

"이미 짐도 다 푼 거예요."

내가 방을 되찾으려고 할까 불안한지 치이가 열심히 머리카락을 파닥이며 소유권을 주장한다. 원래 오빠는 동생에게 좋은 걸 양보하게 돼 있다. 조금 이상한 건…….

"그런데 내 방 말고 다른 방에 짐 풀지 그랬어? 다른 방이 더 넓고 좋은데."

나는 외동아들이고 집안에서의 영향력을 따지면 어머니, 아버지, 그리고 마지막으로 나의 순서다. 자연스럽게 내게 가장 작고 좁은 방이 돌아왔는데 왜 하필 내 방을 고른 거야?

"그, 그, 아, 아우우우……."

치이는 쉽게 대답하지 못하고 볼만 붉혔다. 응? 설마 내가 숨겨 놓은 비장의 컬렉션을 노리기 위해서는 아니겠지?! 그런 멍청한 생각을 페이가 종식시켰다.

[치이 왈. 오라버니 냄새가 좋은 거예요.]

"꺄우우우우?! 페, 페이, 너!!"

나는 곤란한 미소를 지었고 치이는 나를 보며 손을 흔들며 말했다.

"거, 거짓말인 거예요!!"

[사실.]

"아, 아니라고요!"

바동바동거리며 어떻게든 부정을 하려는 치이를 보며 나는 웃었다.

"그러냐? 그러면 됐다. 알겠어."

"모르시잖아요!!"

모르긴 뭘 몰라. 너나 나나 서로가 서로를 그리워했다는 건 충분히 안다.

샤워를 하자 시원해서 기분이 좋아졌다. 치이도 같이 했으면 좋았을 텐데. 내가 잘 씻겨 줄 자신이 있는데 말이야. …… 이상한 생각과 음흉한 마음이 있는 건 아닙니다. 그냥 여동생의 현재를 두 눈에 간직하고 그저 이맘때의 치이를 조금이라도 더 귀여워해 주고 싶은 마음뿐이다. 치이는 랑이하고 달라서 내가 먼저 손을 안 내밀면 계속해서 참으려고 할 녀석이니까. 그날 이후, 변해 가려고 하는 것 같지만 그게 하루아침에 되겠냐. 이런 건 이 오라버니가 알아서 신경을 써 주며 스킨십을 유도해야 하는 거다. 그러면서 은근슬쩍 으헤헤헤헤. …… 왜 이런 웃음이 나오는 거지. 수건으로 머리를 말리며 나오는데 치이가 거실에 있는 소파에 앉아 있는 게 눈에 들어왔다. TV를 보는 것도 아니고 나오자마자 시선이 마주친 걸 보니 내가 씻고 나오는 걸 기다렸나 보다. 나는 치이의 옆에 앉으며 말했다.

"기다렸어?"

"기다리긴 누가 기다리는 건가요?"

"그냥 같이 씻지 그랬어?"

"아우우!! 오라버니!"

너무 놀랐나? 웃으면서 넘어가려고 했지만 진지하게 나를 올려다보는 모습에 나는 말을 삼켰다. 치이가 말했다.

"아직은 안 돼요."

……뭐가?

"어른이 되고 나서인 거예요."

그러니까 뭐가. 랑이를 흉내 내서 눈을 깜빡깜빡거리며 계속 바라보자 치이는 양 볼을 붉히고 귀 위 머리를 격하게 파닥이며 소리치듯 말했다.

"알겠으면 대답하는 거예요!"

모르겠지만 대답하지 않으면 다음 해 칠석까지 안 볼 작정인 것 같아서 얼떨결에 고개를 끄덕이며 대답했다.

"응."

"그럼 되는 거예요."

······잘 모르겠는데.

"그, 그래도 원하신다면 가, 가슴까지는 허락하는 거예요."

뭔가 이 녀석 초특급 오해를 하고 있는 거 아닐까. 그건 조금씩 풀어 나가기로 하자. 지금 직면한 문제는 따로 있으니까.

"아, 그런데 치이야."

"그, 그렇다고 당장은 안 되는 거예요! 제게도 마음의 준비와 함께 몸의 준비가 필요한 거니까요!"

"······아니, 일단 진정해라."

나는 격렬하게 파닥이는 귀 위 머리를 양손으로 누른 다음 치이가 진정하기를 기다렸다. 그러자 거짓말같이 금방 냉정을 되찾았다. ······재미있네.

"괜찮아?"

"아우우······."

괜찮은 것 같다.

"그러면 물어볼 게 있는데."

"폐이에 대한 거예요?"

역시 속궁합이 맞는다.

"응. 네 친구라고 하니까 착한 녀석일 것 같기는 한데 난 잘 모르니까. 네가 어떤 애인지 알려 줬으면 좋겠어."

치이는 말을 고르고 골랐다. 하지만 대답은 내가 예상한 답변 중 하나였다.

"……죄송해요, 오라버니. 말씀드릴 수 없는 거예요."

그럴 줄 알았다. 나와 치이의 관계라 해도 모든 사실을 말할 수 있는 건 아니다. 그런데 당사자도 아닌 친구의 이야기다. 내가 연관되어 있다 해도 쉽게 입에 담을 수 없겠지. 여자애들은 친구 관계가 좀 그런 면도 있다고 하잖아? ……나는 여자 친구가 나래밖에 없어서 잘 모르지만. 어쨌든! 묻는다면 페이에게 직접 물어봐야 할 것 같다.

"그래, 알겠다."

"아우우?"

치이가 당황해한다. 치이야. 넌 내가 끈질기게 물어볼 거라고 생각한 거야? 이 오라버니, 실망이다.

"더…… 안 물어보시는 거예요?"

"페이는 치이의 친구잖아?"

"아우우?"

그게 무슨 뜻이냐고 묻고 싶은 거겠지.

"난 그만큼 치이를 믿으니까."

치이가 근심 걱정이 가득한 채 나를 올려다본다. 그런 표정 짓지 마라. 내가 싫다. 나는 그래서 치이의 왼쪽 뺨에 내 손을 가져다 대며 말했다.

"그날 기억하지?"

살짝 떨리는 눈동자로 나를 올려다보는 치이에게 말한다.

"네가 나를 믿어 준 거."

치이도 내가 무슨 말을 하려고 하는지 안 것 같다.

"……오라버니."

"그러니까 나는 죽는 한이 있어도 너를 믿는다. 네가 믿으라고 하는 건 무엇이든 믿는다. 그게 오빠로서 내가 너한테 해 줄 수 있는 유일한 거야."

"그때의 일…… 오라버니도 마음에 담아 두시고 있는 건가요?"

너도 역시 그랬구나.

"뭐, 그랬지. 지금이야 많이 나아졌지만."

나래와 랑이. 둘의 도움이 없었다면 그때부터 겨우 며칠밖에 안 지난 지금, 이렇게 지낼 수 없었을 거다. 그래도 내 마음에는 그때의 응어리가 남아 있었지만 지금 치이의 슬퍼하는 모습을 보고 결심했다. 그날의 일을 가지고 내가 괴로워하면 치이도 마음 아파한다는 것을 깨달았으니까. 그때의 일은 내게 있어서도 좋은 추억으로 간직하자.

"하지만 그때 일은 이제 신경 쓰지 않기로 했어. 너도 마음에 두고 있었다면 잊어 줘. 지금 네가 내 곁에 있어 준다는 사실이 행복하니까 그런 생각은 이제 하고 싶지 않아. 부탁해도 되겠니?"

"……성훈 오라버니."

"조금 이기적이려나?"

"아니에요. 아닌 거예요. 저도 힘들겠지만 힘내겠어요……."

물기 어린 눈동자로 나를 바라보던 치이가 눈을 깜빡인다.

눈물이 볼을 타고 흘러내린다. 어울리지 않는다. 치이는 행복해져야 하는 아이다. 나는 눈물을 닦아 주었다. 치이가 눈을 감는다. 그리고 어린 새가 먹이를 달라고 보채는 것같이 입술을 내 쪽으로……

[……뭐해?]

"꺄우우?!"

치이는 눈을 감고도 페이가 쓴 글을 어떻게 눈치챘는지 모르겠지만 깜짝 놀라서 머리카락을 파닥이며 몸을 뒤로 뺐다. 어리광 부리는 모습을 페이에게 들킨 게 부끄러웠나 보다. 나는 뭔가 뚱~한 표정으로 치이를 바라보고 있는 페이에게 말했다.

"별로?"

[옆에서 보기에는 달라.]

음?

"뭐가?"

[말 안 해.]

"그러면 그냥 넘어가 주지 그랬냐."

치이하고 좋은 분위기였는데 말이야. 이대로 조금만 더 있었다면 이 오라버니의 가슴에 몸을 맡기고 무거운 짐을 내려놓은 채 쉴 수 있었을 텐데. 아직도 당황해서 허둥지둥하던 치이는 일단 자리를 벗어날 생각인지 소파에서 날듯이 일어나며 말했다.

"저, 전 청소하러 가는 거예요."

갑자기 무슨 청소냐고 놀리고 싶었지만 치이를 위해 입을 다물기로 했다.

[도망?]

페이는 그럴 생각이 없는 것 같지만.

"누가 도망가는 건가요? 전 오라버니가 쓸 방을 청소하러 가는 것뿐이에요."

[변명도 수준급.]

"아우우, 자꾸 그러면 페이도 큰일 나는 거예요."

귀 위 머리를 높이 들어 올리며 하는 말에 페이는 양 갈래 머리를 빙빙 돌렸다. 이야, 이 녀석들이 이야기를 하는 걸 지켜보면 심심할 일은 없을 것 같다.

[치이……. 치사해.]

"빼~인 거예요."

치이가 혀를 내밀고서는 빗자루와 쓰레받기를 꺼내 들고 임시 내 방으로 들어간다. ……진공청소기가 저기 구석에 떡하니 있는데 왜 그걸 안 쓰고 저런 고풍스러운 물건을 쓰는지 모르겠다. 치이가 방 안에 들어가는 걸 끝까지 놓치지 않고 지켜보던 페이는 문이 닫히자마자 내 옆에 앉았다.

어색해. 어색한 침묵이 흐른다. TV라도 미리 틀어 놓을 걸 그랬나. 지금 와서 TV를 켜면 페이를 의식하고 있다는 말밖에 안 되잖아. 일단 아무 말이나 해 보자. 조금 전까지 치이와 페이가 나눈 이야기에서 화제를 끄집어낸다.

"너, 치이한테 약점이라도 잡혀 있나?"

[있어.]

쿨하게 인정한다. 하지만 내가 보기에 치이가 남의 약점을 잡을 만한 아이는 아닌 것 같아서 좀 더 물어보기로 했다.

"무슨 일인데?"

페이가 눈을 가늘게 뜨며 나를 본다.

[네가 알아도 의미 없는 거.]

이 녀석 봐라? 누가 보면 내가 약점을 잡아서 너한테 이렇고 저렇고 요렇고 그런 일을 할 생각이라는 듯 말한다?

"그냥 한 번 물어본 거다."

[치이, 가슴 만지면 기분 좋지?]

이런 게 문맥과 이야기의 흐름에 맞지 않는 글이라는 걸까.

"갑자기 무슨 말이냐."

[그냥 한 번 물어본 거.]

머리가 나쁜 나로서는 상상도 못 할 비꼬는 방법에 할 말이 없어졌다. 그래도 뭔가 의기양양하게 잘났다는 듯이 나를 깔보는 시선으로 내려다보는 페이에게 지고 싶지는 않아 다른 것을 화젯거리로 삼는다.

"그건 됐고, 휴대폰은 언제 줄 거냐?"

사진을 찍고 건네주고 나서 아직도 받지 못했다.

[통화 내역 3건.]

나는 친구가 적으니까. 나래도 그다지 전화를 자주 하는 편이 아니고, 그나마 있는 친구 녀석은 돈 아깝다고 전화를 걸 생각도 없는 녀석이다. 그래서 나도 전화를 걸지 않는다. 서로의 가계부를 생각해 주는 좋은 우정이다.

"남의 휴대폰으로 뭘 한 거야."

페이가 대답했다.

[주소록은 4명. 문자는 두 달 동안 80건. 대인 관계가 의심.]

휴대폰의 내역을 뒤져 보았다고.

"너, 인마. 그렇게 예의 없는 짓은 하는 게 아니야."

[예의는 아이가 어른에게.]

"얌마, 겉모습은 내가 어른이잖아."

페이는 휴대폰을 건네주며 글을 썼다.

[기뻐?]

……뭐지. 가슴 깊은 곳에서 솟구쳐 오르는 이 슬픔은. 슬픔에 못 이긴 나는 말을 바꿨다.

"아니, 그 전에 말이다. 예의는 사람과 사람이 상대방을 존중해 주기 위해서 있는 거니까 어른이고 아이고 상관없는 거야."

[와아. 좋은 변명 감사.]

과장되게 만세를 부르는 녀석의 이마에 손가락이라도 튕기고 싶었지만 참았다. 그 대신 나는 휴대폰을 꺼내 바보 같은 내 사진을 불러 놓고서 지우기에 앞서 페이에게 물어보았다.

"사진은 올렸냐?"

두 번 찍기는 싫으니까.

[협력 감사.]

"그럼 지운다?"

[화장실 가는 것도 허락해 줄게.]

나는 왜 이 녀석에게 이런 말을 들어야 하는 걸까. 가만히 듣고 넘기자니 배알이 꼴린다. 나도 한 마디는 해 주자.

"그러는 너는 화장실도 안 가냐?"

[요괴는 화장실 안 가.]

"아침 이슬만 먹고 사는 소리 하네."

[네 이상형?]

"내 이상형은 가슴 큰 여자다."

[대놓고 할 말은 아니야.]

나는 목소리를 낮추고 소곤거리듯 말했다.

"내 이상형은 가슴 큰 여자다."

[……변태.]

……어머니, 저는 왜 이런 인간이 되어 버렸나요. 왜긴 왜야. 세희 녀석 때문이지. 그리고 무엇보다 페이가 우리 집에 있기 때문이다.

"그러면 넌 어쩔 거냐?"

[뭐가?]

"이제 부탁한 것도 들어줬으니까 집에 갈 생각은 없냐는 말이다."

[부탁이 사진 한 장이라고는 말 안 했어.]

"야, 인마."

아무렇지 않게 내 인생에 먹구름을 들이지 마라.

[말 무를 셈?]

"그런 게 아니라……."

[물러라 물러라, 무른놈.]

확 대머리로 만들어 버릴까 보다.

"무를 생각 없다, 이 자식아."

[자신의 의사를 확실히 표현하지 못하는 건 자신감 결여. 성적표가 더러운 사람.]

실제로 그런 내용이 성적표에 적힌 적이 있긴 하다. 그때 아버지께서 내게 자신감을 부여해 준다고 요리 강습에 나가서 한식을 배우도록 시켰지. 지금 생각해 보면 단순히 식생활의 업그레이드를 위한 것으로 생각되지만, 그런 아무도 궁금해하지 않을 이야기는 그만하고.

"성적표도 안 받아 본 녀석이 글은 잘 쓴다."

[어렸을 때는 받은 적 있어.]

"돈 많아서 학교 안 가도 된다며?"

페이는 대답하지 않았다. ……학교에 관련된 이야기는 하고 싶지 않은 건가? 그러면 억지로 대화를 이어 갈 필요도 없다. 내가 궁금한 건 그런 게 아니었으니까.

"그래서 또 무슨 사진을 찍을 건데?"

[비밀.]

나는 심각하게 이 녀석을 내쫓아 버릴까 고민했다. 이대로 가면 결국 결론이 이 녀석을 집에서 내쫓아 버린다, 로 나올 것 같기에 나는 말을 돌렸다.

"페이야."

[?]

"너는 무슨 요괴냐?"

[까마귀.]

"까마귀?"

[CROW.]

"선원이냐."

말한 다음 깨달았다. 선원의 스펠링은 CREW라는 사실을.

페이는 나를 한심하다는 듯 반달 같은 눈으로 보며 글을 썼다.

[무식은 죄가 아니야. 하지만 살아 있는 건 죄.]

"심한 소리를 하네."

페이는 까마귀 요괴였구나. 치이 친구라고 해서 까치 요괴라고 생각했는데 머리카락이 치이하고 달리 순수한 검은색인 건 그런 이유일까? ……그렇게 따지면 세희도 까마귀 요괴겠다. 아니, 그 녀석은 그냥 마귀다.

"까마귀하고 까치냐."

[둘이 합쳐 까막까치.]

"오작교라도 만들 생각이야?"

[귀찮아.]

못 만든다는 말은 안 하네. 아니, 이런 잡담이나 하려던 건 아니었는데 어디서부터 잘못된 거지. 대화가 끊겨서 나는 우리 둘 사이의 공통의 주제인 치이에 대해 이야기하기로 했다.

"그런데 치이는 평소에도 저렇게 청소 자주 하냐?"

페이는 즐거운 추억이라도 떠올리는 듯 아늑한 미소를 지었다. 호오, 이 녀석도 이런 미소를 지을 수 있구나.

[치이는 깨끗한 걸 좋아하니까.]

……발이 더럽다고 말하자마자 팬티가 보이는 것도 신경 쓰지 못하고 발바닥을 보여 줬던 건 그런 이유 때문이었냐.

[치이, 좋은 아이.]

마침 좋은 순간에 문이 열리고 두건을 쓰고 있는 치이가 방에서 나왔다. 치이는 이쪽을 흘끗 쳐다보고는 나와 페이가 바라보고 있다는 사실을 깨닫고 재빠르게 고개를 돌리더니 종종

걸음으로 화장실에 들어갔다. 잠시 후, 화장실에서 나온 치이의 손에는 젖은 걸레가 들려 있었다. 꼴을 보아하니 바닥도 밀생각인 것 같다.

"바닥은 안 밀어도 돼."

"방이 더러운 거예요. 이런 방에서 살면 여름 감기에 걸리는 거예요."

치이는 고개를 돌린 채 대답하고 방 안으로 들어갔다. 조금 전의 일이 아직도 마음에 남아 있는 것 같다. 뭔가 내 생각하고는 다른 게 있는 것 같아서 머리를 굴려 보려는데 페이가 나를 가만두지 않았다.

[신경 쓰지 마. 우리 집 청소도 치이가 해 주니까.]

정말 좋은 친구를 두었다.

[그런데 치이가 며칠 집 비움.]

나를 노려보는 이유를 모르는 건 아니지만 내가 치이를 부른 건 아니다. 치이가 알아서 온 거다.

[그래서 우리 집, 쓰레기 집.]

"잠깐."

논리의 비약이 장난이 아니다.

"보통 그러면 네가 치워야지."

[난 귀찮음이 없으면 세계 정복 가능.]

방 치우는 것만큼의 귀찮음이 없는 것 = 세계 정복. 여기에 랑이와 비교해도 지지 않을 귀찮음 환자가 있다.

[그래서 치이가 돌아갈 때까지 여기 있을 거야.]

이 또한 논리의 비약이 지나쳤다. 페이는 할 말을 잃은 내게 손을 내밀며 글을 썼다.

[악수.]

"……너하고 악수할 일이 뭐가 있었는지 설명해라."

[문맹률 0.1%의 주인공?]

"네가 글솜씨가 없는 거다."

내가 글을 이해 못 하는 게 아니라 이 녀석의 글이 이해하기 힘든 거야.

[이해 못 했어?]

페이가 혀를 차며 진심으로 딱한 사람을 바라보는 시선으로 바라보기에 나는 울컥해서 지금까지 페이가 쓴 글로 알아낸 사실을 말했다.

"정리하자면, 평소에는 치이가 집 안을 청소해 주었다. 그런데 치이가 며칠간 집을 비운 사이에 집을 치워 주는 사람이 없어서 집이 쓰레기장이 되었다. 치이가 집에 한동안 안 돌아올 것 같으니까 네 성격을 개조하는 김에 치이하고 같이 우리 집에 신세 지겠다는 말이잖아."

[초등학생 수준의 독후감.]

"그러는 너는 유치원생 수준의 작문 수준이다!"

[자신의 잘못을 남에게 떠넘기는 어른.]

"난 잘못한 게 없잖아."

[모르는 건 죄. 죄는 잘못. 너 인생 막장.]

두 번째에서 세 번째로 넘어가는 곳에 뭐라고 딴죽을 걸고 싶어지지만 실제로도 내 인상은 막장을 향해 달려가고 있으니 할 말이 없다. 뭐, 그것 말고도 페이의 글에 숨겨진 뜻을 눈치

챘으니까 말을 못 하는 것도 있지만. 내성적인 성격을 고치기 위해서 치이를 따라온 페이는 한동안 이곳에서 친한 친구와 함께 있고 싶은 것 같으니까. 이럴 때는 모르는 척하고 넘어가 줘야겠지. 그게 어른이 아닐까.

[너, 막장, 쌈장, 고추장.]

"그러는 넌 된장, 기름장, 청국장이다."

……어른은 무슨 어른.

페이와 시시껄렁한 농담을 하다 늦은 저녁을 먹고 몰려오는 수면욕에 대항하며 나래에게 전화를 건다. 나래는 컬러링으로 지정해 놓은 노래가 한 마디도 지나지 않아 전화를 받았다.

"여보세요~."

《왜.》

평소에 전화를 잘 안 하다 보니 나래의 반응이 싸늘해도 뭐라고 할 말이 없다. 그래도 전에는 이 정도까지는 아니었는데. 매번 전화할 때마다 무슨 일이 일어났기 때문일까? 다음부터는 별일이 없어도 가끔씩 전화를 걸어야겠다.

……페이의 글을 신경 쓰는 거 아니다.

"잘 들어갔는지 궁금해서."

《이제 와서?》

시간이 시간인지라 할 말이 없습니다.

"미안. 조금 일이 있어서 늦었어."

《기대도 안 했으니까 괜찮아.》

마음이, 마음이 아파요. 내가 그런 쪽으로 배려가 모자라다는 건 알고 있지만 그래도 아픈 건 아픈 거다.

《그래도 전화도 할 줄 알고, 많이 늘었네?》

"하하하하하."

마른 웃음으로 미안함을 메운다.

"앞으로 잘할게요."

《기회가 있을 것 같아?》

……그것 참 무서운 말을 하시는군요. 그런데 이야기를 하다 보니 뭔가 신경 쓰인다. 조금 전부터 나래의 목소리가 울리는 것 같단 말이야?

"아, 그런데 지금 어디 있어?"

《으, 응?》

당황해하는 나래의 목소리와 함께 그 너머에서 찰랑이는 물소리가 들린다. 설마?

《……목욕하고 있는데.》

역시나.

"아, 미안. 끊을까?"

《됐네요. 뭘 신경 써 주는 척하는 거야?》

"그러게요."

보이지 않지만 나래가 눈썹을 살짝 치켜뜨는 게 보이는 기분이 들자 나도 모르게 어깨를 으쓱하고 말았다.

《그래서 무슨 일이야? 너 할 말 없으면 전화 안 하잖아.》

소꿉친구는 이래서 무섭죠. 아무 말을 하지 않아도 지금까지 쌓은 추억을 통해 눈치를 채거든.

《집에 오니까 부모님께서 이사라도 가셨어?》

"……너무 현실성 넘쳐서 무서운데요."

《그러고 보니까 옛날에 그런 일 있었지?》

"있었죠."

여덟 살인가 아홉 살인가 그랬을 거다. 학교 갔다 오니까 집이 휑~하니 비어 있었지.

《우리 집에 울면서 왔던 거로 기억하는데. 엄마, 아빠가 나버리고 도망갔다고.》

안 좋은 추억은 오래가는 법이다.

"그, 그것보다!"

나는 부끄러움을 숨기기 위해 재빠르게 용건을 전했다.

"집에 오니까 치이하고 친구가 와 있어서 말해 줄려고 전화했어."

그 후로 이어지는 적막이 무섭다.

"……여보세요?"

《뭐라고 했어?》

기분 탓인지 목소리가 날카로워진 것 같은데?

"치이 알지?"

《알아.》

"치이가 친구하고 같이 우리 집에 와 있……."

《너희 집에 지금 있다고?! 이 시간에?!》

귀청이 떨어지는 줄 알았습니다.

"어, 응."

《둘이서?》

"아니요. 친구까지 세 명인데요."

《어른은?》

"없어요."

……잠깐. 분명히 이런 이야기를 예전에 한 적이 있던 것 같은데?

《그러면…….》

"오실 필요 없습니다!"

나는 최대한 빠르게 선수를 쳤다.

《왜.》

"오늘은 너무 늦었으니까요."

《이미 늦었다는 거야?!》

난 가끔 나래가 무섭다. 도대체 나를 어떻게 생각하는 걸까.

"제가 나래 님께 고백한 건 아직 삼 일도 채 안 지났습니다. 작심삼일이라고 해도 아직 시효가 안 끝났다고요."

《믿을 수가 있어야지.》

"와, 그건 좀 충격인데."

《전화라고 너무 기어오르지 마, 성훈아. 내일 어쩌려고 그러니?》

나래에게 보이지는 않겠지만 나는 무릎을 꿇고 공손하게 두 손으로 휴대폰을 들었다.

《무릎 꿇고 두 손으로 폰 들어도 달라지는 건 없거든?》

"귀신입니까?!"

《안 봐도 보여. *하루 이틀 사귄 것도 아니고.*》

"응?"

《아니, 됐어.》

나래는 뭔가 당황한 목소리로 말을 이었다.

《그럼 오늘은 됐고 내일 갈게.》

"오는 게 기본이십니까."

《나도 치이라는 애가 보고 싶으니까 그렇지. 아니면 치이를 학교에 데려올 거야?》

……아. 내가 말을 잘못 들었구나. 난 또 저번처럼 나래가 우리 집에 묵으러 오는 줄 알았다. 아까부터 계속 떡 줄 사람은 생각도 안 하고 있는데 김칫국 먼저 마시고 있었네.

"알았어. 그럼 내일 봐."

《응.》

"어. 그럼 끊을게."

《알았어.》

곧 폰 너머로 단절음이…… 들리지 않는다. 기다리고 기다려도 들리지 않아서 혹시나 하고 말해 본다.

"끊어도 되는데?"

《……전화는 용무가 있어서 건 사람이 먼저 끊는 게 예의야.》

"그거야 그렇지만 상대가 어른이면 나중에 끊는 거 아니었나?"

《나, 너하고 동갑이거든?》

"생일은 네가 빠르잖아. 그러니까 나래 누나가 먼저 끊으세요."

나래는 9월 17일이고, 나는 11월 24일이니까. 그런데 열대야 현상이 한창인 지금, 왜 등골이 서늘해지는 걸까.

《……성훈아.》

"옙?!"

《내일 봐.》

그 목소리에는 내가 내일 보는 건 살아 있는 성훈이 아니라 죽은 성훈일 것이다, 라는 뜻이 가득 담겨 있어서 자동 반사적으로 말이 튀어나왔다.

"자, 잠깐만?!"

뚜—. 통화 단절음이 이렇게 무서울 수 있다니. 하지만 내일 있을 일을 미리 걱정해서 뭐하나. 지금은 잠이나 자자.

그런데 나래는 왜 오늘따라 이런 늦은 시간에 목욕을 하는 걸까. 보통은 7, 8시 정도에 하던데. ……나래가 규칙적인 생활 습관을 가지고 있기 때문에 알고 있는 사실일 뿐입니다.

나는 긴 하루를 끝내기 위해서 불을 끄고 눈을 감았다.

"잠시 실례하겠습니다, 도련님."

눈을 떴다. 세희의 목소리다. 벌써 듣게 될 거라고는 생각지도 못한 목소리에 놀라서 일어나 주위를 둘러보았다. 어두워서 아무것도 보이지 않는다. 자리에서 일어나 불을 켜고서야, 나는 그 목소리의 주인공을 볼 수 있었다.

"여깁니다."

그건 세희의 인형이었다. 가방에 처박아 둔 인형이 언제 기어 나왔는지 지탱이 될 리 없는 두 발로 내 머리맡에 서 있었다. 그야말로 사탄, 아니 귀신의 인형이었다. 하지만 나는 바보 같게도 그런 인형을 통해 들려오는 세희의 목소리에 반가움을 느끼고 말았다.

"기분 나쁘군요, 도련님."

"시끄러."

나는 그 앞에 양반 다리를 하고 앉아서 세희 인형의 배 부분을 손에 쥐고 들어 올렸다.

"여성의 배를 함부로 잡다니. 섬세함이라고는 인간성과 같이 팔아먹으셨습니까, 도련님."

인형에게 신경 쓸 정도로 섬세한 성격이 아니라서 죄송합니다.

"그런 것보다 넌 도대체……."

인형이 손을 들었다. 그만 말하라는 뜻이겠지. 하지만 저런 구조로 어떻게 인형이 움직였는지가 궁금해진다. 물론 묻지는 않는다. 요술입니다. 한 마디만 돌아올 테니까.

"인형은 과학입니다."

"어떤 하이테크…… 테크놀로지를 탄 거냐?!"

잠깐 기억이 안 난 거니까 그렇게 정색하지 마라.

"치매가 금방 오실 것 같군요."

"시끄러."

"그것보다."

세희의 인형은 내 손을 잡고서 퐁! 하고 몸을 뺀 다음에 어깨 위에 앉으며 말했다.

"새로운 하렘 구성원이 찾아왔더군요. 무섭습니다, 도련님. 자제분들로 야구팀을 창설할 생각이십니까."

"그런 말 하려고 나타난 거냐?"

"그럴 리가요. 단지 도련님께 조언 한 가지를 하기 위해서 온 것뿐입니다."

세희가 이렇게 직설적으로 말하는 경우는 정말 드물기에 나도 모르게 긴장이 돼서 침을 꿀꺽 삼키게 되었다.

"부적으로 이루어진 결계 안에서는 이렇게 연락을 드리는 것조차 버거운 상태이긴 합니다만 정말 중요한 말씀을 드려야 하기에 어려움을 무릅쓰고 말씀을 아뢰는 겁니다. 잘 듣고 마음에 간직하시기 바랍니다."

머릿속에 드는 생각은 하나밖에 없었다. 그 생각 때문에 나는 세희의 말을 기다리지 못하고 먼저 입을 열고 말았다.

"랑이에게 무슨 일이라도 있어?"

"그런 것은 아닙니다. 단순히 그분이 저를 너무 경계하시는 탓에 힘을 제대로 쓰지 못하는 것뿐이니까요."

그건 좀 안심이 되네. 나는 안도의 한숨을 내쉬었지만, 조금 빨랐다.

"간단하게 말하겠습니다."

긴장된다. 도대체 또 무슨 일이 나와 랑이 사이에 벌어지려고 세희가 힘든 상황에서 내게 말을 전하러 인형을 통해 찾아온 걸까.

"도련님의 첫 경험은 주인님의 것입니다. 절대로 다른 여자와 먼저 정을⋯⋯."

나는 웅녀의 뼈 몽둥이를 꺼내 들어 세희의 인형을 띄운 다음 멋진 스윙으로 방구석에 처박아 버렸다. 이 자식이, 사람 긴장하게 만들어 놓고 할 말이 있고 안 할 말이 있지! 나는 씩씩대며 세희의 인형을 집어 들었다.

"야."

세희의 인형은 두 눈을 빙글빙글 돌리며 말했다.

"심각한 손상이 발생하여 잠수 모드를 실행하겠습니다. 이 원한 잊지 않겠습니다, 도련님."

"어? 잠깐만. 너 이런 거 맞아도 아무 상관없다며?!"

하지만 더 이상 세희의 인형은 대답이 없었다. 원래의 인형이 된 것처럼 아무런 반응도 보이지 않는다.

"여보세요?"

뺨을 두들겨 보기도 하고 배를 꾸욱 눌러 보기도 하고 치마를 들춰 보기도 하고 가슴 쪽을 만져 보기도 했는데 아무런 반응이 없다.

"……5천 년 정도."

왜 갑자기 지리산에서 들었던 그 말이 떠오르는지 모르겠다. 나는 저질러 버린 사건을 잊기 위해 서둘러 잠을 청했다.

두 번째 이야기

랑이가 없어도 아침은 왔다. 무슨 말이 이 따위냐고 생각하며 나는 가려운 머리를 긁적이며 몸을 일으켰다. 알람을 맞춰놓은 시간은 아침 8시. 지금은 7시 30분. 지리산에서의 생활이 나를 바른 생활 청소년으로 만들어 놓은 것 같다. 좋은 일이지. 이런 부수입이라도 없으면 인생, 무슨 재미로 살겠냐. 무슨 재미로 살긴. 랑이 껴안고 데굴데굴 구르며 나래의 가슴을 베개 삼고 자는 재미…… 아, 진짜. 왜 이러냐.

씻기 위해서 거실로 나오자 맛있는 냄새가 코를 자극했다.

"일어나신 거예요?"

치이가 새끼까치가 그려진 앞치마를 두르고 부엌에 있었다. 치이, 좋은 아이 맞다.

"아. 넌 언제 일어났어?"

"오라버니가 꿈나라에 가 있을 때인 거예요."

"페이는?"

"……어제 밤늦게까지 게임해서 아직 자고 있는 거예요."

폐인이군.

"아침 식사하고 도시락 준비해 놓은 거예요. 먼저 씻고 나오세요."

식탁 위를 보니까 한정식으로 잘 차려진 아침상이 나를 맞이해 주었다. 아침 식사로 좋은, 소화가 잘되는 반찬들이 가득한 것을 보니 치이, 이 녀석. 신경을 많이 쓴 것 같다.

"시집가도 되겠네."

"꺄우우우?!"

칭찬으로 건넨 말에 치이가 깜짝 놀라서 귀 위 머리카락을 파닥파닥거린다.

"아, 아직 어린 거예요! 이상한 말 하지 말고 씻으시라니까요!"

"그래. 알았다."

나는 피식 웃고 화장실로 들어갔다. 차가운 물로 씻고 교복을 입는다. 치이가 차려 준 아침을 같이 맛있게 먹고 있자니, 잠이 덜 깨서 어두침침한 모습으로 나이에 맞는지 안 맞는지 모를 반투명한 검은색 베이비 돌 잠옷을 입고 한 손에 치이 모양의 인형을 든 채 폐이가 방 안에서 나왔다. 차림이 차림인지라 속옷이 모두 보이는 게 남자로서 조금 곤란하다. 검은색 팬티라니. 나이에 안 맞는다. 거기다 디자인이 꽤나 예뻐서 시선이 나도 모르게 그쪽에서 떨어지려고 하지 않는다. 치이도 그렇지만 폐이도 아이라고 보기에는 조금 힘들구나. 여성적인 라인이 살아 있다고 해야 하나. ……그런데 어째서 랑이는 같은 요괴인데 그러냐고요. 그런데 이제 좀 고개를 돌리자. 폐이

가 아직 잠에서 덜 깨서 다행이지 어제 같았으면 또 한 소리를 듣거나 밥 먹다가 발로 밟힐 상황이다.

[잠 못 자. 아직 쿨쿨할 시간. 왜 이렇게 시끄러워?]

"꺄우우우!!"

그리고 내 옆에는 잠에서 깬 지 오래된 아이가 있었다.

"페이! 옷은 입고 나오는 거예요!"

[……응?]

아직 잠에 취해 멍한 페이와는 다르게 치이는 의자에서 뛰어내려 늦잠꾸러기의 손을 잡고 방 안으로 끌고 들어갔다. 부러운 녀석. 양손에 치이라니.

잠시 후. 다시 방에서 나온 페이는 어제와 똑같은 드레스를 입고 살짝 얼굴을 붉힌 채 방에서 나왔다. 한 손에는 치이의 인형이 아닌 노트북이 들려 있었다. 자기도 부끄러웠나 보다. 나는 조금 전에 있었던 일을 없던 것 취급해 주기로 했지만 그런 배려도 쓸모없는 일 같다.

[봤어.]

의문형도 아니다. 나는 밥 먹는데 방해가 되는 연기를 숟가락으로 휘저으며 말했다.

"보고 싶어서 본 것도 아니다."

[관음증.]

"그러는 너는 노출증이냐."

[!!]

페이는 연기로 느낌표를 만들어 양손에 잡고 내 머리를 두들겼다. 아 자식이! 벽도 꿰뚫는 거 가지고 사람의 머리를 두

드리지 마라! 랑이의 이빨이 있어도 아프다고!

"아우우, 그러지 말고 페이도 밥 먹는 거예요."

치이는 페이의 허리를 끌어안아 말리고 의자를 뒤로 빼서 폭행범을 그 위에 앉혔다.

나이는 비슷한데 하는 걸 보면 한쪽은 엄마 같고 한 놈은 아이 같다. 페이는 나를 죽일 듯이 노려보다가 밥상을 한 번 내려다보고 입술을 삐죽하고 내밀었다.

[나 아침에는 빵.]

이런 배부른 녀석은 굶겨도 된다.

"오라버니도 같이 드셔야 하니까 오늘부터는 한식인 거예요."

[빵.]

한 번으로는 끝날 생각이 아닌 것같이 페이의 글자가 떠오르더니 치이의 주위를 빙글빙글 돈다.

[빵이 좋아.]

치이가 손을 파닥이며 글을 연기로 바꾼다.

"페이는 어리광 부리면 안 돼요."

[어제까지는 빵 해 줬잖아.]

페이의 표정에는 비장감이 넘쳤다. 임금 인상이 아니면 이렇게 죽나 저렇게 죽나 똑같다며 결사 항쟁을 다짐하는 저임금 근로자의 의지가 엿보일 정도다. 그에 대해 치이는 악덕 사장같이 자신의 의지만을 고수했다. 사실, 관계만 보면 페이가 치이에게 어리광을 부리는 거지만 나에게는 충분히 와 닿았다. 먹는 거 가지고 치사하게 굴지 말라는 말도 있잖아.

"이제는 아침에도 밥 먹는 데 익숙해지는 거예요."

시간을 보니 8시 40분. 학교까지 가는 데 걸리는 시간은 뛰어서 15분.

[빵 아니면 안 먹어.]

아침은 빵 아니면 안 먹겠다는데 어쩔 수 있겠어? 나는 자리에서 일어나며 치이에게 말했다.

"빵이 좋다는데 어쩌겠냐. 내가 사 올게."

"아우우? 인 그래도 되는 거예요, 오라버니."

"괜찮아. 별로 안 걸리니까."

나는 당황하는 치이의 머리를 쓰다듬어 주었다. 페이의 어리광이 자신의 잘못이라도 되는 듯 미안해하는 모습에 나도 모르게 손이 먼저 나가고 말았다.

"아우우우우……."

홍시처럼 빨갛게 된 치이는 정말 귀여웠다.

[딸기 우유도.]

감사의 말 한 마디 안 한 페이하고는 다르게.

근처 빵집에서 사 온 딸기 우유와 크림빵을 페이에게 먹이로 던져 주고 학교로 달려간다. 생각 같아서는 그 입에 크림빵을 쑤셔 넣고 우유를 부어 주고 싶었지만 시간이 없었거든. 학교에 도착한 시간은 아슬아슬하게 세이프인 9시 3분 전이었다. 내 자리에 가방을 내려놓고 선풍기 바람이 잘 오는 자리에서 잠시 신세를 지고 있는데 누군가 등 뒤에서 말을 걸어왔다.

"내 등 뒤에 서지 마라."

"……네가 서 있잖아."

이 녀석이 예전에 스쳐 지나가듯 말한 적이 있는 이상한 성격의 친구, 세현이다. 어떤 면에서 이상한지는 조금 전의 모습으로도 알 수 있었겠지만 지금의 옷차림을 설명해 주면 더 확실하게 알 수 있겠지.

"그 꼴은 뭐냐?"

"……너도 그런 소리냐."

다른 사람한테도 한 소리를 들은 것 같다. 하긴, 누구라도 지금 이 녀석을 보면 나와 같은 말을 할 거다. 교복 상의의 단추는 모두 풀어 헤치고 바지를 접어 올려서 종아리가 보이는 것까지는 그렇다 치자. 더우니까. 하지만 교복 상의 밑에 입은 게 도저히 용납이 안 되잖아. 저런 걸 입고 학교에 올 생각을 한다는 것 자체가 미친 짓이라고. 뭘 입었냐고? 이 녀석이 교복 아래에 입은 것은 흰색 러닝셔츠였다. 그래, 뭐 거기까지는 괜찮다. 러닝셔츠를 입고 단추를 다 풀어 헤친 채 학교에 가는 것도 있을 수 있는 일이라고 생각할 수 있다. 하지만 문제는 러닝셔츠에 그림이 그려져 있다는 점이었다. 아니, 인쇄된 거겠지. 보통, 그림이 인쇄된 러닝셔츠는 없다는 점을 생각해 보면 아무리 생각해도 저것이 수제품이라는 것이 먼저 1점을 차지하고, 그림이 만화에서 나올 법한 예쁜 여자라는 것에서 다시 1점, 마지막으로 높은 노출도가 1점 들어가시겠다. 도대체 무슨 그림이냐면, 상체만 그려진 현실에는 존재하지 않을 붉은 머리 여자가 비키니 수영복을 입고 있는데 어째서인지 두 손을 머리 위에 교차해서 올리고, 수영복의 끈을 그 입에 걸치듯 물고 있는 그림이다. 거기다 눈매가 상당히 도발적이기까지 해서 마치 벗기고 싶으면 벗겨도 괜찮아, 라는 표현이……
아니, 내가 하고 싶은 말은 저런 그림이 인쇄된 러닝셔츠를 입
고서 아무렇지 않게 교복 단추를 모두 풀어 헤치고 당당하게
서 있는 이 자식이 얼마나 이상한 놈인지에 대한 것이었지. 나
는 친구의 정신 상태를 한 마디로 정의 내렸다.

"미쳤냐?"

"아직. 그리고 원래는 이렇게 입고 있었다고."

세현이 단추를 잠근다. 그래도 얇은 교복 너머로 보이는 그
림이 참으로 인상 깊다.

"그런데?"

"자기도 고등학생 교복을 훔쳐 입은 꼬마애가 이러쿵저러쿵
시끄러워서 풀어 버린 거지. 봐라! 이것이 진정한 나다! 하는
기분이라고 할까."

……거기 경찰서죠. 여기 위험한 녀석이 있습니다. 실제로
신고를 하지 않은 건 이 녀석이 말한 교복을 입은 꼬마애라는
말에 생각나는 사람이 있거든. 만약 내 생각이 맞는다면 이 녀
석은 내가 안 나서도 인생이 이미 아웃이다. 인생 끝난 녀석이
말을 이었다.

"그랬더니 눈이 뒤집혀서 쫓아오더라. 도망치느라 죽는 줄
알았다."

"네 앞에서 가고 있던 애들이 불쌍해진다."

"왜?"

정말 모르겠다는 듯이 물어보는 녀석에게 설명해 주기도 귀
찮다. 저런 변태가 뒤에서 달려오면 누가 안 무서워하겠냐고.

나는 저놈에게서 신경을 끄기로 하고 내 자리에 돌아가서 앉았다.

"이상한 녀석."

이상한 녀석이 선풍기 바람을 쐰다.

오늘은 수업 첫날이니까 좀 놀지 않을까~ 같은 자기 좋은 생각을 하는 것도 잠시. 옆에서 인기척이 느껴졌다. 고개를 돌리자 커다란 가슴이 맞이해……. 절대로 제가 이상한 게 아니라 고개를 돌리니까 보인 거예요. 전 순수하고 순진하다고요.

"일찍 왔네?"

나래가 말했다.

"습관이 무서워."

그렇게 말하면서 나래의 교복 입은 모습을 슬쩍 훔쳐본다. 2주 전까지 질리도록 봐 온 교복이지만 뭐라고 할까. 마음에 평온이 온다고 해야 하나. 이곳이 내가 있을 곳이라는 느낌까지 든다. 나래의 교복 차림에는 일상이라는 냄새가 나는 걸까. 무엇보다 2주일 사이에 사이즈가 커졌는지 지금이라도 단추가 튕겨져 나갈 듯한 위태위태한…….

"일단 맞아."

내 머리의 안전이 걱정된다. 나는 나래에게 맞은 머리를 두 손으로 감싸 안으며 항의했다.

"왜 때려?"

"몰라서 물어?"

그럴 리가요.

"알면서 물었습니다."

어쭈?

"그러면?"

"죄송합니다."

나는 꾸벅 고개를 숙였다.

"말로만?"

나는 과장되게 놀라는 모습을 보이며 두 팔로 몸을 감싸 안으며 말했다.

"제 몸이……."

나래의 표정이 순식간에 사람 하나 잡으려는 곰의 것으로 변하기에 농담은 그만두기로 했다.

"죄송합니다. 제가 잘못했습니다. 살려 주세요."

"아침부터 소꿉놀이냐."

옆에서 놀리는 저 녀석은 나중에 한 대 패 주자. 나래도 그렇게 생각한 것 같다. 험악해진 나래의 표정에 바보 녀석은 조용히 고개를 돌렸다.

"그것보다 선생님이 교무실에서 프린트 가져오라고 문자 보냈으니까 같이 가."

엑? 갑자기 웬 프린트?

"내가 왜?"

"반장이잖아."

반장은 나래 님께서 반장이시죠. 저는 평범한 학우 A입니다.

"그래서. 가기 싫어?"

살며시 내 발등에 신발을 올려놓으시는 나래 님께 복종 이외의 행동은 용납되지 않았습니다.

"가겠습니다."

자리에서 일어나는 동시에 뒤에서 세현이 열쇠를 주머니에서 꺼내 흔들며 말했다.

"야, 그럴 때는 땡땡이치자고 해야지. 나한테 옥상 키하고 과학실 키 있는데 빌려 줄까? 오는 애들도 없으니까 어떤 짓을 해도 OK. 집보다 짜릿한 쾌감을 학교에서 느껴 보세요. 물론 그 대신에 옆에서 구경 좀 하가아아악!!"

나래의 주먹이 불을 뿜었다. 나는 시체가 된 세현에게서 열쇠를 집어 들어 주머니 속에 넣었다. ……절대로 나중에 쓰고 싶어서 그런 건 아닙니다.

"아, 맞다."

나래는 교무실로 내려가는 도중에 뜬금없이 내 옆구리를 꼬집었다. 아얏?!

"갑자기 왜?!"

"어제 일 잊었어?"

"……사실을 사실대로 말했을 뿐인데요."

"그러면 내가 누나처럼 널 대해도 돼?"

"아니요. 괜찮습니다. 더 꼬집으셔도 돼요."

나래는 낮게 웃었다.

"어제는 무슨 일 없었지?"

"아, 뭐……. 별다른 일 없었어."

세희가 이상한 헛소리를 한 것하고 폐이 때문에 좀 이상한 사진을 찍은 것 빼고는 말이다. 그런 사소한 잡담을 하면서 나와 나래는 교무실까지 내려갔다. 교무실은 평범한 학생이라면 별로 들어가고 싶지 않은 곳이다. 어느 누가 선생님들로 가득 찬 곳에 들어가고 싶을까. 거기다 성격이 깐깐한 선생님이나 그날따라 기분이 안 좋은 선생님에게 걸리면 사소한 이유로 트집이 잡혀 이 소리 저 소리를 다 듣게 되고, 그렇지 않더라도 이 심부름 저 심부름을 시키는 곳이 교무실이다. 그런 곳에 내 발로 기어 들어가는 일은 나래만 아니었다면 절대로 일어나지 않았겠지. 그래도 조금이나마 다행인 것은 우리 반 담임 선생님이 올해 교사가 된 젊은 분이라는 걸까.

"커플 죽어라."

자신이 솔로인 탓에 커플들을 향해서는 무한한 적의를 드러내는 분이시지만 의외로 좋은 분인, 의자에 앉아서 입에 문 담배꽁초를 껄렁껄렁하게 씹고 있는 이 사람이 우리 반 담임이신 정현 선생님 되시겠다. 담배를 피우는 걸 본 적은 없는데—자신의 말로는 선생님이기 때문에 신경을 쓴다고 한다. 실제로 옷에서는 언제나 담배 냄새가 나지만 피우는 걸 목격한 학생은 아무도 없다—교무실 안에서는 언제나 다 피운 담배꽁초를 물고 있는 사람이다.

"누가 커플이에요?"

나래가 새침하게 대꾸하며 선생님의 책상 위에 올려 있는 프린트를 든다. 양이 꽤 많지만 나래 혼자서도 들 만해 보이는데? ……사실대로 말하면 난 나래가 150kg의 쇳덩이를 한 손으로 들어도 놀라지 않을 자신이 있다. 노려라, 올림픽 금메달.

"그렇다는데? 꼴좋다, 이 자식아. 나래는 나한테 넘겨. 너한테는 아깝다."

나를 보며 능글맞게 웃는 선생님에게 되받아쳐 준다.

"학부모회에 신고합니다?"

"해 봐. 여기 이사장이 내 조카다."

"거짓말."

"진짜야."

그렇다면 그것 참 족보가 꼬인 집안인가 보네요. 조카 나이가 그렇게 많다니. 조카 되신 분이 갑자기 불쌍해진다. 자기보다 나이도 어린 데다가 이런 사람이 자기 삼촌이라니.

"아, 그리고 나래야. 올라가서 오늘은 시험 본다고 말 좀 해 놔라."

아무렇지 않은 나래와 달리 내 인상은 팍 찌푸려졌다.

"무슨 보충 수업 첫날에 시험을 쳐요?"

"시험을 봐야 수준별로 반을 나누지. 그게 가장 좋을 것 같아서 내가 건의했다."

그런 데에 신경 쓰실 시간이 있으면 자기 언행과 행동에 투자하시죠, 선생님.

"아, 걱정 마라. 너는 C반 확정이니까."

"그러면 전 시험 안 봐도 되겠네요."

왜 나래가 내 발을 밟는지 모르겠다.

"아픕니다."

"다행이네."

다행이 아닌데요.

"살아 있으니까."

다행입니다.

"사실 시험 같은 건 안 봐도 상관은 없는데, 기말고사 때 벼락치기한 녀석들을 잡아낼 방법을 생각해 보니까 이 방법이 가장 좋을 것 같아서."

할 때는 하는 사람이라 이거죠? 이런 점이 정현 선생님을 단순히 이상한 사람이라고 볼 수 없는 점이라니까. 애들한테 인기가 있는 것도 이런 점 때문이겠지. 선생님은 도움이 될 때는 확실하게 된다. 다시 말해, 도움이 안 될 때는 정말 확실하게 안 된다.

"전 안 했는데요."

"넌 좀 해라. 너하고 세현이, 둘이서 우리 반 평균을 다 깎아 먹고 있는 거 모르냐? 그에 비해 나래를 봐."

선생님이 나래 쪽으로 시선을 돌린다.

"그야말로 왕가슴은 머리가 나쁘다는 편견을 깨……."

"어이쿠! 선생님! 볼에! 모기가!!"

손을 휘두르지만 선생님은 잽싸게 머리를 뒤로 젖혔다. 쳇.

"교내 폭력이다!"

"교내 성추행입니다!"

"……자기 거라고 아끼긴. 본다고 닳는 것도 아니고."

투덜대는 선생님에게 이 땅의 정의가 살아 있다는 것을 가르쳐 주고 화끈하게 정학을 받으려고 하는데, 콰직, 하는 소리가 옆에서 났다. 나래다. 깜짝 놀라서 옆을 돌아보니 나래는 더 이상 말할 필요가 없는 무서운 눈으로 웃고 있었다. **두 동강 난 동전을 책상에 떨어뜨리면서.**

딸그랑~.

"슬슬 참는 게 힘들어지는데 조금만 더 해 보실래요?"

담배꽁초 떨어지셨습니다, 선생님.

자그마한, 사실은 그다지 작은 일은 아니었지만 HR시간에 세현이가 자신의 말에 따르면 교복을 훔쳐 입은 초등학생에게 끌려가는 작은 소란이 일어난 후, 쪽지 시험이 시작되었다. 1교시 수학, 2교시 국어, 3교시 물리 등등. 오늘 7교시까지 하루 종일 잡혀 있는 시험 일정에 나는 어째서 시험을 보는데 오후까지 학교에 있어야 하는지 궁금해졌다. 그런 내 사정과는 관계없이 시험지에 답을 써야 하는 내 신세는 저 하늘을 날아가는 비둘기가 알아주려나. 빌어먹을.

1학기 때 놀았던 것은 중간고사와 기말고사로 모자라 쪽지 시험에서도 그 영향을 주었다. 내 예상이지만 2학기까지 계속되겠지. 시험지를 가득 채운 외계어에 나는 마음을 비웠다. x는 x고 y는 y이니라. 알게 뭐냐. 나는 대충 문제를 훑어보지도 않고 답을 적었다. 뭘 알아야 풀지. 나는 시험지를 반으로 접고 그 위에 엎어졌다. 잠이나 자자.

"시험 시작한 지 2분 지났다, 새꺄."

그런 내 뒤통수를 무엇인가가 때렸다. 고개를 드니 엑스칼리보그라 이름 붙인 사랑의 매를 들고 있는 정현 선생님이 계셨다. 다른 애들이 웃는 소리가 들려서 조금 낯부끄러웠지만—그 가운데 나래만은 나를 죽일 듯이 노려봐서 무서웠지만—, 나는 당당한 척을 하며 말했다.

"모르는 것은 죄가 아닙니다."

"선생에 대한 예의가 없는 건 죄다."

"국어 시간에는 열심히 하는 척할게요."

정현 선생님은 국어를 가르치시니까.

"하는 척이냐. 야, 나래야. 평소에 네 남편 공부 좀 시키지 뭐하는 거냐?"

선생님의 말에 반 전체에 퍼진 쿡쿡 대는 웃음소리에 나래가 한층 더 눈썹을 치켜 올리며 아랫입술을 깨문다. 지금 잡고 있는 책상의 가장자리에 손가락이 파고드는 것 같은데. 저 모든 행동을 내 멋대로 해석하자면 두 가지 뜻이 나온다. 누가 누구 남편이야, 가 1번. 시험 보는데 방해하지 마, 가 2번. 얼마 전에 있던 동전 반쪽으로 잘라 버리기라는 신기를 두 눈으로 본 나와 선생님은 입을 다물고 다시 원래 자신이 해야 할 일에 집중하기로 했다.

1교시 시험이 끝나고 나도 모르게 빠져 버린 잠에서 덜 깬 상태로 멍하니 앉아 있자니 교실 뒷문이 요란하게 열리며 세현이 안으로 들어왔다. 그렇다. 말은 안 했지만 저 녀석은 당당하게 보충 수업 첫날의 첫 시작을 HR시간에 있던 작은 소동을 핑계로 땡땡이를 친 것이다. 나로서는 정말 부러운, 아니, 상상도 못할 짓을 태연하게 하는 놈이다. 하지만 별로 안색은 좋아 보이지 않는다.

"뭐하다 왔어?"

비어 있는 내 옆자리에 앉은 세현은 한숨을 푸욱 내쉬며 말했다.

"말도 마. 그 꼬마 때문에 진짜 개고생하다 왔다."

그 꼬마. 이번 기회에 제대로 말하자면 세현이 아침에 만난 그 꼬마가 바로 우리 학교 학생회장님 되시겠다. 외관은 세현의 말대로 꼬마가 맞지만 나이는 우리보다 한 살 많은 선배다. 그래도 나처럼 평범한 생활을 하는 사람과는 별 관계없는 사람이다. 이 녀석같이 이상한 놈이면 모를까. 이 녀석에게 도대체 무슨 일로 회장에게 끌려갔는지 물어보려는데 나래가 이쪽으로 다가왔다.

나는 살아남기 위해 책상 위에 엎드렸다.

"저는 자고 있습니다."

"영원히 재워 줄까."

나래가 내 귀를 꼬집어서 들어 올렸다.

"아야야야야야!!"

"너 아무리 그래도 문제를 풀려는 노력은 해 봐야 되잖아?"

어느새 김세현, 이 자식은 자기 자리로 돌아가 있었다. 치사한 새끼. 불똥 튀는 건 싫다 이거지. 아니면 마음에 담아 두고 있는 거냐.

"쓸모없는 노력은 하지 않는 거야아아악?!"

"너 때문에 집중이 안 돼서 한 문제 틀렸잖아!"

겨우 한 문제?! 하지만 화가 나서 얼굴이 붉게 물든 나래에게 나는 용서를 비는 것밖에 방법이 없었다.

"수학은 정말 못하니까 어쩔 수 없었다고요."

"그걸 변명이라고 하는 거야?"

잘못 말했다.

"다음 시간에는 몰라도 푸는 척할게요!"

"척만 해서 뭐할 건데?"

"……그야 풀 수 없으니까 어쩔 수 없지 않습니까."

"……너 무슨 생각으로 보충 수업 신청 안 했어?"

내 귀를 잡은 손을 풀고 어이없는 표정으로 나를 내려다보는 나래에게 나는 사실대로 대답했다.

"노세, 노세 젊어서 노세. 늙어지면 못 노나니이이이익!"

옆구리가 아프다.

나래의 강요에 의해 나는 2교시부터는 최대한 머리를 굴려서 풀어 보려고 했다. 하지만 태생의 한계가 있고 무에서 유를 창조할 수는 없기에 나는 결국 문제를 푸는 것을 반쯤 포기하고 모범생의 모습을 흉내 냈다. 마법 주문으로 보이는 시조를 시험지 여백에 따라 적어 보기도 하고, 밑줄을 쳐 보기도 하고, 답을 적고 지워 보기도 했다. 오오, 이러니까 실로 모범생이 된 기분만 든다. 그래. 기분만. 이런다고 모르는 걸 알게 되겠냐. 손만 아프지. 그런 바보짓으로 시간을 때우고 찾아온 대망의 점심시간. 나는 도시락을 꺼내 들었고 세현이 자연스럽게 내 앞에 앉았다.

"또냐?"

"또다."

나는 한숨을 쉬며 도시락을 풀었다.

"진수성찬이네."

"네놈은 반찬 좀 싸 와라."

세현의 반찬은 김치, 참치 캔, 계란말이가 전부였다. 그래도 봐줄 수밖에 없는 게 이 녀석은 가족들이 모두 대전에서 살고 있기 때문에 서울에서 혼자 살거든. 하지만 불쌍하지는 않다. 서로 비슷한 상황이지만 나는 열심히 노력해서 도시락을 싸 오지만, 저 녀석은 자기는 서울이 놀기 좋다고 혼자 남고도 아무런 노력도 하지 않는, 일종의 자업자득이니까. 우리 어머니라면 멱살을 붙잡고 자동차 뒤 트렁크에 쑤셔 넣고 끌고 갈 텐데 참 마음씨 좋은 분들이다.

"네 것은 네 것. 내 것은 내 것."

녀석이 젓가락으로 치이가 싸 준 도시락 반찬을 훔쳐 가려 가는 걸 막고 싶었지만 차마 안쓰러워 보여서 그럴 수가 없었다. 불쌍한 것. 그래. 이 녀석은 1학기 때도 하루에 제대로 된 식사를 하는 곳은 학교뿐이었다. 만날 삼각김밥과 라면과 빵으로 끼니를 때우는 녀석에게 적선을 하는 것 정도는 치이도 이해해 줄 거다.

"……기분 나쁘네."

"참치나 까, 인마."

"겨우 시금치나물 좀 가져갔다고 참치를 내놓으라는 게 말이 되냐."

겨우라고 말하지 마라. 네 녀석이 시금치나물을 하는 게 얼마나 귀찮은 일인 줄 알기나 하냐? 마트에서 싱싱한 시금치를 사 온 다음에 식칼로 다듬어서 깨끗하게 씻고, 물로 데치고, 치이의 앙증맞은 두 손으로 버무려서 나온 게 이 시금치나물이란 말이다! 네놈에게 주기는 아깝다고!

"안 먹을 거면 내놔라."

"It's my precious."

의자 위에 쭈그려 앉아서 반지가 주인공인 영화에서 나오는 괴물같이 참치를 끌어안고 골룸, 골룸거리는 모습이 참으로 어울린다.

"……."

"전 이 사람과 친구가 아닙니다. He is not my friend."

"Oh, My Best friend. I wanna take you to a gay bar."

나래의 싸늘한 시선에 서둘러서 말해 보지만 세현이 멋대로 자기 숟가락을 내게 부딪쳤다. 더럽게시리.

"왜 그래? 우리는 도시락 뚜껑 아래서 형제가 되기로 맹세를 한 사이 아니냐?"

양쪽 입꼬리를 심하게 올리는 놈에게 경멸의 눈빛을 선물해 주자.

"너 때문에 나까지 이상한 놈으로 찍힐 것 같으니 그런 말은 하지 마라."

"너도 원래 이상했어."

나래야!! 순수한 소년의 마음에 상처를 준 소꿉친구는 항의 어린 내 시선을 무시하며 옆의 의자를 끌어와서 옆에 앉았다.

"응? 오늘은 반찬이 좀 호화롭네?"

나래가 내 도시락을 보고 조금 놀란 것 같다. 내가 잘 시도하지 않는 나물과 전이 가득하니까 그런 거겠지. 해 보면 알겠지만 나물이나 전 같은 건 정말 정성이 가는 음식이다. 그래서 평소에는 손이 많이 가서 잘 안 한다.

"아, 치이가 싸 줬어."

"흐음……. 그렇구나."

나래는 눈살을 찌푸리며 뭔가 기분 나쁜 듯한 표정을 지었다. 왜 그러지? 나래의 안색을 살피다 보니 손에 들려 있는 도시락이 눈에 들어왔다. 어? 같이 먹을 생각인가? 나래는 반에서 남녀 불문하고 인기가 많은 편이라서 점심을 같이 먹는 것 자체가 힘든 일인데 말이야. 나와 세현에게 나래를 빼앗긴 반 아이들의 시선이 아프다. 감히 너희들 따위가, 라는 시선이 아파요. 왜 그래요. 제가 오라고 한 것도 아니잖아요.

"그런데 너도 같이 먹게?"

"보나마나 너희들 둘만 놔두면 또 점심시간 내내 이상한 소리나 해서 반 분위기를 흐릴 테니까 어쩔 수 없이 온 거야."

나래가 새침하게 말하며 **3단 도시락**을 연다. 그 안에서 등장한 영양가 높고 보기도 좋고 맛도 좋은 고기반찬들에 초라한 남자들은 넋을 잃었다.

"엄마, 저 이거 먹어도 돼요?"

나래의 주먹보다 내 발이 빨랐다. 내게 의자를 차여서 흔들거리던 세현이 혀를 차며 말했다.

"질투의 마음은 아버지의 마음!"

"헛소리 그만하고 네 반찬이나 처먹어."

어딜 나래의 도시락을 넘보는 거야. 중학교 때는 반이 달라서, 고등학교에 와서는 급식 때문에 한 번도 먹어 보지 못한 도시락을!

……대신 같이 밥을 먹은 적은 있지만 그건 다르다! 집에서

시켜 먹는 자장면과 나가서 시켜 먹는 자장면 정도로 의미가
다르다고!

"……완전히 애들이다, 너희들."

나래가 한숨을 내쉰다. 잠깐. 애들이라니. 그 말에는 저까지
포함되는 거잖아요. 왜? 어째서?

"먹고 싶으면 먹어. 성훈이 너도, 나한테는 양이 좀 많으니까."

확실히 나래의 양에 비하면 반찬이 상당히 많다. 오늘은 나
래가 아니라 가정부 아주머니가 도시락을 싸 주셨나 보다. 안
그러면 나래가 반찬을 이렇게 많이 싸 올 리가 없으니까. 어찌
되었건 내게는 좋은 일이다. 성장기의 남자아이는 먹을 것이
많으면 많을수록 좋으니까요.

"응, 고마워."

나는 감사의 인사를 하고 젓가락을 들었다. 그런데 세현이
이 자식은 오만상을 찌푸리며 알 수 없는 소리를 했다.

"아, 그러신 거였어요? 어쩐지 도시락이 크다 했지. 속 보인
다, 속 보여. 나는 완전히 핑계라 이거지익?!"

헛소리에는 매가 약이라는 지론을 가지신 것같이 나래는 눈
썹을 치켜 올리며 세현의 정강이를 걷어찼다.

"이상한 소리하지 말고 먹기 싫으면 관둬."

"나래야. 너 조심해라. 요즘 세상에 츤데레는 인기가 없어서
2권 이후로는 공기가 되고 4권 이후로는 등장도 안 하게 될 경
우가 많……."

지이잉. 나래가 패왕의 눈빛으로 노려보자 세현이 입을 다
물었다. 도대체 무슨 이야기를 하는지 모르겠다. 아니, 그것보

다 나만 놔두고 둘이서 비밀 이야기를 하는 것 같아서 기분이 나쁘다.

"……넌 또 왜 그래?"

내버려 두세요.

"어이구, 이 녀석은 그냥 유치원생이네."

넌 닥쳐라. 그리고 죽어라.

5, 6교시의 시험도 그다지 어려울 건 없었다. 모르는 문제의 답을 찍는 것은 힘든 일이 아니니까. 교탁에 서서 감독을 하던 선생님은 수업 종료 종이 울리기 5분 전에 시험지를 강제로 걷고서 종례 아닌 종례를 시작했다.

"오늘은 이게 끝이다. 점수는 채점해서 내일 알려 줄 거고 그 점수에 따라서 반을 나눌 거니까 그렇게 알아."

세현이 손을 들었다. 선생님은 무시했다.

"80점 이상은 A, 70점 이상은 B, 그 이하는 C로 나눌 거고 95점 이상은 S반으로 편성된다."

이번에는 손으로 원을 그리며 세현이 말했다.

"선생님, 질문이 있습니다."

"기각."

그 말에 세현이 벌떡 일어나 선생님한테 손가락질을 한다. 그 용기가 가상하다.

"이의 있소! 어디의 선생님이 질문 있다는 학생을 무시하십니까!"

"기각한다. 네가 물을 건 오늘 야자가 있냐, 없냐잖아. 그거 이제부터 말할 거니까 입 다물고 있어라. 응? 나 종례 빨리 끝내고 싶으니까."

세현이 입을 다물고 앉았다. 진짜 그거였냐.

"오늘 야자는 없다. 몇몇 놈들 빼고 다들 시험 치느라 고생했으니까, 오늘 하루는 푹 쉬라고 선생님들이 결정했다."

오오오—, 하고 조삼모사에 당한 애들이 감탄을 한다. 얘들아. 지금은 방학이고 원래는 학교에 나올 일도 없어야 하는 게 정상인데 뭘 그렇게 좋아하냐.

……내가 세상을 삐딱하게 보는 것처럼 생각할 수 있는데, 세희에게 시달렸는데 이 정도면 양호한 거라고.

"그럼 종례는 이거로 끝. 청소는 1분단이 하고 나머지는 집에 가라. 아, 도서실은 열려 있으니까 공부하고 싶은 녀석들은 거기 가도 돼. 그럼, 이상."

반장인 나래가 인사하는 것을 받는 둥 마는 둥 하며 선생님은 시험지를 들고 교실을 나섰다. 나는 든 것도 없는 책가방을 등에 메고 자리에서 일어났다. 집에 가자. 복도에 나가서 집에 가기 전에 나래에게 잘 가라는 말을 하려고 했는데, 나래도 나하고 같은 생각을 했는지 가방을 메고 내 쪽으로 걸어왔다.

"같이 가자."

나는 입이 열린 상태로 굳어 버렸다. 반 안에서 친구라는 자식이 "오오, 하굣길 이벤트냐?"라고 알 수 없는 소리를 하는 건 무시하자.

"어? 응, 나야 그러면 좋은데 왜?"

나래가 내 발을, 남들이 보면 툭, 당하는 입장에서는 쿵하고 찼다. 아프다.

"바보야. 까먹었어?"

"뭘?"

"내가 한 말 기억 안 나?"

나래가 무슨 말을 하는지 이해하기 위해 없는 기억력을 최대한 되살린다.

"……진짜 까먹은 거면 화낼 거야."

진짜로 까먹었기에 나는 최대한 빨리 머리를 굴렸다. 나래가 내 옆구리에 손을 대는 순간에 살기 위해 뇌가 움직였다.

"아, 맞다. 치이하고 폐이 보러 온다고 했지?"

"맞아."

그런데 왜 내 옆구리에서 통증이 올라오는 걸까.

집에 돌아오자 치이가 아침과 같은 앞치마를 두르고 나를 맞이해 주었다.

"다녀오셨어요, 오라버니?"

학교에서 집에 왔을 때 누가 맞이해 준다는 건 이렇게 기분 좋은 일이구나. 아버지는 만날 방 안에서 "왔나?" 한 마디가 끝이었는데.

"응. 집에 별일 없었지?"

인사치레로 물어본 말이지만 뒤쪽을 보던 치이의 안색이 이상하게 변했다. 뭔가 무서워하고 있다는 기분이라고 할까. 무슨 일이 있었나? 일단 나래와 치이를 소개시켜 주고 물어보자. 나는 신발을 벗고 집 안으로 들어가며 첫 대면인 둘이 서로를 잘 볼 수 있게 비켜서며 말했다.

"소개할게. 내 친구인 나래야. 이쪽은 치이고."

영어 교과서에나 나올 만한 소개를 끝내자 나래가 말을 받아 주었다.

"안녕? 서나래라고 해. 네가 치이지? 성훈이한테 이야기는 많이 들었어."

나래는 이미 치이의 귀여움에 홀딱 반해서 지금이라도 당장 머리라도 쓰다듬어 주고 싶어 하는 눈치였다. 하지만 뭔가 이상하다. 나래를 바라보던 치이가 무서운 것이라도 본 듯 잽싸게 내 등 뒤에 작은 몸을 숨긴 것이다. 나도 나래도 당황하고 있는 가운데 치이가 떨리는 목소리로 말했다.

"고, 곰의 일족인 거예요!"

"……아, 맞다. 나래는 곰의 일족이야."

치이가 내 몸을 한층 더 꽉 끌어안는 걸 보니 그걸 어떻게 알았냐고 물을 상황은 아닌 것 같다.

"도대체 곰의 일족이 여기에는 무슨 일인 건가요?!"

등 뒤에서 고개만 빼꼼 내민 치이의 얼굴에 떠올라 있는 건 나래에 대한 두려움과 적의였다. 그에 비해 나래는 당혹스러워하는 표정만 역력했다.

"아니, 난……."

나래가 저렇게 당황하는 모습은 별로 보고 싶지 않은데. 나는 내 옆구리에서 고개만 내밀고 있는 치이의 머리를 한 팔로 끌어안으며 말했다.

"왜 그래? 나래가 곰의 일족인 게 뭐 어때서?"

"분명히 저와 오라버니의 사이를 갈라놓기 위해 온 거예요. 무, 물론 제가 한 번은 오라버니한테 나쁜 짓을 하긴 했지만 그렇다고 이제 와서 퇴치당할 짓은 아닌 거예요!"

곰의 일족은 인간에게 해를 입히는 요괴를 퇴치하는 게 원래 주된 일이라고 했었다. 치이가 오해를 할 만하구나. 나래도 치이의 적의에 당황해서 난감해하고 있다. 이럴 때는 내가 어떻게 할 수밖에.

[무슨 일?]

그 전에 요괴가 한 마리 더 나타났다. 노트북을 들고 설렁설렁 현관 쪽으로 오던 페이는 어색한 미소를 짓고 있는 나래를 보고는 양 갈래 머리를 높이 띄운 다음 쪼르르 내 쪽으로 와서는 치이의 뒤에 찰싹 달라붙었다. 옆에서 보면 딱 기차놀이를 하는 것같이 보이겠네.

[나, 요괴세는 제대로 냈어.]

걸고 넘어갈 수밖에 없다.

"요괴세는 뭐야?"

[요괴가 인간 세상에서 돈 벌면 내는 세금.]

알기 쉬운 설명이다.

[불법 퇴치할 생각이면 지금 당장 요괴사무소에 글 올리고 민원 넣을 거야. 동영상 녹화도 할 거니까.]

"……성훈아."

"응?"

나래가 울 것 같은 표정으로 말했다.

"나 어떻게 해야 하니?"

저한테 묻지 말아 주세요.

상을 사이에 두고 나래는 내 소꿉친구로 곰의 일족이라는 것을 알기 이전부터 친하게 지냈다는 말과 우리 집에 치이와 페이가 왔다는 이야기에 놀라 왔다는 설명을 해 주었지만 그런데도 이 두 녀석은 나래에 대한 의심쩍은 눈초리를 완전히 거두지 않았다.

"내 말 못 믿냐?"

"아우우……. 그런 건 아니지만 언니한테는 분명 뭔가 있는 거예요."

"뭐가?"

"……그런 게 있는 거예요."

나래에게는 뭔가 특별한 것이 있는 것 같다. 그 특별한 게 치이를 곤란하게 하고 그건 나 또한 곤란한 일이 된다. 나래를 마주 보고 앉은 치이가 내 옆에 앉아 있고, 페이는 그 뒤에 딱 달라붙어서 이 녀석들이 떨어질 생각을 하지 않거든. 내성적인 성격이라는 게 거짓말은 아닌 것 같다. 겉으로는 괜찮아 보이는 치이도 사실상 아래로는 내 교복을 꽉 잡고 있으니……. 한 명의 곰의 일족과 두 명의 꼬마 요괴들은 어색함의 극치를 달리고 있다. 이럴 때는 극약 처방이 좋을지도 모르겠네. 죽이 되든 밥이 되든 해 보자.

"그럼 난 잠깐 옷 갈아입고 온다."

나만 놔두고 어디 가?! 나래가 눈짓으로 눈치를 준다. 하지만 나는 씨익 웃었다. 나 없는 게 친해지기 좋을 것 같아서. 내가 곤란하거든? 좋은 애들이니까 편하게 대하면 됩니다. ……
후환이 안 두렵지? 후환이 두렵기에 나는 재빨리 자리를 뜨기
로 했다. 교복을 붙잡고 있는 치이의 두 손을 내 것으로 감싸
안는다.

"그럼 금방 올게."

"아우우……."

치이는 말리지 않았고 나는 자리에서 일어나 내 방으로 들
어갔다. 재빠르게 반바지와 티셔츠로 환복하고 슬쩍 문을 열
어 그 사이로 거실 쪽을 확인한다. 마치 어색한 소개팅 같다.

그래도 잘 되지는 않지만 나래가 치이와 페이에게 이것저것
말을 거는 것 같다. 애쓴다, 나래야. 치이는 나래의 이야기에
열심히 머리카락을 파닥이며 대답하고 있다. 페이는 치이의
뒤에서 아무 글도 쓰지 않고 가만히 분위기만 살핀다. 이대로
좀 더 지켜보고 싶었지만 너무 늦게 나가면 나래에게 옆구리
를 뜯길 것 같으니까 슬슬 밖으로 나가자. 문을 열자마자 첫
만남이 어색한 세 여자아이들의 시선이 집중되니 이상하다.
나는 최대한 나래와 눈을 마주치지 않도록 노력하며 자리에
앉았다.

"그러면 제대로 소개 해 줄게."

"필요 없네요. 너 없는 사이에 다 했거든?"

자비심 없는 나래의 일격과,

"그런 거예요. 첫 만남인 사람을 놔두고 자리를 비우다니 매
너가 없는 거예요."

치고 올라오는 치이. 그리고,

[무개념.]

페이의 막타까지. 역시 사람이나 요괴나, 나이가 많거나 적거나 공공의 적이 생기면 한마음 한뜻이 되는구나. 나는 삐질 삐질 땀을 흘리며 말했다.

"물이라도 가져올까?"

자리에서 잠시 벗어나려는데 치이가 내 무릎을 누르며 일어 났다.

"제가 갔다 오는 거예요. 오라버니는 앉아 계세요."

그러고는 재빠르게 부엌으로 들어간다. 좋은 동생을 둬서 행복하지만 난 잠깐이라도 도망치고 싶었단 말이야. 그리고 좋은 친구의 자리 비움에 패닉 상태에 빠진 페이는 나래와 나를 번갈아 보더니 슬금슬금 이쪽으로 다가와서 내 등 뒤에 숨어 내 손을 꽈악 잡았다. ……까치 대신 나냐. 하지만 긴장하고 있다는 게 손의 떨림으로 느껴져서 나는 아무 말 없이 가만히 있어 주었다. 이렇게나 사람을 대하는 걸 힘들어하는 아이가 나에게는 처음부터 그런 모습을 보여 줬다는 걸 생각해 보니 페이에게 치이가 얼마나 큰 자리를 차지하고 있는지 알 것 같다. 아니면 단순히 나는 힘없는 인간이고 나래는 곰의 일족이어서 그럴 수도 있고.

"페이는 낯가림이 심하나 봐?"

[그다지.]

페이가 퉁명스럽게 대꾸했다. 나래는 여유를 되찾았는지 미소를 잃지 않았다.

"괜찮아. 이상한 거 아니니까."

[단지 네가 곰의 일족이라서 그런 거.]

후자인 것 같다.

"곰의 일족이라고 해도 난 아직 제대로 된 곰의 일족도 아니니까 그렇게 경계 안 해도 돼."

[새끼곰도 곰곰하고 울지요.]

나래가 나를 본다. 왜 이럴 때만 제게 어떻게 좀 해 보라고 눈치를 주십니까? 귀엽잖아! ……랑이 때와 바둑이 때의 일을 보면 알겠지만 나래는 귀여운 아이들을 좋아합니다. 아니, 귀여운 아이들을 싫어하는 사람들이 어디 있겠냐마는 나래는 조금 더 심하지.

"무슨 죄라도 지었냐? 뭘 그렇게 무서워해?"

페이가 움찔거리며 양 갈래 머리를 빙빙 돌린다. 잘 보니 식은땀이 송골송골 이마에 맺혀 있다.

[증거 없어.]

"……있기는 있다는 거냐."

[소싯적의 실수.]

어린애가 그런 말을 하니까 안 어울린다.

"그러니까 악플 좀 달지 말라고 그런 거예요."

치이가 쟁반에 보리차와 과자를 올려 들고 왔다. 페이는 속이 타는지 손을 뻗어 물을 쭉 하고 한 번에 들이켜더니 글을 썼다.

[그 정도는 누구나 해.]

……아니, 그렇게 성급한 일반화의 오류의 좋은 예시가 되는 글을 쓰시면 안 되죠.

"괜찮아. 그런 일로 안 잡아가니까."

하지만 나래는 그런 페이가 귀엽게 보였는지 양쪽 볼에 홍조를 들이며 화제를 넘겼다. 네가 아직 인터넷 악플에 대한 무서움을 모르는구나. 그래도 나래의 말에 페이는 내심 찔리던 일이 사라졌는지 슬금슬금 내게서 떨어졌다. 물론 그건 내 착각. 페이는 자연스럽게 치이 옆에 딱 달라붙었다. 그래, 나는 대용품이지. 그런데 이렇게 앉으니 뭔가 자리가 마음에 안 든다. 이쪽엔 셋, 저 쪽엔 나래 혼자. 나래를 따돌리는 것도 아니고. 나는 쏟아지는 부담스러운 시선을 견디며 나래의 옆으로 자리를 옮겼다.

"아우우?"

"왜 그래?"

"그냥. 이편이 편하니까."

나름 신경 써 준 거라는 말이죠.

"······땀 냄새 나."

나래는 살짝 얼굴을 붉히며 내 심장에 대못을 박았다.

"샤워하러 가도 됩니까? 제발 보내 주시죠. 예?"

[나올 때는 **또** 알몸?]

은근슬쩍 페이가 무시무시한 글을 썼다. 무엇보다 또라는 단어가 다른 글자보다 크고 두꺼워서 눈에 확 띄는 걸 보니,

"또?"

노린 것 같다. 손을 움직일 준비를 하며 한층 더 날카로워진 눈매로 변한 나래에게 필사의 변명을 하자.

"페이가 농담한 거야."

지금 내 정신으로는 이게 내 한계다.

"흐음……."

"왜 눈을 가늘게 뜨십니까?"

"못 믿겠으니까."

"내가 애들 앞에서 옷을 훌렁훌렁 벗어 던지는 변태는 아니잖아."

"맞는 것 같은데."

"그런 거예요."

[YES.]

여성진 세 명이 동시에 말과 글로 나를 괴롭혔다. 방구석에 처박혀서 나를 배신하지 않는 친구인 벽과 이야기를 하고 싶어진다.

"농담이야. 뭘 그렇게 충격을 받아?"

"심장에 안 좋으니까 그런 농담은 말아 주세요."

정말 심장에 안 좋다고. 침울해하고 있자니 나래가 상 밑으로 나를 발로 찬 다음 치이와 페이에게 말했다.

"그런데 너희들은 성훈이네 놀러 온 거니?"

마음의 여유를 되찾았는지 나래가 좋은 화제로 이야기를 해 나가기 시작한다. 그러면 나는 잠시 강 건너 대화 구경이나 해 볼까. 치이는 나래의 말에 고개를 흔들었다. 응?

"아닌 거예요. 전 오라버니께 은혜를 갚으러 온 거예요."

"그 일로?"

치이는 깜짝 놀라 했다.

"알고 계시는 거예요?"

"응. 성훈이에게 들었어."

"아우우……."

치이는 부끄럽다는 듯 얼굴을 붉혔다. 나래는 그런 치이를 흐뭇하게 바라보았다.

"그런데 성훈이한테 은혜를 갚는다니 그럴 필요 없어. 성훈이도 그렇게 생각할걸?"

치이가 내 쪽을 보기에 나는 고개를 끄덕였다. 하지만 치이는 고개를 흔든다.

"아닌 거예요. 은혜는 갚아야 하는 거니까요."

치이의 목소리에 굳은 의지가 느껴지기에 나래는 말을 돌렸다.

"그럼 어떻게 하게?"

"오라버니께 펴, 평생 봉사하는 거예요."

"성훈아."

잠깐 숨 좀 돌리자고 한 지 몇 분 지나지도 않았다. 나는 이상하게 무서워 보이는 미소를 짓고 있는 나래에게 대답했다.

"응?"

"머리 조심해."

한여름. 아직 해가 떨어지려면 멀었건만 나는 반짝이는 별을 보았다. 잠시 후 극심한 통증이 이마에서 느껴졌다. 나래가 내 뒤통수를 잡고 상에 박아 버렸다는 걸 깨닫는 건 치이의 비명 섞인 목소리가 귀를 때린 다음이었다.

"꺄우우?! 나래 언니! 뭘 하시는 거예요?!"

"치이야."

나래는 단언했다.

"그런 말은 하는 거 아니야."

"아우우?"

"네가 그런 말을 하면 이 로리콘 변태가 기고만장해서 너한테 별의별 일을 다 시킬 거니까."

"오, 오라버니가 로리콘 변태 페도필리아이긴 하지만 그래도 제 생명의 은인인걸요. 저한테 그런 걸 원하시면……."

"그런 건 없는 거로 해도 돼. 이 로리콘 변태 페도필리아 인간쓰레기는 평소에 나쁜 일을 하도 많이 해서 그 정도 일은 당연히 해야 하니까."

"그래도 아무리 오라버니가 로리콘 변태 페도필리아 인간쓰레기 인간 말종이라고 해도 받은 은혜는 갚아야 하는 거예요."

너희 둘은 나를 말로 죽일 생각이냐.

[평소 행실이 보여.]

슬쩍 글을 쓴 페이게 입을 한 뼘 넘게 쭉 내밀며 퉁명스럽게 대꾸해 준다.

"남 놀리는 거만 좋아하는 너도 만만치 않은데."

[너처럼 욕은 안 먹어.]

아, 그렇습니까. 하지만 하도 많이 저런 소리를 듣다 보니까 이제는 그렇게까지 기분 나쁘지도 않다. 내가 어쨌든 주위 사람들이 보기에는 그렇게 여길 만한 말과 행동을 너무 많이 했으니까. ……만약 정당한 이유가 없었다면 나는 지금까지 살아남지 못했을 거야.

"그러면 페이는?"

대상이 자신에게 돌아오자 폐이는 어깨를 움찔 떨고는 양 갈래 머리를 반 바퀴 회전시키고는 글을 썼다. 당황한 게 너무 티 난다, 야.

[뭐가?]

"폐이는 성훈이하고 어제 처음 만난 거지?"

[인생의 자랑할 일. 그런 의미에서 너 불쌍.]

"……그리네."

내가 왜 가루가 되도록 험담을 들어야 하는지 모르겠다. 내가 도대체 무슨 짓을 했다고!

"그럼 치이 때문에 온 거야?"

친구 따라 강남 온 까마귀가 글을 썼다.

[부탁할 게 있어서 왔어.]

"……응?"

나야 이미 알고 있는 일이지만 나래는 처음 듣는 이야기다.

"성훈이한테?"

폐이는 연기로 화살표를 만들어서 가리키며 글을 썼다.

[개 똥.]

나래가 해석했다.

"약에 쓸 곳은 없을 것 같은데."

[새 생명을 드립니다.]

"아직 안 죽었잖아."

[……아직은.]

"너희 둘 나한테 원한이라도 있나?"

["있어."]

글과 말이 한마음 한뜻이 되어 나를 괴롭혔다. 치이가 옆에서 불쌍하다는 듯 바라본다.

[그런 것도 있지만 치이가 없으면 나 곤란. 그래서 왔어.]

"치이하고 정말 친한가 보구나?"

"응."

좋구나, 이런 관계. 나는 나래와 이런 사이가 될 수 있을까.

[치이가 없으면 집이 엉망. 그러면 나 살기 힘듦.]

"아우우, 페이는 날 그렇게밖에 안 생각하는 건가요?"

[화났어?]

"화난 거예요."

그렇게 말하지만 치이는 미소를 잃지 않았다. 페이는 연기로 커다란 손을 만들어 치이의 머리를 쓰다듬었다.

[화야, 날아가라.]

어린애들이 사이좋게 지내는 걸 보니 기분이 좋다. 나래도 그런 듯 훈훈하게 서로의 우정을 확인하는 둘이 아닌 내게 말을 걸었다.

"그런데 무슨 부탁이야?"

직감했다. 이것은 좋지 않다. 나는 재빨리 다른 화제로 말을 돌리려고 했지만 페이가 빨랐다.

[이런 거.]

기분 탓인가. 나를 보는 페이의 눈이 반짝인 것 같은데. 마치 평소 호시탐탐 기회만 엿보던 개구쟁이 꼬마애가 장난을 치기 바로 직전이라고나 할까. 내 눈은 틀리지 않았다. 페이는 노트북을 나래에게 보여 준 것이다. 나래의 바로 옆에 있는 나는 어제에 이어 오늘도 내 얼빵해 보이는 사진을 볼 수 있었다. 사진이 너무 멍청히 보이도록 찍혔어.

찍혔다. 쾅! 하는 소리와 함께 오늘 들어 두 번째. 가뜩이나 얼얼한 이마가 한층 더 부어올랐다. 상이 반으로 갈라지지 않아서 다행이라는 생각이 들 정도로 강하게 박았다고.

"꺄우우? 오라버니?"

치이의 비명 소리보나 나지막하게 말한 나래의 목소리가 더 크게 들리는 건 무슨 요술일까.

"설명."

"사진입니다."

"길게."

소꿉친구는 닮아서 좋구나.

[자기가 변태라는 걸 요괴들에게 보여 주고 싶다고 해서 찍은 거야.]

나래의 고운 손이 내 뒤통수에 다시 올라가기에 나는 살기 위해 말했다.

"그럴 리가 없잖아요! 페이가 부탁해서 찍은 사진이라는 전제를 잊지 말아 주세요!"

[쳇.]

넌 뭘 잘했다고 혀를 차냐.

"……그렇긴 하네."

어느 쪽에 동의하는지 모를 대답을 하며 나래가 내 옆구리에 손을 갖다 댄다.

"그래도 그렇지, 이런 사진을 찍는다는 게 말이 돼?"

저도 사실 안 찍고 싶었습니다. 그러면 왜 찍었는데.

"페이가 찍어 달라는데 어떻게 하나요."

"……사람만 좋아요."

나래는 작은 목소리로 중얼거린 다음 페이를 보았다.

"페이야."

[?]

"아무리 성훈이가 로리콘변태페도필리아인간쓰레기인간말종에인간실격이긴 하지만 이런 사진을 찍어 달라고 부탁하는 건 아니야. 그래도 살아 있는 생명이잖니?"

[어차피 로리콘페도필리아인간쓰레기인간말종인간실격에 발정 난 수캐니까 상관없어.]

"……듣고 보니 그러네."

"설득당하지 마!"

나래는 내 옆구리를 꼬집는 거로 대답해 주었다. 치이가 나를 안쓰럽게 보는 시선이 한층 더 슬프다.

"그러면 왜 이런 사진을 찍어 달라고 했는지 물어봐도 되니?"

[안 돼.]

페이는 딱 잘라 거절했다.

"왜?"

[너한테는 비밀.]

"그래?"

나래는 아쉽다는 듯 어깨를 으쓱했다.

"그러면 어쩔 수 없네. 그래도 다음부터는 이런 부탁을 하면 안 된다? 성훈이는 사실 가슴만 크면 다 좋아하는 변태 중년 아저씨니까."

어째서 나래의 말에 치이와 페이가 동시에 몸을 틀어 앉으며 가슴을 가리는지 모르겠다.

"확실히 그런 거예요."

[……전자 발찌야.]

니에 대한 대우 개선을 반쯤 포기한 것이 사실이다. 유언비어가 퍼지는 것도 괜찮다. 하지만 이대로 놀림당하고만 있을 수는 없다!

"나래야."

진지한 목소리로 안색을 굳히고 말하자 나래도 아차 했는지 살짝 당황한다.

"왜, 왜 그래? 사실은 사실이잖아."

나래가 그렇게 생각하면 정말로 그런 사람답게 행동해 줘야지. 절대로 살짝 삐친 게 아니라고.

"그러면 가슴 만질 거야."

"……에?"

"아우우?"

[본색.]

"나도 가슴 만질 거다아아! 이왕이면 세 명을 동시에가아아악?!"

"애들 앞에서 못 하는 소리가 없어!!"

옆구리 살이 뜯겨 나갈 뻔했다. 아프잖습니까. 자업자득이라는 말 알아? 알고 있으니까 말은 못 하죠.

[……무서워.]

"……무서운 거예요."

치이와 페이에게서 나래의 인식이 무서운 사람으로 확고히 굳어진 것 같습니다. 사실이 그렇지만.

[그러면 다른 건 괜찮아?]

페이의 글에 불길한 기분이 들었다. 그 말은 곧 내게 다른 일을 부탁하고 싶다는 속뜻이 들어 있었으니까. 나보다 머리가 좋은 나래가 그런 사실을 눈치 못 챌 리 없다.

"성훈이한테 또 부탁하고 싶은 거라도 있어?"

페이는 고개를 끄덕였다.

"무슨 일인데 그래? 내가 들어줄 수 있는 거라면 내가 해 줄게."

상냥한 나래의 마음 씀씀이가 고맙다. 하지만 그 속내를 알고 있는 나로서는 순수하게 기뻐할 수 없는 게 사실이다. 아니, 내가 그렇게 변태로 보일 만한 짓을 많이 했나? 공든 탑이 밑장 빼기에 무너진다고, 십 년 동안 쌓아 온 내 이미지가 한 달도 안 돼서 이렇게 되다니. 세상 참 살기 힘들다.

[나래는 안 돼.]

"왜?"

페이는 글을 쓰다 말고 두 손을 스쳐서 스케치북을 꺼냈다. 그리고 샤프를 들어 쓱쓱, 뭔가를 그리기 시작했다. 나래와 나는 호기심에 찬 눈으로 페이를 보았고 치이는 고개를 갸웃거리더니 슬쩍 곁눈질을 하면서 양쪽 귀 위 머리를 하늘 높이 들어 올린다.

"뭐, 뭘 그리는 거예요?!"

[그림.]

페이는 그림 그리는 게 취미인가?

"그런데 왜 저를 그리는 거냐고요!"

[가장 눈에 익으니까.]

"그래도 이런 건 안 되는 거예요!"

치이가 페이에게 달려든다.

[어?]

페이는 당황하며 스케치북을 내 쪽으로 던지며 치이와 함께 뒤엉켜졌고, 나래와 나는 스케치북을 보았다. 그곳에 그려진 건 치이의 전신 누드화였다아아악!!

"꺄우우우?!"

"뭘 보는 거야!!"

치이의 당혹감과 부끄러움이 가득한 비명과 내 고통에 찬 비명 소리가 동시에 집 안을 가득 채웠다. 내 눈! 아악, 내 눈! 아무리 그렇다고 해서 눈을 찌르는 건 너무하잖아요!

"내가 뭘 했다고?!"

"함부로 보는 거 아니야!"

"너도 봤잖아!"

"그래서?"

"죄송합니다."

굽히고 들어가는 게 좋을 것 같다. 응.

"꺄우, 꺄우우우."

치이가 새빨갛게 돼서는 이쪽도 제대로 보지 못하며 이상한 신음 소리를 낸다. 치이에게 깔려 있던 페이도 일어나서 옷가지를 정돈하며 아무 일도 없었다는 듯 글을 썼다.

[여자는 그릴 수 있는데 남자는 못 그려.]

"그래서."

[모델을 해 줬으면 좋겠어.]

나는 바로 거절했다.

"싫다."

내가 미쳤냐.

"누가 누드를……."

[……누드라고 한 적 없어.]

나래가 나를 보는 시선이 예리해졌다. 살기 위해 재빠르게 변명한다.

"그러면 왜 치이는……."

"꺄우우우."

어딜 가도 지옥입니까.

"죄송합니다. 제가 오해했습니다."

"알면 됐어."

[자의식 과잉.]

한숨이 나온다. 아, 힘들어. 말 한 마디 한 마디 하는 게 무슨 살얼음판을 걷는 기분이다.

[치이도 그만 기운 차려. 파이팅.]

"누구 때문인 거예요."

[나.]

"아우우, 페이는 가끔씩 너무 얄미워요."

[어차피 자주 보여 준 거.]

"보여 준 적 없단 말이에요!! 페이가 목욕할 때마다 같이 들어온 거잖아요!"

[나, 혼자 씻기 귀찮은걸.]

방법이야 어떻든 치이도 기운을 차린 것 같다. 나는 치이가 안 좋은 기억에서 벗어나는 걸 도와주기 위해서 페이에게 말을 길었다.

"그런데 모델을 또 왜? 이번에도 또 그거냐?"

페이는 고개를 흔들었다.

[단순한 그림 연습.]

머리카락이 들썩거리는 걸 보니 거짓말 같은데.

"모델이 필요하면 사진을 보고 해도 되잖아."

[백문이 불여일견.]

"보는 건 마찬가지잖아."

[여자 친구가 TV에서 안 나와.]

슬픈 이야기다.

[느낌이 그 정도로 달라.]

그림 쪽은 모르니까 뭐라고 할 말이 없지만 그럭저럭 그럴듯한 말이다. 어차피 모델이라고 해도 그리 힘든 일은 아니니까 해 줄까? 페이는 치이의 친구니까 잘 보여 두면 나중에도 좋을 것 같고. 무엇보다 지금 내 옆에 상냥한 마음씨를 가진 사랑하는 나래 님이 계시니까 여기서 좋은 모습을 보여서 점수를 따 두는 거지. 예. 그동안 하도 안 좋은 모습만 보여 줘서 이 기회에 나의 넓은 아량과 어린아이들을 사랑하는 착한 모습을 보여 주고 싶은 겁니다.

"그러면 뭐, 상관없어."

페이의 양 갈래 머리가 손을 빠져나가며 높이 들어 올려졌다.

[그러면 이거.]

페이가 손을 스치니까 쇼핑백이 상 위에 나타났다. 뭔가 두툼한 게 슬쩍 안을 보니 옷인 것 같다.

[이거 입고서 모델 해 줘.]

바라는 것도 많은 녀석이다. 하지만 이미 뱉어 버린 말이고 나는 한숨을 내쉬었다.

"마음대로 해라."

나는 쇼핑백을 가져와서 안에 있는 내용물을 꺼내 펼쳤다.

……이건 뭐냐.

"야."

[왜.]

"이건 뭐냐."

[옷.]

난 그런 걸 물은 게 아니다.

"이거 뭔가 이상하게 생겼다?"

[안 이상해.]

"이상해. 이런 이상한 옷은 도대체 어디서 만든 거야?"

[역사와 전통을 자랑하는 곳에서 만든 거야. 그리고 안 이상해.]

"어딘데."

[나.]

"역사와 전통?"

[나, 5백 살.]

확실히 역사와 전통이 있구나.

"이거 집사들이 입는 옷이잖아?"

나래는 이 옷이 무슨 옷인지 알고 있는 것 같다. 나는 생전 처음 보는데 말이야. 생기기는 일반 정장과 비슷하게 생겼는데 뭔가 여러 가지 부분이 달라 보인다. 와이셔츠의 목 부분이 이상하게 부풀어 올랐다거나, 상의 뒤에 뭔가 꼬리가 길다거나, 개 목걸이가 지참되어 있다는 것이.

"그럼 이 목걸이는 뭐냐."

[개 목걸이.]

"내가 개냐."

[짖어 봐.]

"개가 아니니까 안 짖는다."

[짖지 않는 개가 무서운 법.]

"무서운 걸 알았으면 무서운 척이라도 해."

[무서워, 치이야.]

어디가 무서워하는 건지 모를 표정을 지으며 치이에게 달라붙는다.

[한 입으로 두말하면 입이 두 개.]

그런 이야기 들은 적 없다. 그냥 단순한 모델이라면 조금 귀찮더라도 해 줄 수 있는데 이런 옷을 입고 모델을 하라는 건 조금 그렇잖아? 나 혼자 있는 것도 아니고.

"괜찮을 것 같은데?"

브루투스에게 뒤 치기 당한 시저의 심정이 이럴까.

"나래야?"

"모델 정도야 해 줘도 상관없잖아?"

"이상하게 눈이 반짝반짝거리시는데요."

무엇을 노리시는 겁니까.

얘는? 내가 뭘 노린다고 그래?

"한 번 보고 싶은 거뿐이야."

"뭐라고 하셨습니까?"

"아니, 그냥 그렇게 보이면 두 눈을 뜨지 못하게 해 준다고 그랬어."

무서워라. 나래에게 도움을 바라는 건 무리일 것 같다. 그렇다면 치이는 어떨까?

"아우우, 어차피 그냥 옷이니까 한 번 입어 보는 거예요."

믿었던 치이마저 나를 배신했다.

"넌 또 왜 그러냐."

치이는 살짝 얼굴을 붉히고 귀 위 머리를 파닥파닥거리며 말했다.

"비, 비밀인 거예요."

"……맘대로 해라."

사람 하나 바보 만드는 데 세 명이면 충분하다는 말이 있지. 나는 옷을 가지고 자리에서 일어나서 내 방으로 들어갔다. 뭔가 장난감이 된 것 같기도 하지만 이런 일 가지고 애들이 좋아하면 그래도 좋다. 나의 희생정신이 참 슬프다.

남자 옷이라는 게 그리 입기 어려운 건 아니라서 나는 수월하게 자칭, 집사복을 입을 수 있었다. 조금 답답한 걸 제외하면 그럭저럭 착용감이 나쁘지는 않았지만 문제는 목걸이. 나는 가죽 목걸이를 손에 쥐고 잠시 고민했다. 이거 해야 돼? 멋을 내기 위해 목걸이를 하는 사람들도 있지만 적어도 이런 종류의 개 목걸이는 조금 꺼려지는데. 인간의 존엄성이라는 것이 단순한 목걸이 하나로 사라지는 것은 아니지만 목에 차기 싫은 건 싫은 거다. ……그래도 뭐. 이왕 하는 김에 완벽하게 해서 페이가 아무 글도 못 쓰게 만들기 위해서라고 생각하자. 나는 개 목걸이를 목에 찼다. 목을 꽉 조이는 느낌이 마음에 안 든다. 다음에 바둑이가 개 목걸이를 할 일이 생기면 말리자. ……아니지. 바둑이는 오히려 좋아할지도 모르니까 관두자.

나는 한숨을 푹 쉬고 거실로 나왔다. 휴대폰을 만지작거리고 있는 나래와 서로 뭔가 흥미진진한 이야기를 나누고 있던 치이와 페이의 시선이 바로 이쪽으로 집중된다. 동물원의 원숭이가 된 기분인데. 나는 쑥스러움을 이겨 내기 위해 일부러 퉁명스럽게 말했다.

"자, 이제 됐냐?"

내 말에 나래는 살짝 벌린 입을 다물고는 아무 말 없이 가슴팍에서 커다란 렌즈가 붙어 있는 카메라를 꺼내서 사진을 찍기 시작했고 치이는 얼굴을 붉히며 머리카락을 파닥였다. 페이는 아무 말 없이 스케치북을 들고는 나를 보며 그림을 그린다.

"나 움직여도 되냐?"

[움직이지 마.]

벌써 시작한 것 같다. 성격도 급한 녀석일세.

"이대로 서 있으라고?"

"응."

나래도 그렇게 생각하는 것 같다. 나래는 갑자기 사진작가의 혼이 타오르는지 내 주위를 이리저리 돌면서 사진을 열심히 찍었다.

"······앉아 있으면 안 되냐."

[서 있는 게 그리기 좋아.]

"서 있는 쪽이 사진 찍기 편해."

······마음대로 해라. 페이에게 뭐라고 말하는 건 더 이상 의미가 없어서 나래에게 시선을 돌린다.

"그런데 웬 사진이야?"

"아. 정미 언니하고 *세희가* 사진 좀 보내 달라고 했어."

보기만 해도 내 가슴이 벅차오르는 감동을 주시는 정미 누나가? 뒤에 뭔가 꺼림칙한 이름이 들린 것 같지만 무시하자.

"무슨 사진?"

"아까 문자로 이야기를 했더니 자기도 꼭 보고 싶다고 해서."

"이해를 못 하겠네요."

"그런 게 있는 거야."

난 정미 누나를 알다가도 모르겠다.

"아우우, 오라버니. 조금 이상한 거예요."

"나도 알고 있다."

이런 옷을 입어 본 적이 있어야지. 거울로 봤을 때는 대학생으로 보이는 이상한 녀석이 서 있었다고. 번쩍이는 카메라 플

래시와 스사사삭 움직이는 연필에 압도돼서 땀만 삐질삐질 흘리고 있자니 페이가 글을 썼다.

[포즈.]

"뭔 포즈."

[자기가 멋있다고 생각하는 포즈.]

……그래, 마음대로 해라.

나는 한쪽 손으로는 머리카락을 뒤로 젖히며 고개를 삐딱하게 꺾고, 다른 한쪽 손으로는 벨트 부분에 손을 걸치고 허리를 살짝 틀며 말했다.

"LOVE ME DO."

박장대소는 너무하지 않냐, 너희들.

세 번째 이야기

    시간이 흐르자 어느덧 분위기는 많이 부드러워져서 서로가 담소를 나눌 정도로 사이가 좋아졌다. 나래가 이야기를 주도하고 치이가 대답하면서 이야기를 하기를 오래.

"그럼 난 가 볼게."

    나래가 시계를 한 번 보고 일어나기에 나도 따라 일어나며 말했다.

"어? 벌써?"

"언니한테 사진 보내 줘야 해서. 기다리고 있을 테니까."

"그러면 언제 올 거야?"

    나래가 그게 무슨 말이냐는 듯 고개를 갸웃거린다.

"언제 오다니?"

"응? 다시 올 거 아니었어?"

"내가 왜?"

"어? 난 당연히 우리 집에서 같이 지내는 줄 알았는데."

나래의 두 눈이 일명 패왕의 눈빛이라고 할 수 있는 일자가 되었다.

"그러니까, 내가 왜?"

……글쎄요. 전 왜 나래가 저희 집에서 지낼 거라고 생각했을까요. 그게 당연한 거라고 왜 결론 내렸을까. 어제 전화했던 일 때문이려나.

"아니, 아니야."

나는 그런 것을 조금 기대했다는 것을 들켰다는 생각에 허둥대며 손을 휘둘렀다.

"내가 집에 있었으면 좋겠어?"

나래가 짓궂은 미소를 지었다. 여기서 잘못 대답하면 또 무슨 일을 당할지 모른다. 나는 재빠르게 잔머리를 굴리며 조심스럽게 대답했다.

"아닙니다. 제가 그럴 리가 없잖아요?"

"응. 일단 맞아."

아프다.

나래가 집으로 돌아간 뒤 나는 내 짐들을 내 방으로 마저 옮겼다. 어제는 간단한 옷가지들만 옮겼으니까. 혹시라도 치이나 페이가 방을 뒤지다가 발견하면 안 될 것들도 있고. 어머니 방에서 짐을 거의 다 정리할 때쯤, 문이 열리고 반가운 손님이 찾아왔다.

"잠깐 시간 괜찮으세요?"

치이다. 치이가 손님이라면 어느 때라고 시간이 안 나겠냐.

"응."

치이는 살짝 문을 열고 들어와 소리가 안 나게 문을 닫고는 내 앞에 조신하게 무릎을 꿇고 앉았다. 편하게 앉아도 되는데. 나는 장난기가 돋아서 치이에게 손을 까닥거렸다.

"아우우?"

"이리 와 봐."

치이가 머리를 파닥이며 슬금슬금 내 쪽으로 다가왔다. 나는 손이 닿는 거리가 되자마자 치이를 붙잡아서 다리 위에 올리고 두 팔로 허리를 껴안았다.

"까우우우?!"

"뭘 그렇게 격식 따지는 거야? 편하게 안 앉으면 계속 이렇게 껴안아 버린다?"

"까우, 까우우우!! 어딜 만지는 거예요, 오라버니! 놔주세요!"

"싫다."

요괴와는 협상하지 않는다. 나는 치이의 배를 쪼물락쪼물락거리면서 머리에 볼을 비볐다. 머리카락이 파닥이며 볼을 때리지만 참을 만하다. ……아, 오해할까 봐 말해 두는 건데, 이건 어디까지나 어린 동생이 너무 귀여워서 장난치는 거다. 절대로 다른 의도는 없다.

"배, 배는 왜 만지시나요?!"

"응? 만지면 안 되냐?"

"뭘 그렇게 당당히 말하는 건가요? 당연히 안 되는 거예요!"

쳇. 랑이야, 보고 싶다. 너의 그 통통한 배를……. 점점 이상한 것에 눈을 떠 가는 것 같아서 무서워져 치이를 놓아주었다.

치이는 도망치듯 엉금엉금 기어서 옷가지를 단정히 하고 나를 노려보았다. 우와, 무서워라.

"함부로 껴안지 마는 거예요."

"허락 받고 껴안으면 되냐?"

"허락 안 해 주는 거예요!"

"어…… 진짜?"

실망한 디를 확 내며 말하자 치이가 허둥대며 당황한다.

"아우, 아우우. 오, 오라버니가 원하면 가끔씩은 허락해 줄 수도 있는 거예요."

"그래? 난 허락 안 해 줘도 할 건데?"

당황하는 치이에게 보란 듯이 혀를 내민다. 내가 자기를 놀렸다는 걸 깨달은 치이는 귀 위 머리를 높이 들어 올리더니 눈썹을 추켜세우며 화를 냈다.

"몰라요! 오라버니, 바보!"

이크. 장난이 너무 심했나.

"미안, 미안."

자리에서 일어나서 확 자리를 뜨려고 하는 치이의 손을 잡아 내 쪽으로 끌어안아 머리를 쓰다듬으며 사과한다.

"화났어?"

"아우우. 나가 죽는 거예요, 로리콘 오라버니!"

너무 귀여워서 장난치고 싶었다는 말을 했다가는 또 화내겠지. 나는 다시 한 번 사과하고 말을 돌렸다.

"그런데 무슨 일이야?"

"……상관없는 거예요."

"그러지 말고, 응?"

나는 삐친 척 흥, 하고 고개를 돌리는 치이의 볼을 손으로 쓰다듬어 주었다. 치이도 그리 오래 화낼 생각은 없는지 얼마 지나지 않아서 이야기를 해 왔다.

"페이하고 같이 내일 먹을 빵 좀 사 와 주셨으면 해서요."

나는 즉답했다.

"나야 상관없지."

페이도 즉답했다.

[싫어.]

"페이가 먹고 싶은 거니까 페이가 사 와야 하는 거예요."

어머니가 투정 부리는 아이를 설득하는 것 같은 모습이다.

[치이, 평소에는 빵 만들어 줬어.]

"그건 페이 집에 오븐이 있어서 해 줄 수 있던 거예요."

[나, 돈 많아. 사면 돼.]

이, 이런 부르주아를 봤나.

"그러면 내일은 어떻게 할 건데요?"

[……지금 사서 배달.]

"그러면 페이가 갔다 오는 거예요."

페이가 양 갈래 머리를 빙빙 돌리며 반항한다.

[내가 왜? 치이가 하는 거니까 치이가 사.]

"돈은 페이가 있잖아요."

[카드 줄게.]

"……자꾸 그러면 저 화낼 거예요."

치이가 화를 낸다는 말에 폐이도 놀랐는지 당황하며 고개를 좌우로 흔든다.

[아, 안 돼. 그러면 나 빵 안 먹을게.]

폐이의 말에 치이는 팔짱을 끼며 한숨을 쉬었다.

"폐이는 아침에 빵 아니면 안 먹잖아요?"

[안 먹어도 돼. 괜찮아.]

그런 녀석이 오늘 아침에 그렇게 떼를 썼냐. 아무리 봐도 무리하는 것으로밖에 안 보인다. 자기 스스로 내성적인 성격을 고치고 싶어 하는 녀석이라고 보기에는 조금 무리가 있는 것 같은데. 아니지. 그 정도로 사람을 꺼린다고 생각하면 그리 이상할 것도 아니다. 하지만 저 정도는 성격이 내성적인 수준이 아니라 대인 기피증 수준이 아닐까? 그런 생각을 하며 나 혼자 갔다 온다고 말하려고 했지만 치이가 슬쩍 눈치를 줘서 나는 입을 다물었다.

"그러면 청소라도 해 주는 거예요."

[왜? 평소에는 치이가 해 줬잖아.]

"여기는 오라버니댁이잖아요. 신세를 지고 있는데 폐이는 아무 일도 안 할 건가요?"

폐이가 고개를 돌려 나를 본다.

"왜?"

[숙박비 얼마?]

돈으로 줄 생각이냐. 뭐라고 한 마디 하려고 했지만 폐이가 손을 스치자 나타난 5만 원권 수십 장을 보고 나는 할 말을 잃었다. 이것이 돈의 힘인가.

[이 정도면 돼?]

많다. 엄청 많다. 그 정도 돈이면 무궁화 다섯 개짜리 호텔에서 일주일은 지내도 될 정도가 아닐까. 나는 그 압도적인 Power Of Money에 깨개갱하고 개 짖는 소리를 낼 것 같았는데 치이는 달랐다. 난생처음 보는 치이의 진심으로 화난 모습은 내 등골까지 서늘하게 만들 정도였다.

"페이."

치이의 인내심이 한계에 다다랐는지 말이 짧아지고 머리카락이 위로 올라가서 안 내려온다. 그런 치이의 모습에 페이가 깜짝 놀라서 가지고 놀던 돈을 집어넣는다. 치이의 화난 모습에는 아무리 자기중심적인 페이라고 해도 한 발 물러날 수밖에 없는 박력이 있었다.

"자꾸 그러면 나 화낼 거야."

치이가 말을 놓는 건 처음 봐서 깜짝 놀랐다. 세상에. 치이도 저렇게 말할 수 있구나! 그런 감탄을 하는 나와는 달리 페이는 소파에서 벌떡 일어나서 두 팔을 파닥거리며 글을 썼다.

[농담. 페이, 열심히 청소. 페이, 청소 열심히 해.]

얼마나 당황했는지 글이 무슨 한국어 배운 지 얼마 안 된 외국인 노동자 분들같이 나온다. 하긴, 나도 치이가 내게 저렇게 화를 내면 당황해서 어, 어…… 하며 말도 제대로 못 하겠지.

"……다시는 그런 농담 하지 않는 거예요."

[응.]

치이도 화가 풀어진 것 같았기에 나는 슬쩍 대화에 끼어들었다.

"그러면 나도 같이 청소할게."

"오라버니는 안 하셔도 되는 거예요."

"혼자 놀고 있으면 좀 그렇잖아."

[그러면 빵 사 와.]

나와 치이는 한마음 한뜻이 되어 페이를 바라보았다. 나는 그렇다 해도 치이의 시선만은 부담스러웠는지 페이는 고개를 숙이고서 글을 썼다.

[……청소할게.]

뭔가 불쌍해 보이는데.

그렇게 해서 치이는 화장실 청소, 나는 설거지, 페이는 청소기를 돌리는 것으로 분업을 하게 되었다. 설거지감이 적은 걸 보면 치이가 은근히 배려해 준 것 같다. 평소에는 잘 하지 않는 화장실 청소를 맡은 것도 그렇고. 이런 착하고 귀엽고 기특한 녀석을 데려가는 녀석은 정말 복 받은 놈이다.

[이리 와 봐.]

치이에 대해 생각하며 설거지를 하고 있는데 거실 쪽에서 글자가 둥둥 떠서 내 쪽으로 왔다. 마침 그릇을 헹구는 중이라 나는 손의 물기만 대충 닦고 거실로 나갔다. 거실에는 청소기를 잡고 있는 페이가 있었다. 아니, 잡혀 있다고도 할 수 있고, 기대고 있는 것 같기도 하고, 쓰러지는 걸 겨우겨우 받치고 있는 모습으로도 보일 수 있는 여러 가지 해석이 가능한 자세다. 손잡이 부분을 잡고 있기는 한데 페이의 키가 작아서 조금 힘겨워 보인다.

[이거 너무 커.]

"······줘 봐."

페이에게서 청소기 손잡이 부분을 건네받아 높낮이를 조절해 준다. 그걸 페이는 눈을 동그랗게 뜨며 흥미진진하게 바라보았다. 노트북에 요괴넷까지 하는 녀석이 뭐 이런 걸 가지고 놀라냐. ······아니지. 평소에 단 한 번도 청소기를 돌려 본 적이 없으면 이런 기능이 있다는 걸 모를 수도 있는 일이다.

[과학 문명의 발전.]

이걸 대단하다고 여기는 걸 보면 정말로 그런 것 같네.

"자."

페이는 아무런 글 없이 청소기를 건네받았다. 그런데 높이를 최저로 낮췄는데도 뭔가 모습이 미술책에서 나오는 초현실주의적 화풍의 그림을 보는 느낌이 든다. 애초에 청소기는 어른들이 쓰기 편하게 만드니까 당연할지도 모르겠다. 치이나 페이 같은 아이들이 쓰기에는 약간 불편하겠지만 나는 더 어렸을 때부터 사용했으니까 괜찮겠지. 그래도 혹시 모르니 나는 선을 쭉 빼서 콘센트까지 꽂아 주었다.

"이제 하면 된다. 다 쓰면 선을 뽑고 이 버튼을 누르면 돼."

[······의외로 상냥.]

"칭찬이냐?"

[평소에 어떻게 보였을지 생각하면 아니야.]

"그렇게 말할 줄 알았다."

페이가 청소기의 스위치를 올리자 위이이잉 하는 소리가 난다. 예전에 들은 말이 있기에 많은 기대는 하지 않지만 대충이라도 청소해 준다는 거에 의미를 두자.

……라고 생각한 지 일 분도 되지 않아서 나는 잽싸게 한 손으로는 페이의 손목을 잡고 다른 한 손으로는 청소기를 잡아 **아래로** 내렸다. 페이가 왜 그러냐는 듯 나를 올려다본다.

[왜.]

"누가 청소기를 TV에 갖다 대냐?!"

그렇다. 페이는 청소기를 틀자마자 바로 높이 들어 올려 TV에 갖다 댄 것이다. 브라운관 TV도 아니고!

[이렇게 하면 자동으로 액정 닦는 모드로 바뀌는 거 아니야?]

"그런 게 있겠냐?!"

[고물.]

이 자식이. 확실히 네 말대로 이 청소기가 오래되긴 했다. 장만한 지 5년이 지났으니까. 하지만 이건 내가 생활비를 아끼고 아껴서 산 청소기다. 내가 고물이라고 말하는 건 상관없지만 네가 고물이라고 말하는 건 용서할 수 없다!

"그냥 다른 건 안 바라니까 바닥만 해, 바닥만."

[응.]

불안불안하지만 대답도 했겠다, 나는 다시 설거지를 하러 부엌으로 가려는데 뒤에서 자꾸 탁, 탁 하는 소리가 들린다. 청소기와 뭔가 부딪히는 소리는 자주 들리니까 괜찮겠지.

쿵!

괜찮은 것 같지가 않은데.

[이거 이상해.]

"이상한 건 네놈의 머리다!"

[?!]

나는 페이의 손에서 청소기를 빼앗고 머리에 꿀밤을 먹여 줬다.

　[아파!]

　느낌표를 몽둥이로 쓰며 나를 때린다. 랑이의 이빨에 의해 몽둥이는 연기로 돌아갔지만 아프긴 아팠다.

　"그렇게 세게 안 때렸거든?"

　[너한테 맞았다는 사실에 마음이 아파.]

　"충격받을 정도의 일이냐?"

　[자존심에 상처.]

　"넌 청소기도 제대로 못 돌린다는 거에 자괴감이 들어야 해."

　나는 이야기를 하면서 넘어진 쓰레기통을 세웠다. 안에 쓰레기가 없어서 다행이지 잘못했으면 대형 참사가 일어날 수도 있었던 일이다.

　"앞에 뭐가 있으면 피해서 다녀."

　[나, 너 더러워서 피해.]

　"말 돌리지 마라."

　[유머 감각 없는 남자, 남자한테 인기 없어.]

　그딴 인기 필요 없다.

　"그럼 난, 설거지하러 갈 거니까 청소기를 들어 올리지도 말고, 앞에 뭐가 있으면 피해 다니고. 이 두 가지만 지키면서 하는 시늉이라도 좀 해 줘라. 알겠지?"

　[내 맘대로 할 거야.]

　"……맘대로 해라."

　나는 두 손을 들었다. 치이가 빨리 화장실 청소를 마치고 나와 주었으면 한다. 나는 이 녀석이 제발 물건을 깨뜨리지 않기만을 빌며 부엌으로 돌아가려고 한 발을 앞으로 내딛었다.

"어?"

그런데 뭔가가 발목에 걸렸다. 무게 중심이 앞으로 쏠리면서 넘어진다. 반사적으로 손을 뻗는 순간. 나는 보았다. 내 발에 걸려 있는 청소기의 줄과 그 끝을 잡고서 사악한 미소를 짓고 있는 페이의 모습. 몸이 거실바닥에 구르는 순간에도 머릿속에는 그런 생각밖에 들지 않았다.

노렸냐, 이 자식아.

[감사 고인의 명복을 빕니다.]

감사가 아니라 삼가겠지! 그리고 나 안 죽었다, 이 자식아! 무릎하고 손이 아프기는 하지만 견딜 만하다. 나는 벌떡 일어나서 기분 좋아 보이는 페이를 똑바로 내려다보았다.

"……청소하기 싫으냐?"

[와아, 들켰다.]

"들켰다가 아니잖아! 숨길 작정도 아니었으면서!"

[화났다.]

"화 안 나게 생겼냐?!"

[다혈질.]

정말로 다혈질이 될 것 같다. 나는 한숨을 쉬었다.

"그렇게 청소하기 싫으면 잠깐 나갔다 오면 되잖아."

페이는 고개를 돌리며 입을 삐죽 내밀었다.

[밖에 나가는 거 싫어.]

"그런 내성적인 성격을 고치고 싶어서 온 거 아니었냐."

[······고치고 싶어서 고치는 거 아니야.]

그건 무슨 뜻이냐. 고치고 싶어서 고치는 게 아니면 누가 성격 좀 바꾸라고 말이라도 한 거냐? **페이에게 그런 말을 할 수 있는 아이는 치이밖에 생각나지 않지만** 우리 사랑스럽고 눈에 넣어도 아프지 않은 치이가 그럴 리 없다. 그런 생각을 하는 나를 보며 페이는 뭔가 실수했다는 듯 당황해서 글을 쓰려다가 갑자기 시베리아 벌판에 갖다 놓은 젖은 빨래처럼 쩍 하고 굳어 버렸다. 왜 그러지? 잘 보니까 페이의 시선은 내가 아닌 그 뒤쪽을 향하고 있었다. 나는 호기심에 슬쩍 뒤를 돌아보았다. 화장실 문이 살짝 열려 있고 그 사이로 치이의 푸른 눈동자가 번쩍이고 있었다.

우와, 아무 잘못 없는 내가 다 오싹하다. 치이가 문을 열고 화장실에서 나오자 페이의 양 갈래 머리가 빙빙빙 돌아간다. 완전 랑이 앞에 치이 꼴이군.

"다 본 거예요."

[치이, 착한 아이. 용서해 줄 거 알아.]

"용서는 오라버니께서 해 주시는 거예요."

페이가 재빠르게 고개를 돌려 나를 올려다본다. 용서를 해주지 않으면 너를 죽여 버리겠다, 라는 강건한 의지가 엿보이는 시선이다. 그렇게 치이가 네놈에게는 중요한 거냐. 나는 치이를 생각해 주는 그 마음에 높은 점수를 줘서 이번 한 번은 봐주기로 결심하고 어깨를 으쓱하며 페이의 머리를 툭툭 두드렸다.

"다음에는 그런 짓 하지 마라."

페이가 고개를 획 돌린다.

[너한테 그런 말 듣기 싫어.]

"넌 지금 자기 상황을 알고 있기는 한 거냐?"

[너무 잘 알아서 문제.]

페이가 힐끗 치이를 훔쳐본다.

[그래도 할 말은 하는 선진 요괴.]

"그러면 할 일도 제대로 하는 거예요."

[응.]

치이에게는 뭐라고 할 말이 없는 듯 페이는 청소를 시작했다. 치이도 다시 화장실 안으로 들어갔고 나도 하던 설거지를 마저 하러 부엌으로 돌아갔다.

내가 설거지를 끝냈을 때쯤, 페이도 청소기를 다 돌렸는지 소음이 잦아들었다. 손의 물기를 대충 바지에 쓱쓱 닦으며 거실 쪽을 바라보니 콘센트를 뽑고 청소기 위에 올라타서 막대를 잡고는 줄을 정리하는 버튼을 누르는 페이가 보였다. 버튼을 누르자 선이 휘리리릭하고 청소기에 빨려 들어간다.

[오!]

페이가 그걸 보고 입을 마름모꼴로 벌리며 감탄한다. 정리된 선을 빨간 줄이 나올 때까지 다시 한 번 쭈욱 뺀 다음에 다시 한 번 버튼을 누른다. 휘리리릭.

[오오.]

아까보다 커진 글자. 페이가 다시 한 번 코드를 쭈욱쭈욱 빼다가,

[……]

"……."

나와 눈이 마주쳤다.

[……봤어?]

점 하나하나가 느릿느릿 찍히는 게 꽤 재미있게 보인다.

"그거 재밌지. 나도 어렸을 때 자주 했다."

나름 신경을 써서 말한 내게 페이는 얼굴을 새빨갛게 물들이며 손발을 바동바동거렸다.

[관음증! 변태 치한!]

내가 봐서는 안 되는 거라도 봤나.

"뭐, 인마."

[훔쳐보는 변태]

보통 변태라는 소리를 들으려면 치마 속이라도 훔쳐봐야 하는 거 아닌가. 아니면 옷 갈아입는 모습이나 목욕하는 장면이나, 뭐 그런 거 있잖아. 겨우 전원 코드 가지고 노는 걸 훔쳐봤다고 변태라 불리는 건 억울하다. 하지만 페이가 볼을 부풀리고 화를 내는 모습을 보니 자신의 그런 모습을 보여 준 것을 정말 낯부끄러워한다는 것을 눈치챌 수 있었다. 이럴 때는 정신적으로 좀 더 성숙한 내가 져 주는 게 좋겠지.

"그래, 내가 잘못했다. 미안."

[그러면 벌!]

기어오르는 녀석을 보소.

[내일 아침에 먹을 빵 사 와.]

겉으로는 싫다고는 말해도 자기가 하고 싶은 건 어떻게든 하려는 모습이 애답다고나 할까.

"……안 먹는다며?"

[치이한테는 비밀.]

"그냥 같이 사 오면 되잖아."

페이는 글을 쓰는 데 조금 시간이 걸렸다.

[이런 옷 입고?]

나는 모르는 척 넘어가 주기로 했다.

"자각은 하고 있었던 거냐."

[난 세심하니까.]

다른 사람의 시선을 신경 쓰는 거면 내 시선도 좀 신경 써 줬으면 하는 작은 바람이 있다. 그래도 난 이런 애들이 싫지만은 않다. 원래 애들은 조금 그런 면이 있잖아. 자기가 하기 싫은 것 때문에 하고 싶은 걸 포기하면서도 시간이 지나면 미련 때문에 허둥대는 거. 이런 일이 자주 생기면 버릇이 좀 나빠지겠지만 이번은 괜찮겠지.

내일 아침에도 전력 질주를 하고 싶지는 않으니까.

"그래서, 무슨 빵?"

[모카 케이크에 딸기 우유!]

양 갈래 머리를 빙빙 돌리며 페이가 눈을 반짝인다. ……그렇게 좋으면 자기가 나가서 사 오란 말이다.

치이 몰래 밖에서 빵을 사 오니 치이가 반가이 맞이해 주었다. 나쁜 짓 하다가 딱 걸린 어린아이의 심정으로 하하하, 하고 마른 웃음을 흘려 보지만 치이의 반달같이 변한 눈동자는 원래대로 돌아오지 않았다.

"오라버니."

"응?"

"그렇게 어리광 받아 주면 페이의 버릇이 나빠지는 거예요."

"미안. 청소 열심히 해 줘서 상으로 뭔가 해 주고 싶어서. 혹시 화났어?"

치이는 팔짱을 끼고 고개를 휙 돌렸다.

"오라버니께 기대를 해야 화가 나는 거예요."

나는 치이가 삐친 이유가 페이의 어리광을 받아 준 것이 전부가 아니라는 것을 왠지 모르게 알 수 있었다. 안 그러면 거실에 앉아서 노트북을 가지고 놀고 있는 페이를 힐끗힐끗 곁눈질하며 저렇게 부러운 표정을 지을 리 없으니까. 이 귀여운 녀석. 치이는 어렸을 때부터 강한 아이가 되기 위해 노력했기 때문에 어리광 같은 걸 부리는 법을 잘 모른다. 그렇다면 치이가 말을 안 해도 이쪽에서 직접 해 줄 수밖에 없는 거다.

"그럼 나중에 같이 놀러 갈 약속을 하면 나한테 기대를 해 줄까?"

치이의 귀 위 머리카락이 하늘 높이 떠올랐다가 가라앉는다.

"갑자기 무슨 말인가요?"

"그냥."

"아무 생각 없이 그런 말 하지 마는 거예요."

치이가 입술을 한 뼘이나 내밀기에 나는 머리를 쓰다듬어 주었다.

"오빠가 동생하고 같이 놀러 가고 싶은 게 무슨 이유가 있어서 그런 건 아니잖아."

"······오라버니는 말만 너무 잘하는 거예요."

"행동도 잘한다고."

"어딜 봐서요."

흥, 하고 웃은 치이는 내 손에서 짐을 받아 들며 말했다.

"그럼 저녁 준비 할 테니까 페이하고 같이 놀아 주는 거예요."

"응? 잘 노는 것 같은데?"

"그렇게 보여도 제가 잘 안 놀아 주니까 심심할 거예요. 오라버니도 페이하고 친하게 지내 주세요."

"노력은 하고 있다고."

페이는 치이의 친구니까. 그렇다고는 해도 치이가 저녁 준비를 하는데 페이와 놀고 있을 수는 없는 일이다. 페이는 페이고 나는 나니까.

"그래도 저녁 준비 힘들지 않아? 나도 도와줘도 되는데."

"어차피 오라버니는 음식을 데우는 것밖에 못하는 거잖아요?"

이 녀석이 날 너무 우습게 보는군. 내가 이래 봬도 할 수 있는 반찬의 종류가 60종류가 넘는다. 물론 자신 있는 것은 10종류 안팎이지만 고등학생이 이 정도로 할 수 있는 것만 해도 자랑거리라고 생각한다고! 하지만 치이에게 나는 그런 말을 할 수 없었다.

"오라버니는 가만히 있어 주시는 게 절 도와주는 거예요."

새침하게 말하며 볼을 붉히는 치이의 모습에 마음이 찡해져 버렸거든. 나는 치이를 와락 껴안고 그 보드라운 볼에 입을 맞췄다.

"꺄우우우?!"

깜짝 놀란 치이가 파닥이는 귀 위 머리에 좀 아프게 맞아 버렸지만 괜찮다.

치이가 화를 내면서 "이, 이런 짓을 할 거면 차라리 페이하고 같이 시간이나 때우란 말이에요!"라는 말을 했기에 나는 페이가 앉아 있는 소파의 옆에 앉았다. 기습 뽀뽀 좀 했다고 화내긴. 그렇게 따지면 네가 지리산에서 헤어졌을 때 내 볼에 한 건 뭐냐. 속으로 툴툴거리는 내가 옆에 앉든 말든 페이는 상관하지 않고 노트북으로 뭔가를 열심히 하고 있었다. 나는 페이에게 물어보았다.

"뭐하나?"

[게임.]

"무슨 게임?"

[너, 눈 있어.]

그래. 나 눈 있다. 나는 슬쩍 페이의 노트북을 어깨 너머로 보았다. 거기에는 한 시대를 풍미했던 초 고전 격투 게임인 '길거리 싸움꾼 2'가 에뮬로 실행되고 있었다. 우와, 진짜 옛날 게임이다. 내가 어렸을 때도 어린이공원에 있는 오락실에서나 볼 수 있었던 게임이잖아.

"꽤 옛날 게임이네."

[재미있어.]

부정은 못 하겠다. 나도 자주 했었으니까. 갑자기 옛날 추억이 되살아나서 한 번 해 보고 싶어진다.

"너 끝나고 나도 한 판만 해 봐도 되냐?"

[……할 줄 알아?]

"할 줄은 알지."

[진짜?]

이상하게 페이가 흥미를 보인다. 왜 그러지?

"이런 거 가지고 거짓말하겠냐."

[그럼 같이 해.]

반색을 하고 달려드는 걸 보니 혼자서 하는 게 지겨워서 그랬나 보다.

"그렇게 같이 하고 싶었으면 치이한테 말이라도 해 보지 그랬냐."

[……치이, 기계치.]

"……그랬냐."

그래서 진공청소기가 아니라 빗자루와 쓰레받기를 들었던 건가. 그렇게 해서 간단히 cpu와 한 판 붙어 보려고 했던 나는 갑자기 요괴와 대전 게임으로 승패를 가르게 되어 버렸다. 별로 나쁘다는 건 아니다. 대전 게임은 사람하고 하는 게 가장 재미있는 법이니까. 하지만 문제는 다른 것에 있었다.

"노트북으로?"

노트북의 키보드가 어떻게 생겼는지 모르는 사람은 없겠지. 페이같이 손이 작고 예쁜 아이들이라면 모를까 나 같은 청소년이 저런 키보드를 같이 나눠 쓴다는 건 불가능한 일이다.

[패드 있어.]

아서라. 네가 패드를 넣어 봤자 얼마나 커지겠냐는 무슨 헛소리냐. 요즘 들어 이상한 생각이 너무 자주 든다니까.

"그러면 한 번 해 보자."

그런데 이 자리에서는 노트북 화면이 잘 안 보인다. 나는 슬쩍 엉덩이를 움직여 페이 쪽으로 다가갔다.

[?!]

페이가 물음표와 느낌표를 연기로 만든 다음 두 손에 붙잡아 내 머리를 때린다. 아프다. 이 자식이 무슨 오해를 했는지는 보지 않아도 알 수 있기에 나는 재빨리 말했다.

"화면이 안 보여서 그래! 이렇게 안 붙으면 나한테는 안 보인다고."

그제야 페이는 나를 때리는 걸 멈추고 퉁명스러운 표정으로 글을 썼다.

[……시야각이 나쁘니까.]

시야각? 그건 또 뭐야? 페이는 손에 든 흉기를 다시 연기로 바꾼 다음 노트북을 슬쩍 내 쪽으로 밀어 주었다.

[보여?]

"보인다."

화면은 잘 보인다. 그 대신 다른 문제가 생겼지만.

"그런데 네 자세가 너무 안 좋은데."

페이의 몸이 내 쪽으로 기울어져 있다. 아직 성장기인 어린 애들은 바른 자세가 필수다. ……요괴라서 상관없을 수도 있지만.

[키보드니까.]

페이는 괜찮다고 말하지만 나는 별로 마음에 들지 않는다. 흠. 좋은 방법이 생각났다.

"이러면 되겠네."

[?]

"여기 앉아."

나는 엉덩이를 소파 뒤쪽으로 빼고 다리를 최대한 벌려서 페이가 앉을 만한 자리를 만들어 주었다. 페이는 그곳과 내 얼굴을 번갈아 바라보더니 한숨을 쉬고 한 손에 연기로 만든 망치를 들어 내 머리를 때렸다. 아프다. 랑이의 이빨이 없었다면 이거 죽었을 수 있는 일이라고!

"죽일 생각이냐?!"

[……저질. 죽어.]

이 부당한 대우에 대해 이의를 제기한다.

"난 네가 바른 자세로 게임을 할 수 있게 도와주기 위해서 호의를 베푼 건데, 왜 그래?"

[여자한테 그런 곳에 앉으라고 아무렇지 않게 말할 수 있는 머리가 신기.]

"애겠지."

[나, 나이 많아.]

세희는 예전에 좋은 말을 했었다.

"어린아이의 기준을 삼는 건 외관이다, 이 녀석아."

[발육이 빨라서 대학생으로 보이는 초등학생을 건드리면 범죄.]

"그건 사실이지만 너하고는 전혀 연관이 없는 말이다."

[너는 만지면 성추행인 얼굴.]

이 자식이.

"알았어. 그러면 그냥 이대로 하자."

남은 나름대로 신경 써 준 거였는데 말이야.

그리고 잠시 후.

[13승.]

내가 고른 머리띠 두른 주인공의 얼굴이 만신창이가 된 것이 벌써 13번이라는 말과 똑같다. 나는 분노를 억누르기 위해 패드를 집은 손을 부들부들 떨며 말했다.

"페이야."

[왜.]

"혹시 얍삽이라는 말을 아냐?"

[얍삽이도 실력.]

나도 이런 말까지는 하고 싶지 않았다. 하지만 대전 게임에도 기본 예의라는 것이 있다. 그렇다. 이 기본 예의를 지키지 않으면 게임기 안의 격투가 현실로 튀어나오는 경우도 생기곤 한다. 지금 나도 그러고 싶다.

페이가 게임을 하는 방식은 간단했다. 먼저 내게 약간의 데미지를 준 다음에 제자리에 앉아서 대기한다. 그리고 내가 점프를 하면 대공기를 쓰고 걸어오면 다리를 걸며 가만히 있으면 장풍을 쏜다. 거기다 난 패드를 잡고 있어서 장풍도 대공기도 잘 안 나가서 속수무책으로 당할 수밖에 없는 상황. 내가 화가 안 나게 생겼냐?!

"실력이라는 건 아는데 좀 봐줘야 하는 거 아니냐?!"

[승부의 세계는 냉정.]

인생은 실전이라는 말과 함께 패드가 날아갈 뻔했지만 참았

다. 치이가 같이 놀아 주라고 했지 같이 싸우라는 말은 안 했
잖아? 그렇게 생각하자 한계에 다다랐던 인내심이 게임기에
동전을 집어넣은 것처럼 되살아났다.

"후……."

나는 인생의 쓴맛과 세상의 모든 고뇌와 분노를 담은 한숨
을 내쉬었다.

"내가 졌다. 못 이기겠네."

다른 말로 하면, '이 게임 폐인아! 나 같은 일반인을 학살하
니 기분 좋냐? 쳇, 치사해서 안 할 거야!!' 니까 그렇게 기분 좋
게 웃지 마라. 의기양양하게 어깨 펴고 콧대 세우지도 마!

[내가 잘하는 법 가르쳐 줘?]

그러면 다시 해야 하잖냐. 나는 손을 내두르며 거절했다.

"됐어. 난 옛날부터 대전 게임은 잘 못했으니까."

[못한다고 안 하면 계속 허접.]

"바른 말 고운 말을 사용해라."

[얍삽이.]

"의외겠지만 얍삽이는 얍삽하다에서 파생된 말로 표준어다."

정말이냐고? 나도 모른다. 그냥 지금은 폐이에게 한 방 먹여
주기 위해서 아무렇게나 말한 거야. 내 의도대로 폐이는 입술
을 삐죽 내밀고는 글을 썼다.

[……하수.]

나름대로 귀여운 면도 있는걸? 웃음이 나올 것 같은 걸 참느
라 힘들다.

"하수도 하수 나름대로의 장점이 있다."

[뭔데?]

"컴퓨터와의 대전에서도 긴장을 할 수 있지."

[……안 좋아 보여.]

"고수가 돼서 하수를 학살하는 것보다야 낫지 않을까."

[그러면 다른 거 해.]

페이는 익숙하게 노트북을 다루더니 다른 게임을 실행시켰다. 이번에는 삼국지를 모티브로 한 '천하를 냠냠'이라는 횡 스크롤 액션 게임이었다.

"게임 취향이 상당히 시대에 뒤처져 있다?"

[고전 무시하면 안 돼. 옛날 게임도 재밌어.]

"그래도 90년대에 태어난 형들이 20대가 된 지금 90년대 게임을 즐기려는 건 이해를 못 하겠는데."

[……시끄러.]

아, 삐친 것 같다. 이 녀석 옛날 게임을 좋아하는구만. 페이가 나를 날카로운 눈매로 올려다보며 글을 썼다.

[하기 싫으면 하지 마.]

"누가 하기 싫다고 했냐. 자, 같이 하자."

나는 패드를 잡았다. 페이도 단순히 화난 시늉을 한 건지 다시 게임에 집중했다. 그리고.

"저기, 페이야."

[응?]

"기분 탓인지 모르겠지만 내가 무기를 잡으면 내 뒤통수를 치는 것 같은데."

[기분 탓.]

잠시 후.

"왜 내가 말을 타기만 하면 날 때려서 내려오게 만드냐? 그것도 조금 전에는 기술을 써서 멋있게."

[커맨드 미스.]

"내 눈앞에 떠올랐던 좋아! 라는 글에 대한 해명을 해라."

[눈이 나쁜 거야.]

내 시력은 양쪽이 1.2다. 나는 다시 화를 꾹꾹 누르고 게임에 집중했다. 그것도 잠시였지만.

"야."

[게임에 집중.]

"할 수 있겠냐."

나는 패드를 잠시 내려놓고 지끈거리기 시작한 머리를 누르며 말했다.

"왜 네 체력은 가득 차 있고 나는 죽을 것 같은 상황에서 네가 고기를 먹냐."

[실수.]

"그러면 내가 먹으려는 순간 적을 잡아서 이쪽으로 던져서 내가 넘어진 거는 어떻게 설명할 거야."

[우연.]

"실수와 우연이 완벽한 하모니를 이룬 거다?"

[정답.]

"그게 말이 되냐아아아아!!"

나는 화를 참지 못하고 벌떡 일어났다.

[깜짝!!]

이건 훨씬 질이 안 좋아! 대전 게임이야 원래 상대를 두들겨 패는 게 목적이니까 그렇다 치자. 하지만 이건 횡스크롤 액션 게임. 다시 말해 서로 협력해서 적을 무찌르는 게임이잖아? 그런데 도대체 왜 이 녀석은 줄기차게 나를 노리는 거냐?! 내가 무슨 네 적이냐!! 어차피 노트북으로 하는 거니까 돈 걱정이 없다는 그런 문제가 아니다! 게임을 플레이하는 자세의 문제라고!

[화났어?]

페이가 슬쩍 내 눈치를 살피며 묻는다. 그 모습에 머리끝까지 올라갔던 화를 목구멍까지 억지로 밀어 내렸다. 내가 진짜 치이만 아니었어도.

"아니. 세상의 부조리에 분노한 거지 너한테 화낸 건 아니다."

그래. 게임에 아군을 때릴 수 있는 시스템을 집어넣은 제작사에 분노한 거다. 그렇다고 생각하자.

[……이것도 재미없어?]

게임 자체는 향수를 불러일으키고 재미도 있지만 너의 게임 플레이 방식이 나를 열 받게 만든다는 말은 할 수 없었다. 방법이야 다르지만 페이는 진심으로 그런 플레이가 즐거운 듯 보였으니까. 그렇다고 나도 페이와 똑같이 할 수 있는 것도 아니다. 나에게는 그런 플레이가 가능한 실력이 없으니까. 나는 다시 자리에 앉으며 바닥이 꺼질 듯한 한숨을 쉬었다.

"재미는 있는데 말이야."

네 녀석하고 게임을 하는 건 내 정신 건강에 좋지 않다.

"이런 거 말고 우리 나가서 놀까?"

논다고 해 봤자 근처를 산책하거나 놀이동산을 가거나 패스트푸드 같은 곳을 가거나 윈도우 쇼핑을 하는 게 다겠지만 그것도 나름대로 즐거운 일이다. 물론 페이가 단번에 승낙할 거라는 기대는 하지도 않았다. 이미 전에 **이상하게** 나가는 걸 싫어했었던 전적이 있으니까. 그래서 나는 페이라면 거절하기 힘든 조건을 내세웠다.

"친구 중에 좋은 녀석이 있거든. 거기다 나같이 평범한 인간이어서 걱정도 없고. 친구를 사귀는 데 좋은 연습은 될 거야."

페이는 우리 집에 성격을 고치기 위해서 왔다. 내성적인 성격을 좀 더 적극적인 성격으로 바꾸고 싶다는 이유. 그렇다면 적어도 이런 일을 거절하지는 않을 거다. 세현이, 그 녀석이 겉으로는 그렇게 보여도 은근히 사람 분위기를 잘 읽는 녀석인 데다가 겉으로는 유쾌한 녀석이라 페이하고도 잘 어울릴 것 같고.

하지만 페이는 단칼에 거절했다.

[필요 없어.]

페이의 단호한 태도에 다시 한 번 위화감이 들었다. 하지만 지금은 페이가 볼을 빵빵하게 부풀릴 정도로 화가 난 것 같으니까 그런 거에 신경 쓸 상황이 아닌 것 같다. 잘 놀고 있는데 나가서 놀자고 권해서 삐쳤나? 아니, 그런 것 같지는 않은데. 그렇다면 페이의 말버릇상 한 마디라도 더 하고 넘어가야 한다.

"알았어. 그럼 다른 게임은 뭐 재미있는 거 없냐?"

[…….]

페이는 아무 말도 하지 않더니 게임을 종료하고 마우스를 움직이더니 바탕화면에 있는 아이콘을 실행시켰다. 그러자 운명 6이라는 게임이 실행됐다.

[넌, 이거나 해.]

"……이거 폐인 양성 게임, 시간 이동 게임이라고 알고 있는데."

페이가 어깨를 움찔 떨더니 고개를 숙이고 글을 썼다.

[재미 보장.]

"거기다 난 시뮬레이션 게임은 별로 안 좋아하는 데다가 이런 스타일의 게임은 해 본 적도 없다고."

[튜토리얼부터 하면 문제없어.]

하지만 그런 것보다 가장 큰 문제는 다음이다.

"이거 1인용 게임 아니야?"

일이 조금 틀어졌지만 나는 페이와 같이 놀고 싶은 거지 혼자 놀고 싶은 게 아니다. 조금 많이 티격태격하긴 하지만 같이 게임을 하는 게 페이와 조금이라도 더 친해지는 것 같은 기분도 들고 재미도 나름대로 있으니까. 그런 내 생각을 읽은 듯 페이는 글을 썼다.

[익숙해지면 그 때 같이 온라인 게임으로 같이 하면 돼.]

그런 것도 지원하냐.

"그런데 그 때까지 너는 뭐하게?"

내 말에 페이가 두 손을 스치더니 노트북 하나를 꺼내 들었다.

[하나 더 있어.]

준비성도 철저하셔라.

"그럼 같이 하자. 좀 가르쳐 줘라."

[응.]

나와 페이는 나란히 앉아서 노트북을 붙잡았다. 그리고…….
뭔가 시간이 다른 개념으로 흘러가기 시작했다.

"오라버니, 식사 안 하세요?"

"아, 잠깐만."

"페이는요?"

[잠깐만.]

"둘 다 게임은 그만하고 밥 먹는 거예요!!"

"한 턴만 더 하고."

[먼저 먹어.]

"둘 다 혼나고 싶은 건가요?!"

치이에게 혼났지만 저녁을 먹은 다음에도 나와 페이는 노트북을 손에서 놓지 않았다.

게임이 너무 재미있다 보니 늦게 자 버린 것이 실수였다. 치이도 내 옆에서 구경하다가 늦게 잠드는 바람에 누가 깨워 주는 사람도 없었다. 사실 이 나이 정도 되면 자기가 알아서 일어나야 하지만. 그렇게 수면 시간 보존의 법칙에 의해 일어났을 때는 이미 7시. 나는 머리를 감고 말리지도 않은 채 대충 물기만 턴 다음 교복으로 갈아입었다. 거실에서 양말을 신고 있는데 학교 갈 준비를 하는 게 좀 시끄러웠던 것 같다.

[부비부비.]

어제와 똑같은 잠옷을 입고 치이의 인형을 한 손에 들고 연기로 만든 손으로 눈을 비비며 페이가 방에서 걸어 나왔다. 참 여러 용도로 쓴다.

[졸려.]

졸리면 졸린 거지 왜 이쪽으로 와서 남의 등을 의자로 쓰는 거냐. 폐이가 양말을 신느라 굽힌 내 등에 엉덩이를 앉혔기에 나는 자연스럽게 앞으로 몸이 숙여졌다. 등에서 느껴지는 말랑말랑한 엉덩이의 감촉이 신경 쓰인다. 이 녀석이 아직 잠에서 덜 깼구나. 폐이도 어제 나하고 비슷한 시간에 자러 갔으니까 졸리겠지.

"더 자."

[시끄러워서 깼어.]

그래, 내 탓이다.

"치이는?"

[아직 쿨······.]

그래서 아침도 도시락도 없는 건가. 하지만 폐이가 일어났는데 치이가 아직 못 일어났다는 게 조금 마음에 걸리는데. ······뭐, 피곤했나 보지.

"그러냐. 그럼 어쨌든 나는 학교 갔다 올 거니까 집 너무 어지르지 말고 있어라. 치이 말 잘 듣고."

[치이하고 나 동갑.]

"정신 연령이 다르잖아."

[내가 더 어른.]

그 말을 믿으라는 거냐. 아차, 이러고 있을 시간이 없다. 나는 손을 돌려 폐이의 허벅지를 툭 건드리며 말했다.

"나와 봐라. 난 학교 가야 하니까."

[밥은 안 먹고 가?]

"먹을 시간 없어."

[밥은 안 주고 가?]

아, 그런 거였냐.

"네가 알아서 먹어라."

[……귀찮아.]

저 귀찮아, 라는 단어에는 내가 상상도 못 할 엄청난 뜻이 담겨져 있는 것 같다. 그렇다고 그냥 학교에 가자니 저 녀석이 자는 치이를 깨워서 밥 차려 달라고 떼를 쓸 것 같으니 무시할 수도 없는 노릇. 어차피 빵 좀 잘라 주는 게 시간이 오래 걸리는 건 아니니까 차려 주고 가자. 나는 냉장고를 열어 어제 사 둔 모카 케이크와 딸기 우유를 상 위에 잽싸게 차려 주며 말했다.

"오늘 하루뿐이다."

[네가 치이를 늦게 재우지만 않았어도 이런 일 없어.]

한 마디를 지려고 하지 않는다.

평소보다 늦게 등교를 했는데도 세현은 교실 안에 보이지 않았다. 나래는 자기 자리에 앉아서 친구들과 수다를 떨고 있어서 다가갈 수 없는 상황. 개똥도 약에 쓰려면 없다더니 딱 그 꼴이다. 혼자서 멍하니 있자니 뒷문이 열리고 세현이가 들어와 자기 자리에 앉았다. 그런데 뭔가 이상하다. 눈 밑의 다크서클을 하며 어딘가 넋이 빠져나간 모습을 보니 그리 좋은 상황은 아닌 것 같다. 나는 세현의 앞의 앉아서 슬쩍 말을 걸었다.

"왜 그러냐?"

세현의 눈동자에 초점이 잡혔다. 그럼에도 두 눈이 퀭해 보이는 걸로 봐서 무슨 일이라도 있는 것 같다.

"남자들의 꿈이 사라졌다."

남자들의 꿈? 그게 뭐야. 가슴이냐?

"알아들을 수 있게 말해."

"남자들의 꿈과 희망과 욕정과 욕망과 성욕과 망상이 가득 담긴 영상이 컴퓨터에서 삭제됐다고."

……아, 그러냐. 한심해진다. 나는 왜 이런 자식을 친구로 둔 걸까. 그런 일로 그렇게 충격을 받을 건 없잖아. 가족들이 컴퓨터에서 그런 것들을 지우는 건 흔히 있는……. 잠깐.

"너희 집에 아무도 없잖아?"

"그러니까 미치겠다는 거지. 어제 티슈까지 준비하고 컴퓨터를 켜니까 싹 비어져 있더라."

"좀비 컴이냐."

TV에서도 많이 나왔지.

"부팅 검사도 했지만 바이러스 하나 안 잡히더라. 그리고 이건 그런 게 아니라……."

녀석의 몸에 생기가 돌아온다. 이것은 아무리 봐도 분노의 힘인 것 같은데. 세현은 두 팔로 오락실 경품 크레인 같은 자세를 취하더니 비명과도 같은 소리를 질렀다.

"이게 다 선배 짓이야! 그 인간밖에 이런 짓을 할 사람은 없어!"

"말이 되는 소리를 해라."

회장이 뭐가 아쉬워서 너희 집 컴퓨터를 해킹해서 가끔씩 동영상 강의로 변신하곤 하는 영상들을 지우냐고.

"안 그러면 내가 분할 압축해서 확장자도 txt로 바꾼 다음에 웹하드에 업로드를 한 내 비장의 영상들도 없어질 리가 없어!"

나는 할 말을 잃었다. 이 녀석이 조금 정신이 이상한 변태라는 건 알고 있었지만 옛날에는 확장자가 ASF나 RM이 대부분이었던 영상을 숨기기 위해서 그런 짓을 할 줄은 몰랐거든.

"남의 집에는 어떻게 들어왔는지 겨울옷 수납장 구석에 숨겨 둔 DVD까지 없어졌단 말이야! 다른 건 안 건드리고! 이런 짓을 할 사람은 선배밖에 없어!"

아니, 나는 그전에 너하고 알고 지내는 걸 다시 한 번 생각해 봐야겠다. 나래가 이쪽을 바라보는 시선이 '그딴 헛소리를 하면 다시는 말 못 하게 입을 찢어 줄게.'라고 하는 것 같거든. 나는 슬금슬금 거리를 벌리며 내 자리로 돌아갈 준비를 했다. 그러는 동안에도 세현의 분노는 천 년 만에 분화하는 휴화산 같이 꺼질 생각을 하지 않았다.

"남자가 야한 게 뭐가 나빠?! 남자가 변태인 게 뭐가 나쁘냐! 남자가 여자 친구가 없어서 당당하게 자신의 성적 취향을 판타지로 채우는 게 뭐가……."

"나쁘단다."

타오르는 화산에 동해 바닷물이 부어졌다. 아니지. 이건 맞불이라고 해야 하나? 나는 앉아 있는 세현과 비슷한 키의 학생회장에게 고개를 숙이며 인사했다.

"안녕하세요."

"응. 이야기 나누는 중에 끼어들어서 미안해. 이 바보가 도저히 듣고 있을 수 없는 소리를 해서 이럴 수밖에 없었어. 이해해 주렴."

회장이 이 녀석을 죽인다고 해도 난 이해할 거다.

"물론이죠."

액체질소로 샤워를 한 듯한 세현이 고개를 돌렸다. 작은 키와 어려 보이는 외관과는 어울리지 않는 어른스러운 미소를 짓고 있던 선배가 말했다.

"그렇게 화를 내는 걸 보니 내가 지웠다는 증거라도 있나 봐?"

"그것이 바로 범죄자의 말투입니다!"

"오늘은 무죄 추정의 원칙을 가르쳐 줄게. 자, 같이 공부하러 가자."

그 말에 세현은 의자에서 벌떡 일어나 책상을 타 넘고 도망쳤다. 그야말로 한 마리의 바퀴벌레 같았다.

"그럴 줄 알아."

회장은 도망치는 세현을 쫓지 않았다. 그도 그럴 것이 세현의 발목에는 밧줄이 묶여 있었거든. 세현이 혼자서 화를 내고 있을 때 나도 몰래 밧줄로 묶어 버린 것 같다. 나도 저 녀석이 책상을 뛰어넘을 때 겨우 눈치챌 수 있었다. 밧줄은 그리 길지 않았고 그 끝은 건물 기둥에 묶여 있었기에 세현은 교실에서 나가기도 전에 바닥에 엎어지고 말았다.

"제가 토끼입니까?!"

아프지도 않은지 벌떡 일어나네.

"도망치는 꼴은 그럴 듯해 보였는데? 오늘 점심은 당근으로 하자."

"그 당근을 선배의……. 아, 이건 너무 강하다."

세현은 생각하기도 싫은 농담을 하려다가 관두고 손을 탁 치며 말했다.

"옛날에 유행한 고양이 펀치, 토끼 킥을 생각나게 만드는 만화 제목 같은 당근은 무슨 당근! 저는 육식 동물입니다!"

"……넌 도대체 얼마나 만화를 좋아하는 거니? 그 정성으로 공부를 하지그래?"

"그게 됐으면 제가 무인도를 사서 미녀들과 향락을 즐기며 살고 있었겠죠!"

"공부도 중요하지만 넌 인성 교육이 먼저겠다. 따라와."

"하지만 거절한다!"

세현은 재빨리 밧줄을 풀고 한 마리의 곰등이로 변해서 도망쳤다. 그런 뒷모습을 보며 회장은 허리에 두 손을 올리고 한숨을 쉬었다.

"정말. 예상 범위 내에서 행동하긴."

이윽고 들려온 세현의 비명 소리에 나는 마른 웃음을 흘릴 수밖에 없었다.

"그럼 소란 피워서 미안."

회장은 아무 일도 없었다는 듯 어울리지 않는 우아한 걸음으로 자리를 피하려 했다. 그런데 왜일까. 나는 그런 회장을, 학교 전체를 두려움에 떨게 만드는 회장을 말로 붙잡았다.

"저기, 회장. 죄송한데요."

그건 아마도 회장에게 휘둘리고 있는 세현에게 동병상련의 기분을 느껴서 그럴 수도 있고 단순한 측은지심에서 기여했다고 해도 이상하지 않다.

"저래 봬도 나쁜 녀석은 아니니까 너무 험하게 다루지는 말아 주시면 좋겠어요."

조금 예의 없는 말일 수도 있지만,

"어머?"

회장은 눈을 동그랗게 뜨더니 곧 자상한 미소를 지었다.

"나도 알고 있어. 세현이가 좋은 아이라는 건."

진심이 느껴지는 말이었다. 나는 회장을 조금 오해한 게 아닐까. 나는 회장에게 사과하려고 했지만 앞문을 쾅! 하고 열고 들어온 세현의 모습에 할 말을 잃었다. 복도로 나가서 무슨 꼴을 당했는지 물에 빠진 생쥐 꼴이 돼서 돌아왔다. 거기다 교복은 이곳저곳 찢어져 있는 게 작년에 왔던 각설이 죽지도 않고 또 왔다면서 노래를 불러도 잘 어울릴 것 같은 몰골이다. 시트콤에서나 볼 법한 모습이 된 세현이 회장에게 걸어갔다.

"선배!"

"왜 그러니?"

"왜 그러니는 무슨 왜 그러니입니까? 누가 미쳤다고 학교에 트랩을 설치해요?! 저 말고 다른 애들이 걸렸으면 어쩌려고?!"

회장은 옅은 미소를 지었다.

"걱정하는 거야?"

"고양이가 생선을 걱정하겠다!"

"존댓말."

"여우가 호랑이를 걱정하겠습니다! 그리고 뭐라고요? 제가 좋은 애면 왜 만날 붙잡아 놓고 인간을 개조하려고 하는 겁니까?!"

"너도 싫어하는 눈치는 아니었잖니?"

"그야 어쩔 수 없죠. 안 그러면 선배가 화내는데!"

"그럼 된 거 아니니? 이게 다 내 관심이란다."

"우는 아이나 떡 주세요!"

세현이 저렇게 화를 내는 모습은 처음 본다. 네게는 그렇게 실제 상황에서 따라하면 부부 사이가 파탄 나는 영상이 삭제된 게 심각한 일이었구나. 미안하다. 누구에게나 소중한 건 한 개씩 있는 법. 너의 마음을 내가 너무 우습게 봤다. 넌 그냥 변태의 신이 되어라.

"누가 바꾸려고 했다는 거니?"

회장은 살짝 상기된 목소리로 대답하고는 칠판으로 걸어가 분필을 잡았다.

"네가 오해를 하고 있는데 내가 너를 개조하려면 이렇게 해야 해."

손을 뻗어 칠판에 뭔가를 그리려고 하지만……. 칠판이 조금 높이 있다. 회장은 뭔가 분한 듯 칠판을 노려보고는 손가락으로 세현을 불렀다. 세현은 툴툴대면서도 회장에게 가 준다.

"안아 줘."

"의자 쓰세요."

"금방이면 되니까."

"……칫."

세현은 혀를 차면서도 조심스레 회장의 허리를 잡고 들어 올렸다.

"올라가겠습니다."

우와, 회장의 저런 모습 처음이야. 반 아이들도 할 말을 잃어 회장이 쓰는 분필 소리만 정적 속에서 울려 퍼진다. 회장은 안아 들어 올려져 있는 상황에서도 조금도 부끄러운 기색 없이 그림을 그렸다.

"내려 줘."

"내려가겠습니다."

회장이 그린 그림은 세 개의 원과 한 개의 선이었다.

"잘 봬. 내가 네 말대로 너를 개조하고 싶으면 이렇게 했을 거야."

주머니에서 꺼낸 레이저로 왼쪽 그림을 가리킨다. 동그란 원의 중심에 직선이 닿아 있는 그림이다.

"이렇게 너의 성격부터 하나하나 내 맘대로 바꿔 가겠지. 하지만 나는 그럴 생각 없어."

세현이 듣든 말든 상관없다는 듯 회장은 오른쪽 그림을 레이저로 가리킨다. 한 개의 작은 원을 큰 원이 감싸 안고 있는 그림.

"이렇게 말이야. 난 선배답게 포용력 있는 마음으로 네가 하는 일을 지켜봐 줄 거야."

"그런 것 치고는 간섭이 심합니다."

"인간으로서의 기본은 되어 있어야 하잖니?"

아, 동의합니다. 저 녀석은 뭔가 인간으로서의 기본이 안 돼 있어. 세현은 뚱한 표정으로 칠판지우개로 회장이 그린 그림을 지우며 말했다.

"만화에서 인용한 거 가지고 잘난 척이십니까. 왜요, 대걸레로 마법진이라도 그려 보시죠."

"어머, 너도 아는구나? 네가 만화를 좋아한다고 해서 나도 좋아하고 싶어서 요즘에 공부하고 있어."

"만화를 공부한다는 것 자체가 말이 안 되는 겁니다. 만화는 좋아하고 싶어서 좋아하는 게 아니라 보다 보니 좋아하게 되는 거니까요."

"뭐 어떠니? 이런 방식으로 접하는 사람도 있는 거지. 다양성을 인정하지 못하면 큰 사람이 못 돼."

"선배가 할 말이 아니죠."

"마음의 문제란다. 남의 신체적 결함을 가지고 놀리는 건 못된 짓이야."

회장은 레이저로 세현의 이마를 가리키며 말을 이었다.

"그러니까 오늘은 밤늦게까지 집에 돌려보내지 않을 거야. 죽도록 고생해 보렴."

"속도 좁잖아!"

나는 회장에게 끌려가는 세현을 보면서도 뭔가 이상한 기분이 들어 생각에 생각을 되뇌었다. 둘의 대화가 마음에 걸린다. 나는 한 가지 의문이 들 수밖에 없었다. 페이는 자기가 원해서 바뀌고 싶었던 걸까? 그런 생각은 그리 오래가지 못했다.

"도대체 아까 세현이하고 무슨 이야기를 했던 거야?"

야생의 나래가 나타났으니까! 회장이 오기 전에 세현이 큰 소리로 외친 말 때문에 도매 급으로 나도 넘어가게 생겼다. 이럴 때는 지혜를 발휘할 때다.

"별건 아니고 그 녀석이 자신의 한 번 보기 시작하면 중간중간을 띄엄띄엄 넘기면서 중요 부분만 보게 되는 영상이 지워졌다고 한탄한 거지 저는 아무런 상관이 없습니다."

나래가 의아해하며 말했다.

"그게 뭔데?"

"어른의 비디오요."

"……마지막으로 할 말은?"

"비폭력 무저항입니다."

그것이 나의 유언이었다. 비폭력 무저항답게 반항 한 번 하지 않고 나래의 발길질에 차인 나는 얼굴이 찌그러진 채로 그대로 교실 벽에 처박혀서 숨을 거둘 뻔했다. 과장되게 말한 겁니다. 옷에 묻은 먼지를 털고 자석에 이끌리듯 나래 앞으로 다가가 보니,

"우리 집에 데려올까. 지금이라도 늦지 않았으니까 확실하게 정신 교육을 시켜서…… 다시는 그런 헛소리를 못하도록 세뇌를 시켜 버리면 될 것 같은데. 자는 곳이야 일단 마당에 텐트 하나 쳐 주면 되니까…… 이대로 놔두다가는 정말 무슨 짓을 저지를지 모르겠어."

나래의 정신이 다른 곳으로 날아가 있었다. 안 돼.

"저기, 나래야?"

"응. 그러는 게 좋겠다. 고삐 풀린 망아지 같은 성훈이를 놔두는 건 사회적으로 나쁜 일이니까 어쩔 수 없이 우리 집에……."

말을 해도 듣지를 않으니 이렇게 되면 강경 수단을 쓸 수밖에. 나는 두 손을 들어 나래의 눈앞에서 박수를 쳤다.

"꺅?!"

나래가 귀여운 비명을 지르며 흉악한 주먹을 내지른다. 피하는 게 조금만 늦었다면 기괴한 오브제가 한 번 더 될 뻔했

234
나와 호랑이님 4

다. 주먹에서 바람 소리가 났거든요. 나도 나래와 랑이 사이에서 살아남기 위해서는 간단한 요술을 배워야 할 것 같다.

"까, 깜짝 놀랐잖아. 갑자기 뭐하는 거야?!"

나의 안전을 위해서 박수를 쳤다는 걸 어떻게 말할 수 있을까. 그래서 나는 다른 이야기를 급히 만들어 꺼내야 했다. 그러다 보니 사람의 삼대 욕구에서 그 이야깃거리가 나왔다는 것은 그리 이상한 일이 아닐 것이다.

"아. 오늘 도시락을 안 가지고 와서."

"으, 응?"

나래가 얼굴을 살짝 붉히며 당황한다. 그게 나하고 무슨 상관인데? 별건 아닙니다.

"삼각김밥을 사 오긴 했는데 양이 모자랄 것 같아서 말이죠. 도시락을 조금만 나눠 주시면 안 될까요?"

……자고로 부탁을 할 때는 최대한 비굴하게 해야 하는 법이다. 나래가 상대라면 더더욱. 상냥한 나래는 내가 저자세로 부탁하면 웬만한 건 거절을 못 하니까. 물론 이렇게 하지 않아도 매점에서 간단하게 사 먹는 방법도 있지만 한국 사람은 자고로 밥을 먹어야 배가 든든해지는 법이다. 그래야 5교시에도 잠을 잘 수 있지. 학교 식당도 있기는 하지만 나는 급식보다 도시락이 좋다고. 그것이 나래가 싸 온 도시락이라면 더 이상 할 말이 없지! 나래의 사정 같은 건 모른다는 듯 들리지만 그게 또 그렇지만은 않다. 어제 나래가 가지고 온 도시락은 나와 망할 세현이 자식이 같이 배부르게 먹었는데도 양이 조금 남을 정도로 많았으니까. 그래서 배가 부른 상황에서도 나래의 도시락이라

는 이유로 배 속에 꾸역꾸역 집어넣었지. 오늘도 도시락이 어제와 같다면 나래에게 나쁜 이야기만은 아닐것이다.

"⋯⋯안 될 건 없지만."

나래가 볼을 긁적이며 시선을 피한다. 살았다! 나는 나래의 두 손을 잡았다. 깜짝 놀라 하는 나래에게 나는 다시 한 번 교실 벽에 처박혔다.

"⋯⋯너희 둘은 왜 그 꼴이냐?"

회장에게 끌려간 이후 HR시간에 커다란 반창고를 붙이고 온 세현과 나래의 손에 당해 너덜너덜해진 나를 보며 정현 선생님이 물어보았다. 세현이 내 몫까지 포함된 한숨을 푸욱 내쉬며 대답했다.

"저는 주제도 모르고 끝판 보스에게 도전했습니다. 저 녀석은 부부 싸움이라도 했나 보죠."

"저 둘은 됐고. 야, 너는 솔로는 물에 빠지면 구해 줄 사람도 없다는 말 모르냐?"

"조례는 안 하시나요, 선생님?"

나래가 찌릿 하고 눈에 힘을 주자 선생님의 고개가 급격하게 돌아갔다. 아아, 통재라. 우리나라의 교육 현장이여. 선생님이 학생의 무력에 무릎을 꿇다니. 하지만 나도 동전을 반으로 쪼개 버리는 애는 무서울걸. 그래도 선생님은 어른이라는 듯이 자신이 할 말을 포기하지 않았다.

"그래도 아쉽겠다? 네가 레벨만 높았으면 그대로 이벤트 신이었을 텐데 말이야."

"선생님. 현실은 에로 게임이 아닙니다."

"너한테 그런 말 듣고 싶지 않다."

바보 사제의 이야기에 나래가 손을 번쩍 들었다. ……손에 징 박힌 가죽 장갑을 낀 상태로.

"자, 그럼 조례하겠습니다. 넌 빨리 자리에 가서 앉아라."

"옙!"

나래가 조용히 손을 내렸다. 눈치 빠른 사람들이다. 세현이 자리에 앉자 선생님이 반을 한 번 둘러보고는 말했다.

"결석은 없는 것 같고. 그럼 어제 시험 본 결과를 알려 줄 테니까 잘 듣고 적어라. 점수대로 반을 나누니까 중요한 거다. 반 잘못 찾아가면 나한테 맞을 줄 알아."

나는 손을 번쩍 들었다.

"넌 또 왜?"

반응이 참 선생님답다.

"꼬리표처럼 나눠 주시면 안 되나요?"

절대로 나래가 내 점수를 들으면 나를 죽이려 들 것이 무서워서가 아니다. 그렇다고 해서 그런 이유가 전혀 없는 건 아니지만, 나는 어디까지나 개인 사생활, 세상의 인식으로는 학생에게 있어 무엇보다 중요하다 여겨지는 점수라는 프라이버시를 지키기 위해서 반 아이들의 대표로 말하는 거다. 학생의 인권을 존중해 달라는 내 말에, 선생님은 이렇게 대답했다.

"귀찮아서 안 했다."

학생의 인권이란 이렇게 덧없는 것이었나.

"그게 그렇게 귀찮습니까?"

"야. 너 내 눈 밑의 다크서클 안 보이냐?"

선생님의 말대로 눈 밑이 시꺼멓기는 했지만 그건 평소와 별로 달라 보이지 않는데? 세현도 그렇게 생각했는지 선생님이 들을 수 있을 정도로 큰 목소리로 툭 던지듯 말했다.

"어제는 무슨 게임 하셨습니까?"

"네놈들 시험지 채점 게임이다. 젠장. 이 정도는 그냥 너희들한테 시켜도 되는 일인데 이사장 때문에 이게 무슨 개고생이냐."

"동의합니다!"

왜 세현이가 저렇게 격렬하게 고개를 끄덕이는지 모르겠다.

"어쨌든 그건 됐고. 점수 부른다."

안 돼! 말려야 한다! 하지만 말은 손보다 빨랐다.

"1번 강성훈."

저주받을 나의 성이여. 강씨 성을 가진 덕분에 중학교 때부터 1번을 놓친 적이 딱 한 번밖에 없었다. 그때 1번의 이름은 강감찬이었지. 그런 아련한 옛이야기는 됐다. 이미 내 이름이 불렸기에 더 이상 도망칠 곳도 없다. 독주가 가득 담긴 이 잔을 피하고 싶었지만 결국 나는 운명에 수긍하며 내 점수를 적을 준비를 했다.

"수학 12점, 국어 20점, 영어 10점, 물리 12점, 국사 8점, 화학 16점…… 네놈은 더 이상 살 가치가~ 없다."

선생님께서 어떤 게임의 더빙이라도 하는 듯 근엄하게 말씀하셨다. 그 내용은 목소리에 어울릴 정도로 처참해서 나는 펜을 놓았다.

"……."

따가워요! 나래의 '숨 쉬고 싶으면 나한테 그 이유를 말해
봐'라는 시선이 따가워요!

"야."

선생님이 깊은 한숨을 내쉬었다. 나는 아무 말도 못하고 푹
하니 고개를 숙였다.

"내 교직 생활 동안 너 같은 녀석은 처음 봤다."

그야 올해 교사가 되셨으니까 당연하겠죠.

"체벌 금지만 아니었으면 넌 죽었어."

시대를 잘 타고 태어나서 다행이다. 하지만 오해하지 마라.
실제 내 실력은 저 정도가 아니다. 기말고사 전에 벼락치기를
한 것을 다 까먹었기 때문이야. 내가 마음만 먹고 공부했으면
평균 30점은 나온다. 그래도 달라질 건 없지만.

"넌 그냥 C반이다. 발음을 정확하게 하자. C반이다. C반. C
반이라고. 아오, 넌 C반이다, C반."

국어 선생님이 ㄴ을 ㄹ로 발음하며 국어 파괴를 일삼고 계
신다.

"내가 담당이니까 농땡이 피울 생각 말고 열심히 해. 아직
늦지 않았으니까."

"……예."

선생님이 다시 점수를 부르기 시작했다. 그중에서 세현의
점수가 나와 비슷했지만 왜 선생님이 화를 내지 않고 도살장
에 끌려가는 소를 바라보는 시선으로 보았는지 궁금해졌다.
그리고 어째서 저 녀석은 학생회장이 1:1 맨투맨으로 가르치

는 이유도. 솔직히 저 자식이 교장 선생님과 공부를 해도 나와 는 상관없지만. 나와 세현 같은 바보와 달리, 나래는 모든 과목의 점수가 96점 밑으로 내려가지 않는 기염을 토하셨다. 으악, 눈부셔. 나래의 뒤로 후광이 비친다. 그리고 눈에는 살기가 감돌고요. 그러니까 이런 뜻이 아닐까. 너 도대체 뭐한 거야? 놀았던 거 아시잖아요. 왜 그러세요.

공개 처형과 반 배정, 수업 표를 알려 주는 것으로 1교시가 끝난 뒤. 나는 C반으로 가기 전에 나래에게 붙잡혀 복도로 나가게 되었다. 말이 붙잡혀 나갔다는 거지, 초능력자가 능력을 쓰는 것같이 나래가 한 번 나를 쳐다보고 복도로 시선을 옮기는 것으로 내 몸이 자연스럽게 움직인 거지만. 나는 자연스럽게 나래의 앞에서 두 손을 공손히 모았다. 나래는 팔짱을 끼고 아랫입술을 살짝 깨물었다가 불쌍한 것을 바라보는 시선으로 깊은 한숨을 내쉬었다.

"변명은?"

"주입식 교육의 폐해입니다."

"할 말은 그게 끝이야?"

농담 한 번 더 해 봐.

"……아니. 일 학기 때는 공부를 안 했으니까 이런 점수가 나오는 건 어쩔 수 없죠."

"무슨 생각으로 보충 수업 신청 안 했어?"

나래가 그걸 몰라서 묻는 건 아닐 텐데?

"2학년 올라가면 본격적으로 공부하게 될 테니까 일 학년 때는 우리 함께 젊음을 불태워엑!"

농담 한 번 더 하면 어떻게 되는지 나래는 내 몸을 통해 가르쳐 주었다. 에고, 내 팔뚝. 살이 뜯겨 나가는 줄 알았다. 이거 피멍 들지 않을까.

"그 정도 가지고는 멍 안 들어."

"들면 어떻게 할 건데?"

나래는 미소 지었다.

"들면 어떻게 할 건데?"

어째서 같은 말인데 하는 사람에 따라 이렇게 분위기가 달라질 수 있나요.

"들면 드는 거죠."

나는 꼬리를 내렸다. 복도에 누워서 배라도 보여야 할 것 같지만 그 정도까지는 바라지 않겠지.

"그러면 지금부터의 계획은?"

"계획?"

나는 예전에 세워 둔 내 인생 계획을 떠올려 보았다. 다시 말해 머리를 텅 비웠다. 그런 나를 보며 나래가 험상궂은 미소를 지으며 내 어깨를 잡았다. 곰의 일족의 힘을 어느 정도 쓸 수 있게 된 나래의 악력은 무시 못 할 수준이다.

"저, 저기 어깨뼈가 으스러질 것 같은데요."

"우리 집 부자인 거 알잖아."

"하하하, 나래 님은 농담도 잘하셔라."

"농담 아닌데?"

번쩍. 야밤도 아닌데 나래의 눈동자가 빛난다. 이를 어찌하면 좋을까요. 나래가 원하는 대답을 들려주면 됩니다.

"계획 세우겠습니다! 인생 계획을 10년 주기로 확실하고 철저하게 세우겠습니다!"

"응? 그런 것까지는 안 바라, 성훈아."

그렇다면 어째서 손이 제 어깨에서 떨어지지 않는 걸까요.

"그냥 이번 보충 수업 때 반 평균까지만 성적을 올리면 되는걸."

……에. 어디 보자. 서번 기말고사 때 반 평균이 72점이었지. 나와 세현이 열심히 낮춰서 그 정도였다.

"저보고 60점 정도를 올리라고요?"

"못 할 거 없잖아?"

남의 이야기라고 너무 쉽게 말씀하시는 것 아닙니까? 내 점수를 생각하면 그런 말 못 할 텐데. 그, 그렇긴 하죠.

"힘들면 나한테 공부 배우든가. 가르쳐 줄 테니까."

나래의 말에 번쩍, 하고 한 가지 사실을 깨달았다. 그렇다. 나래가 내게 성적에 대한 압박을 하는 것은! ……반장으로서 학급의 암적인 존재가 **나이기 때문이다.** 착각 같다고? 아니다. 이런 거에 착각할 정도로 바보는 아니라고. 그렇다고 해서 나래에게 바로 손을 벌리는 짓은 하고 싶지 않다. 이것이 남자의 헛된 자존심이라는 걸까! 정말 쓸데없지만 나래에게 폐를 끼치기 전에 해 볼 수 있는 건 해 보고 싶다. 그런 내 생각을 말로 전하려는데 수업종이 울렸다. 이런. 첫 교시는 국어인데. 담임선생님의 수업에 늦게 갈 수는 없다.

"그럼 난 가 볼게."

"도망치는 거야?"

"하하하, 수업종이 울렸잖습니까."

나는 마른 웃음을 흘리며 나래에게 손을 들어 인사를 하고 C반으로 도망쳤다.

"······신경 써 줘도 몰라요, 저 바보는."

나래의 아쉬워하는 목소리를 뒤로하고.

아직 졸릴 시간은 아니라서 나는 그럭저럭 맨 정신으로 집중할 수 있었다. 물론 집중한다고 해서 다 이해할 수 있다는 이야기는 아니다. 칠판에 써진 시는 분명히 나도 아는 한글로 쓰여 있건만 어째서 나는 이해할 수 없는 걸까. 저건 한자의 음을 한글로 적은 것도 아닌데.

수업이 끝나자마자 나는 밖으로 나가 교무실로 내려가는 선생님의 옆에 서서 같이 걸었다. 선생님은 당연하다는 듯 문제집을 내게 건네주셨다.

"뭐냐. 담배라도 한 대 달라는 거냐?"

무슨 오해를 하시는 겁니까.

"공부 못하는 애는 담배를 피운다는 편견을 버려 주세요."

"공부 잘하는 애는 담배를 안 피운다는 편견도 버려라."

"그 전에 선생님이 학생한테 담배를 권하는 건 어떻게 생각하십니까?"

"누가 권했냐? 담배를 주되, 너희 부모님과 나래 앞에서 줄려고 그랬다. 내가 친절하게 두 손으로 불도 붙여 주마."

그 날이 내 제삿날이겠군.

"농담은 그만하고, 왜 하필 반해 봤자 게이인 남자새끼가 따라온 거냐? 이유 없으면 쉬는 시간 내내 교무실에서 벌을 세워주마."

"……선생님한테 반한 여자애였으면 어쩌려고요?"

"나는 게임과 만화와 현실을 구분할 줄 아는 어른이다."

그게 무슨 상관인데.

"나에게 반해서 따라 나올 여자애가 있을 거라고는 생각하지 않아. 그러니까 그런 가정은 의미가 없다."

"뭔가 슬픈데요."

"다들 그렇게……. 아니, 젠장. 하고 싶은 말이나 하고 반으로 꺼져. 내가 뭐가 아쉬워서 너하고 이런 농담이나 해야 하는 거냐."

제자와의 소통을 포기한 교사가 여기 있다. 하지만 선생님의 표정을 보니 그리 기분 나빠 보이지 않는 걸 봐서 방금 한 말까지 농담인 것 같다. 나름대로 선생님의 배려라고 해야 하나? 그래서 나는 마음을 편히 내가 할 말을 할 수 있었다.

"공부를 잘하고 싶은데 무슨 방법 없어요? 선생님이 가르쳐 주시는 걸 거의 이해 못 하겠습니다."

"국영수를 중심으로 복습해라, 멍청아. 지금 내가 가르치는 것도 모르면 심각한 거야. 집에 가서 일 학기 교과서를 펼치고 다시 공부해. 아니면 중학교 때부터 다시 시작하든가."

"정론이네요."

"다른 방법이 어디 있겠냐."

그렇긴 하지만 뭔가 좋은 방법이 없을까 기대했는데 말이야.

"왜, 나래 때문이냐?"

눈치도 빠르셔라. 나는 고개를 끄덕였고 선생님은 피식 웃었다.

"아까 네 점수를 부를 때 나래 표정이 장난이 아니긴 했지. 널 산 채로 잘근잘근 씹어 먹을 기세더라."

……그 정도는 아닐 거라고 생각하고 싶습니다.

"그런데 이제 와서 뭐 어떻게 하겠냐?"

선생님은 내 머리를 툭툭 두드렸다. 랑이는 도대체 이런 걸 왜 좋아하는지 모르겠다.

"그렇게 하루아침에 성적이 올라가고 사람이 바뀌면 나래가 오히려 당황할걸? 내가 아는 성훈은 그렇지 않아! 라고 하면서."

"제 이미지가 상당히 안 좋다는 건 알겠네요."

"네가 한 짓이니까 네가 책임져야지."

선생님은 피식 웃으면서 담배를 입에 물었다.

"학생 앞인데요."

"안 피워, 이 자식아. 들어가서 피울 거다."

이야기를 하면서 걷다 보니 어느새 흡연실 앞이었다. 선생님은 벽에 등을 기대며 내게 손을 내밀었다. 나는 문제집을 다시 선생님께 건네 드렸다.

"뭐. 난 네가 그렇게 살다가 나래하고 결혼해서 전업주부가 될 생각인 줄 알았는데 그것도 아닌 것 같네."

……한때 그런 꿈을 꾼 적이 있죠. 그건 너무 아닌 것 같아서 포기했지만.

"방학하고 이주일 동안 무슨 일이 있었는지는 몰라도, 조금 생각하는 게 변한 것 같아서 인생의 선배로서 덕담 한 마디 정도는 해 주마."

선생님은 씨익 웃었다.

"그렇게 해 봤자 보통은 작심삼일이다, 이 자식아."

"……그게 어디가 덕담인가요?"

선생님은 대답하지 않으시고 라이터를 꺼내며 흡연실 안으로 들어가셨다. ……나, 시간 낭비한 건가? 아니, 그렇지 않다고 생각하기 위해 난 선생님의 덕담을 다시 한 번 되새겨 보았다.

이해하기 힘들었다.

오전 수업을 어찌어찌 견디자 대망의 점심시간이 되었다. 나는 반으로 돌아가 가방에서 삼각김밥을 꺼냈다. 나래도 다른 반에서 돌아와 어제와 같은 큼지막한 도시락을 들고 의자를 돌린 후 내 앞에 앉았다.

"세현이는?"

나래의 물음에 나는 사실대로 대답했다.

"회장하고 1:1 공부를 한다고 간 다음에 안 보이는데?"

"그, 그래?"

나래는 내 말에 조금 당황한 것 같다. 흠? 왜 그러지? 아! 알 것 같다. 세현이 있기에 남녀 비율이 2:1이었는데 지금은 맨투맨이다. 아니, 맨투우먼이라고 해야 하나? 숙어니까 저렇게 쓰면 안 되겠지? 어쨌든! 그런 쓰잘데기 없는 일은 상관없다. 나래와 단둘이서 점심을 먹을 수 있으니까!

"……성훈아."

"응?"

만약 내가 랑이였다면 귀가 쫑긋거리고 꼬리가 물결같이 흔들리며 두 눈이 반짝였을 거다. 그리고 나래의 볼에는 홍조가 들어 있었다.

"일단 나가자."

"에?"

"빨리."

나래는 도시락을 들고 빠른 걸음으로 뒷문을 통해 나갔다. 나는 그제야 주위의 시선이 이쪽에 집중되어 있는 걸 눈치챌 수 있었다. ……아. 그렇구나. 그런 쪽으로는 생각을 못 했네. 역시 지리산에서 지내면서 주위 시선에 너무 둔감하게 된 것 같아.

나래를 따라간 곳은 학교 뒤편에 있는 화원이었다. 이런 곳이 있었나 생각이 들 정도로 인적이 드문 곳이지만 잡초 하나 없이 잘 가꿔진 화원이 신기하다. 나와 나래는 나무 그늘 아래에서 돗자리를 펴고 그 위에 앉았다. 나래가 요술을 배우게 된 이후로 꽤 편해진 것 같단 말이야.

"그 요술로는 물건이 어느 정도나 들어갈 수 있는 거야?"

"난 아직 무거운 건 못 집어넣어서 조금밖에 안 들어가."

하긴. 가슴이 무거우니까 무거운 건 안 되겠지.

"성훈아."

"응?"

"무슨 생각하는지 대충 보이거든? 점심 굶고 싶어?"

"……아닙니다."

"그러면 딴생각은 하지 말고 밥이나 먹어."

"옙."

나래가 아이스 팩에 들어 있는 반찬통을 연다. 날이 더워서 신경을 쓴 것 같다. 하긴, 여름에는 잠깐만 밖에 반찬을 내놔도 금방 쉬지. 지금처럼.

나는 삼각김밥 포장을 벗기자마자 풍기는 쉰내에 절망할 수밖에 없었다.

"······왜 그래?"

"······밥이 쉬었습니다."

"어디다 뒀기에?"

"사물함이요."

"······이런 날씨에 통풍도 안 되는 곳에 놔두면 당연히 쉬지."

한심하다는 듯 나를 내려다보는 나래에게 나는 뭐라 할 말이 없었다. 아니, 한 가지 있었다.

"살려 주세요."

"어차피 혼자 먹기에는 양이 많으니까 같이 먹자."

"옙."

"숟가락 쓸래, 젓가락 쓸래?"

"숟가락으로 주세요."

나중에 군대 가면 숟가락으로 밥 먹는 법을 배워야 한다는 말을 아버지에게 들었었지. 나는 나래가 평소에 쓰던 숟가락을 들어 뭔가 감회에 찬 기분으로 도시락을 먹으려고 했다.

그 때. 갑자기 나래가 몸을 움찔 떨더니 고개를 들어 하늘을 바라보았다. 나도 나래의 시선을 따라 하늘을 보았다. 나는 하늘을 날고 있는 까치 한 마리를 볼 수 있었다. 그냥 평범한 까치라면 별일 아니었겠지만, 다르다. 저 까치는 자기 몸보다 큰 보자기를 입에 물고 날아가고 있었으니까.

"……."

"……."

나와 나래는 할 말을 잃었다. 그 까치는 주위를 둘러보더니 이쪽을 내려다보았다. 나와 눈이 마주치는 순간 까치는 내가 너무나 아끼고 사랑하는 치이로 변해 떨어져 내렸다.

"우앗?!"

깜짝 놀라서 일어나 치이를 향해 두 팔을 벌렸지만 그건 바보짓이었다. 두 팔을 날개로 변화시킨 치이는 처음 봤을 때와는 달리 우아하게 내 앞에 내려앉았으니까. 보통 그러면 한복 치마가 뒤집혀야 정상인데 조금 이상해서 잘 보니까 치마 끝에 추가 달려 있었다.

……그렇게 세세한 건 신경 쓰지 않아도 되는데.

"……무슨 생각 하시는 거예요?"

"무슨 생각 하니?"

그렇게 얼굴에 생각이 다 드러나는 건가. 나는 재빠르게 말을 돌렸다.

"아니, 깜짝 놀라서. 학교에는 무슨 일로 왔어? 여긴 또 어떻게 알고?"

"아우우, 페이가 주소를 찾아 준 거예요."

그 녀석은 해커냐.

"그리고 이거요. 오늘 도시락 안 가지고 가셨잖아요."

치이가 가지고 온 보자기의 정체는 내 도시락인 것 같다. 나래의 표정이 살짝 굳어진 것 같지만……. 기분 탓이라고 믿고 싶다.

"아……. 가져와 줄 것까지는 없었는데. 미안해."

"아니에요, 오라버니. 이런 일은 저한테 아무것도 아닌 거예요."

기특하고 고마운 말을 해 주는 치이의 머리를 쓰다듬어 준다.

"아우우우……."

그게 그다지 기분이 나쁘지는 않은지 치이는 느릿하게 귀위 머리카락을 파닥여 내 손을 쳐 냈다. 하지만 그런 나와 치이를 바라보는 나래의 눈빛이 영 좋지 않다. 그러니까 내가 저런 표정을 짓는 나래를 언제 봤냐면…… 며칠 되지도 않았습니다. 나는 재빠르게 나래의 오해를 풀기 위해 말했다.

"아니, 이건 그런 게 아니거든요?"

도둑이 제 발 저렸다.

"누, 누가 뭐래? 나는 그냥 치이가 너무 착해서 그런 거야."

"아우우우. 그런 건 아니에요, 나래 언니."

"정말, 저 녀석한테 그렇게 잘해 줄 필요는 없는데."

나래가 치이의 팔을 끌어당겨서 자기 쪽으로 옮겨 앉게 만든다.

"아우우?"

당황해하는 치이를 품에 안은 나래는 그 위에 턱을 올리고 벌꿀을 발견한 곰의 눈으로 나를 노려보았다.

"치이가 귀엽다고 이상한 짓 하면 가만 안 둘 거야."

……왜 나는 그런 사람으로 낙인 찍혀 버린 겁니까. 그리고 치이야. 나래가 안아 줘서 기분 좋은 건 알겠지만 넌 왜 얼굴만 붉히고 나에 대한 변명은 안 해 주는 거야.

"그런데 치이는 점심 먹었어?"

"아직 안 먹은 거예요, 나래 언니."

"그럼 같이 먹자. 괜찮지?"

나래의 권유에 치이는 곤란한 표정을 지었다.

"집에 가서 페이하고 같이 먹어야 하는 거예요. 제가 없으면 제대로 밥도 안 먹거든요."

"……그 녀석은 네가 없을 때 어떻게 살았냐?"

"매일 컵라면하고 빵만 먹은 거예요."

안 좋은 기억이 되살아나려고 한다. 나는 머리를 휘저어 옛 끔찍한 추억은 지워 버리고 치이에게 말했다.

"그래도 너무 어리광만 받아 주는 거 아니야?"

"페이는……. 제가 돌봐 줘야 하는 거예요."

그 말에는 나는 모를 안타까움이 잔뜩 녹아 있었다. 언제나 그렇다. 치이가 페이에 대해서 이야기할 때는 뭔가 알 수 없는 후회가 목소리와 표정에 녹아내린다. 나래도 그것을 눈치챈 것 같다. 나와 나래는 소꿉친구다. 어렸을 때부터 알고 지낸 사이기에 둘 사이에 어떤 일이 생긴다고 해도 이상하지 않다는 걸 알고 있다. 우리가 그랬으니까. 경험했으니까. 나는 이번 기회에 치이에게 페이에 대해 좀 더 자세히 묻고 싶어졌다. 하지만 내가 묻고 싶지는 않다. 나에게 은혜를 갚아야 한다고 생각하는 치이에게 마음의 부담으로 와 닿을 수 있으니까. 그래서 나는 나래에게 눈짓으로 신호를 보냈고 나래는 고개를 끄덕였다.

"예전에 페이하고 무슨 일 있었어?"

상냥하게 묻는 나래에게 치이는 고개를 흔들었다.

"페이의 일이니까 말 못 하는 거예요."

친구의 일을 자기 멋대로 말할 수는 없다는 거지. 더 이상은 안 묻는 게 좋을 깃 같은데요. 나도 그 정도 눈치는 있거든? 죄송합니다.

"그래?"

나래는 능숙하게 말을 돌렸다.

"그러면 내일은 페이하고 같이 올래? 식사는 같이 하는 게 즐겁잖아."

"아우우, 페이는 밖에 나가는 걸 싫어해서 안 될 거예요."

지독하게 싫어했지.

"그것보다 오라버니."

"응?"

강 건너 나래와 치이 구경을 하고 있다가 번뜩 정신을 차렸다.

"잠깐 중요한 할 말이 있는 거예요."

"여기서는 안 돼?"

치이는 살짝 나래를 곁눈질로 보고 고개를 끄덕였다. 하긴. 나래하고 만난 지도 얼마 안 됐고, 곰의 일족이라는 점도 있으니까 좀 꺼려지는 게 사실이겠지. 다들 친하게 지내면 좋겠는데 말이야.

"응. 갔다 와."

나래는 내가 뭐라고 말하기 전에 치이를 안은 손을 풀어 주었다. 조금 씁쓸한, 외로운 듯한 미소를 짓는 나래를 뒤로하고 나는 치이를 따라 더욱더 인적이 드문 곳으로 걸어갔다.

"무슨 일인데?"

"죄송해요, 오라버니."

치이는 먼저 허리를 꾸벅 숙여서 사과했다. 갑자기 사과를 받은 나는 치이의 말을 기다렸다.

"집에서는 페이 때문에 단둘이서 이야기를 할 수가 없어서 도시락 갖다 드린다는 핑계를 만드느라 오늘 아침에 상도 못 차려 드린 거예요."

아, 그래서 페이가 깼는데도 너는 계속 자고 있는 **척**을 한 거구나.

"괜찮아. 별일 아니니까. 그래서 무슨 일 때문에 그래?"

"페이에 대해 알려 드릴 일이 있는 거예요."

처음 만났을 때처럼 그 비장해 보이는 모습에 나도 모르게 긴장이 되었다.

"페이가 오라버니를 찾아온 건 단순히 성격을 고치고 싶기 때문만은 아닌 거예요."

그 말에 나는 조금 당황했지만 치이의 말을 이해할 수 있었다. 페이가 진심으로 자기 스스로 성격을 고치고 싶어 한다면 할 수 없는 행동들을 봐 왔으니까. 밖으로 나가는 것도 싫다, 믿을 만한 친구를 소개해 주는 것도 싫다, 집에서 게임만 하고 싶다, 그리고 무엇보다 첫날 내게 사진 한 장 찍어 달라고 한 이후에 아무것도 내게 바라는 것이 없었다. 분명히 **사진이 한**

장이라는 말은 안 했다고 했으면서.

혹시 그 녀석은 그런 사이트에 가입하는 것 자체가 관심이 없는 것 아닐까. 하지만 아직 제대로 된 답이 없는 이야기이기에 나는 치이의 말을 재촉했다.

"그러면?"

치이는 얼굴을 붉혔다. ……갑자기 잘 이야기하다가 왜 그러냐? 채근해서 묻고 싶기는 한데 치이가 아기 새처럼 입을 벌렸다 닫았다 하며 말을 못 하는 모습이 귀여워서 이런 상황에서도 잠시 구경하기로 했다. 나는 즐거운 마음으로 기다렸고 치이는 겨우겨우 입을 열었다.

"폐, 폐이는 어른이 되고 싶은 거예요."

기다리고 기다린 끝에 나온 말이 너무 싱거워서 무슨 반응을 보여야 할지 모르겠다. 아이들이 어른이 되고 싶어 하는 건 어른들이 아이가 되고 싶은 것만큼이나 흔하고, 당연하고, 자주 있는 일이니까.

"그게 뭐?"

"꺄우우! 제 말을 이해 못 하시는 건가요?!"

머리카락만으로는 모자랐는지 이제는 팔까지 파닥파닥거린다.

"너무 잘 이해해서 문제지. 그게 뭐 어쨌다는 건데?"

내 말에 치이는 뭔가 깨달았는지 귀 위 머리카락을 높이 들어 올렸다가 내리며 한숨을 쉬었다.

"에휴~. 오라버니는 어째서 그렇게 상식이 없는 거예요?"

……요괴들 사이에는 어른이 되고 싶다는 말에 다른 뜻이라

도 있는 건가. 그게 어쨌든 내가 치이에게 할 말은 정해져 있다.

"17년간 요괴의 요자도 모르고 살아온 평범한 고등학생에게 너무 많은 걸 바라는 거 아니냐."

거기다가 세희가 아직 백과사전도 안 줬단 말이다.

"그, 그러면 잘 들으시는 거예요."

나는 치이의 말을 경청했다.

"옛날부터 까마귀는 삼족오라고 불렸어요. 태양에 뛰어들어 재가 된 다음 다시 부활한다고 해서 인간들에게 경이로운 존재로 여겨지곤 했던 거예요. 하지만 사실은 조금 다른 거예요."

"뭐가 다른데?"

"까마귀 요괴는 그렇게 어른이 되거든요."

"요괴들은 정신과 힘이 갖춰져야 어른이 되는 거 아니냐?"

치이는 뭔가 부럽다는 듯이 말했다.

"보통은 그런 거예요. 하지만 까마귀 요괴는 달라요. 그래서 까마귀 요괴들은 어른이 되는 방법이 두 가지인 거예요."

"그러면 까마귀는 태양까지 날아갈 수 있는 거야?"

과연 까마귀. 베가와 알타이르를 이어 주는 오작교를 만드는 무적의 생물이구나. 치이는 그런 나를 한심하다는 듯 쳐다보았다.

"그건 단순한 비유인 거예요."

"비유?"

"태양은 예전부터 대표적인 **양(陽)**의 상징인 거예요. 달이 **음(陰)**의 상징인 것같이요. 그, 그리고······."

나는 여기서 뭔가 알 것 같았다. 하지만 치이가 죽을힘을 다

해서 계속해서 말을 하려 하기에 나는 가만히 있었다.

"요괴들 중에서도 남자는 양의 기운이 강하고 여자는 음의 기운이 강한 거예요! 그, 그래서인 거예요!"

나는 치이가 무슨 말을 했는지 알 수 있었다. 하지만…….
이러면 안 되는 줄 알지만 나는 고개를 숙이고 목까지 새빨개져서 머리카락을 파닥이는 치이를 놀리고 싶어졌다. 나도 알아! 이런 짓을 하면 안 되는 건! 하지만! 이렇게 부끄러워하는 치이를 보면 뭔가 괴롭히고 싶은 마음이 불끈불끈 솟구쳐 오르는 걸 어떻게 하냐?! 나는 마음을 그대로 따랐다.

"그게 왜?"

"아우우우우!! 아직도 모르시는 거예요?!"

부끄러워서 눈물까지 핑 돈 치이를 보니 양심의 가책이 일어나서 나는 알겠다고 말하려고 했지만.

"페이는 오라버니와 서, 성교를 해서 어른이 되려고 온 거란 말이에요!!"

말이에요~. 말이에요~. 치이의 힘찬 목소리가 귓가에 메아리쳤다.

"어른이 되면 모든 게 변할 거라고 믿고 오라버니라면 괜찮겠다고 생각해서 찾아온 거라고요! 오라버니는 변태니까요! 제가 믿는 사람이니까요!"

치이는 울 것 같은 모습이었고 나는 장난이 심했다는 걸 깨달았다. 그리고 페이가 무슨 생각으로 우리 집에 찾아왔는지도. 가끔 어린아이들은 그런 착각을 하곤 한다. 어른이 되면 자신의 꿈이 이루어져 있고 행복하게 살고 있을 거라는 착각을 말이야. 이건 중학생 때, '나 정도면 당연히 IN서울 대학에 갈 수 있겠지.'라고 착각하는 것과 비슷하다. 하지만 어른이 된다 해도 꾸준히 노력해 오지 않았으면 그저 어린아이와 같고, 고3 수험생이 돼도 공부를 하지 않으면 서울에서 먼 곳으로 내려가게 되는 게 현실이다. 이건 요즘 초등학생들도 아는 사실 아니었나.

페이는 이 사실을 모를까? 아니면 그 사실을 알면서도 막연한 이야기에 모든 것을 걸고 싶은 이유가 있었던 것일까. 나는 고민했다. 그리고 그런 내게 나래는 사형을 집행했다.

"우어어억!!"

갑자기 어디서 나타났는지 모를 나래의 붕권에 나는 땅바닥을 구르며 정신을 잃었다. 경험으로 보았을 때, 이번 것은 조금 컸다.

"치이한테 무슨 말을 시키는 거야! 장난이 심하잖아!"

내가 시킨 말이 아니고 장난을 친 것도 아니라는 말은 입에서 나오지 않았다. 나는 이대로 죽는 것 아닐까. 점점 의식이 흐려진다. 이것이 죽음이라는 걸까. 17년. 하고 싶은 것만 많았던 아쉬운 인생이었다.

정신이 드니 양호실 침대 위였다. 죽지 않은 것이 기적이라 여겨진다. 정말로 과장 없이 배에 구멍이 뚫리고 내장이 목구멍으로 튀어나오는 줄 알았으니까. 나는 찌뿌둥한 몸을 일으켜 세웠다.

"칫. 살았네."

언제부터인지는 몰라도 옆에 앉아 있던 나래가 마음에 없는 소리를 한다. ……마음에 없는 소리 맞지?

"치이는 먼저 집에 갔어."

"……그래?"

"이야기도 어쩔 수 없이 다 들었고. 그런 이야기에는 나도 손 놓고 있을 수는 없으니까."

그렇습니까. 저는 그다지 잘못한 것도 없는데 왜 이렇게 심장이 쿵쾅쿵쾅 뛰는 걸까요.

"정미 언니한테도 물어봤는데 까마귀 요괴는 그렇게 속성으로 어른이 되는 경우도 있대."

내가 기절해 있는 동안 나래가 이것저것 많이 고생한 것 같다.

"그래서 어쩔 거야?"

하지만 결론이 왜 그럴까.

"뭘 어떻게 해?"

나래의 인상이 험악해지기 전에 재빨리 말을 잇는다.

"그런 부탁을 들어줄 리가 없잖아."

"……그거야 당연한 거 아니야?"

"그러면?"

아얏. 저는 왜 세희도 없는데 구더기 보는 듯한 시선을 받아야 하는 건가요.

"그다음은 생각 안 해?"

다음 일이라. 페이는 처음 온 날 내게 말했다. 자신은 성격을 고치고 싶다고. 바뀌고 싶다고. 그렇기 때문에 내게 부탁했고, 나는 승낙했다. 그리고 그 성격을 고치고 싶다는 말이 사

실은 아무런 노력 없이 단순히 어른이 되고 싶어 한다는 것과
닿아 있다는 걸 오늘 알았다. 그건 말도 안 되는 일인데도 폐
이는 그것에 매달리고 있다.

그렇지만.

"······애라서 어떻게 할 수도 없지 않나? 어렸을 때는 그런
생각은 다 하잖아."

"······난 네가 걱정이어서 그래."

제가요? 그래, 너.

"어린애들만 보면 좋다고 달려드니까."

"잠깐, 잠깐만요. 나래 님. 그건 무슨 사람을 로리콘으로 만
드는 소리입니까?"

"아니야?"

나래는 진심으로 물었다.

"내가 이성으로 좋아하는 사람은 너하고 랑이뿐이야. 내가
반하고, 내가 사랑하는 건 너희 둘뿐이라고."

나는 진심으로 대답했다. 내 진심에 나래는 못미덥다는 듯
눈을 가늘게 뜨며 말했다.

"······목소리가 내려간 것 같은데?"

나는 가성을 냈다.

"진짜라니까요?"

"농담이야."

나래는 살짝 양 볼을 붉혔다.

"그러니까 그런 이상한 소리 하지 마. 어떻게 뻔뻔하게 그런
말을 또 할 수가 있어?"

여기에는 이제 싸움 나면 말려 줄 랑이도 없는데 말이죠. 그래도 덕분에 어느 정도 분위기가 괜찮아진 것 같아서 궁금해진 걸 슬쩍 나래에게 물어보았다.

"그런데 페이가 원하는 게 그런 거였다면 왜 자기가 먼저 그런 말을 안 한 걸까? 아니면 좀 더 그런 쪽으로 어필할 수도 있었잖아."

"……뭘 그렇게 아쉬워하는데?"

다른 사람은 몰라도 나래에게 의심받는 건 참을 수 없다.

"아니, 저는 그냥 그렇게 하는 게 자연스러운 거라는 생각이었습니다."

나래는 깊은 한숨을 내쉬었다.

"바보야. 페이는 여자애야."

그건 저도 알죠.

"아무리 어른이 되고 싶다고 해서……."

나래는 시선을 피했다.

"그, 그런 중요한 걸 생판 모르는 사람하고 바로 하고 싶겠어?"

아. 그렇게 생각할 수도 있구나. 그렇다면 내게 장난을 치는 것도, 사람을 피하는 녀석이 나하고는 친하게 지내려고 한 건 그런 이유였나? 그건 모두 페이가 나를 좋아하기 위해 애쓴 거였나.

……그건 조금 아쉽네.

"뭐가 아쉬운데?"

악!

"제 옆구리의 안전이 아쉽습니다!"

그게 또 겉으로 드러난 것 같다. 나는 따끔한 옆구리를 쓰다듬으며 말했다.

"그러면 전 어떻게 해야 하나요."

"그걸 왜 나한테 물어?"

"그야 나래 님이 저보다 똑똑하시니까요."

"멍청한 건 알고 있었어?"

아파요. 마음이 아파요.

"그래도 이건 네가 할 일이잖아."

상냥한 나래는 정말로 냉정하게 딱 잘라 이야기했다.

"……에?"

"치이는 널 믿고 이야기한 거야. 그렇다면 네가 답해 줘야지. 그게 오빠로서의 책임이잖아."

……아. 그런 뜻이었구나. 분명히 나와 나래는 같은 나이다. 그런데 어째서 나보다 나래가 어른 같은 기분이 드는 걸까. 나는 그런 마음을 가득 담아 나래에게 말했다.

"알겠어요, 나래 누나."

아프다. 아무 말 없이 메가톤 급 펀치를 안면에 때려 박아 주신 나래 님의 마음 때문에 아프다.

"넌 진짜 그런 면이 싫어! 아무렇지 않게 그런 말 하지 말라고!"

희미해져 가는 의식 속에 왠지 모르게 부끄러워하는 나래의 목소리가 들렸다.

하교 시간까지 양호실에 누워 있고 싶었지만 나래의 요술에 의해서 다시 한 번 강제 부활하게 된 나는 고픈 배를 움켜쥐고

6교시 수업을 들어야 했다. 나래는 내가 기절해 있는 사이 혼자서 치이가 가져온 도시락까지 다 먹었다고 한다. 남은 거 있으면 조금이라도 달라고 했지만 깨끗하게 비웠다는 대답에 절망했다. 도대체 그 날씬한 몸에 그런 공간이 있는지 모르겠다. 가슴이냐. 가슴에 저장한 거냐. 나래의 도시락 먹고 싶었는데.

학교 수업이 끝나고 집으로 가는 길에 나는 슬쩍 나래에게 물어보았다.

"우리 집에 올래?"

"내가 가면 둘이 곤란해하잖아."

"내가 보기에는 친해 보였는데?"

"……내가 너한테 뭘 바라겠니."

"제가 뭘 했다고요."

"둘이 날 아직 경계하는 거 못 봤어?"

그렇게 말하는 나래의 표정은 씁쓸해 보였다. 내가 보기에는 친자매같이 사이좋아 보였는데 나래가 느끼기에는 달랐나 보다. 그렇다면 나래가 맞겠지. 나한테 그런 미묘한 분위기를 읽는 센서 같은 건 없으니까.

"그러니까."

나래가 허리에 손을 얹고 상체를 숙이며 내 가슴을 콕 하고 찔렀다. 가슴이 두근 하고 뛰었다.

"네가 알아서 잘해. 이상한 짓 하면 죽을 수도 있으니까."

귀여운 행동과 험악한 말의 차이에.

"안 할 건데요."

"믿을 수가 없네요."

"내 신용 등급이 그렇게 바닥을 쳤어?"

"그거 아니?"

나래는 내가 모르는 사실을 너무나 많이 안다.

"신용이라는 건 하루아침에 쌓아지는 건 아닌 대신에 웬만한 실수로는 한 번에 무너지지도 않아."

얼마 전에 있었던 일이 머릿속에 떠오른다.

"그건 실수가 아닌데."

내가 생각해도 목소리가 살짝 퉁명스럽게 나와서 그럴까. 나래는 그런 나를 귀엽다는 듯 보며 웃었다.

"말이 그렇다는 거야, 이 바보야. 그러니까 국어 점수가 그모양 그 꼴이지."

자료를 토대로 그런 말씀을 하시면 전 기죽을 수밖에 없습니다.

"믿고 있으니까. 애들한테 잘해 줘. 난 오늘 쇼핑이나 하러 갈 거니까 신경 쓰지 말고."

나는 나와 치이와 페이. 모두를 걱정해 주는 마음씨 착한 나래를 확 끌어안고 싶었지만 참았다.

"그리고 내 이미지 관리도 해 놔."

나래가 지금 안고 싶은 건 치이와 페이라는 걸 아니까 참아야지.

그런데 이것도 참아야 할까.

"왔다."

"오셨어요, 오라버니?"

페이는 평소와 마찬가지로 아무 일도 없다는 듯한 모양새지만 치이는 내 눈치만 살피고 있었다. 점심시간 때 했던 이야기 때문인가, 하고 생각했지만 주위를 둘러보니 그런 이유만은 아닌 것 같다. 집안 분위기가 완전히 바뀌었으니까. 세희 정도의 요술을 쓸 수는 없는지 집 안 구조는 똑같다. 하지만 인테리어가 변한 것만으로 집 안 분위기가 달라져 있었다. 무미건조한 아이보리색 벽지는 여자애들 방에나 어울릴 법한 분홍빛에 기와집과 소나무, 거기에 까치와 호랑이가 그려져 있는 만든 이의 정신이 궁금한 현실적으로 어울리지 않는 디자인의 벽지로 바뀌어져 있었다. 바깥이 그대로 보이던 유리창에는 세탁하기 귀찮을 것 같은 프릴이 가득 달린 흰색 커튼에, 장판은 나뭇결이 들어간 고급 장판. 그 위에는 대나무 돗자리가 깔려 있었다. 그런데 그 돗자리 위에 내 키만 한 여러 인형들이 서로 껴안고 있는 건 무슨 이유일까.

지금 집 안 꼴이 상상이 안 가지? 나도 지금 정신적으로 혼란스럽다. 집 안 인테리어가 이렇게나 중요한 거였구나. 보는 내가 괴롭다.

"집 안은 왜 이러냐?"

총대를 멘 건 페이였다.

[삭막해서 바꿨어.]

"정신병자라도 양성할 생각이냐?"

[축하해.]

"뭐가."

[네가 첫 번째 양성. 이제 정찰 가서 으악.]

넌 게임 좀 그만해라.

"내가 학교 다녀오는 사이에 이걸 다 했다는 거야?"

거기에 대한 대답은 치이가 했다.

"아우우, 잠깐 도시락 갖다 드리러 갔다 온 사이에 이렇게 돼 있던 거예요."

대답이지만 답은 안 되는군.

"그게 가능해? 이것도 요술이냐?"

페이는 글을 쓰는 대신 두 손을 스쳤다. 손가락 사이마다 껴 있는 흰색 종이가 스스로 발광하는 느낌이 든다.

[돈의 힘.]

귀신도 부린다는 돈의 힘이란 말이지.

"그래도 중간에 어떻게든 좋은 쪽으로 돌리려고 했는데 이렇게 된 거예요."

치이가 페이를 찌릿하고 노려보았다. 그렇구나. 이 말도 안 되는 조합은 두 녀석이 옥신각신한 결과였다는 거지.

[내 잘못 아니야. 중간에 치이가 이상한 짓 해서 이렇게 된 거.]

"페이가 먼저 이상하게 한 거잖아요."

대충 어느 것이 치이의 작품이고 어떤 것이 페이의 작품인지 감이 잡히지만 확실하게 하기 위해 물어보았다.

"그러면 저 벽지하고 커튼하고 인형은 누구 작품이냐."

[치이.]

"저인 거예요."

······어라? 잠깐. 내 예상과는 완전히 반대잖아?!

"마음에 드시죠?"

눈을 반짝반짝 머리카락을 파닥파닥하는 치이를 보며 나는 오늘 새로운 사실을 깨달았다. 치이는 상당히 소녀다운 것들을 좋아하는 감수성 풍부한 아이였구나. 난 당연히 저런 것들은 페이가 날 놀리려고 한 건 줄 알았는데. ……잠깐만.

"그러면 저 돗자리하고 거실 장판은 네가 고른 거냐?"

[장판 까는 데 시간이 오래 걸린 게 실수.]

내심 분하다는 듯 페이의 글이 흔들린다. 이 녀석, 입고 있는 옷에 비해 이런 센스는 의외로 제대로 된 아이가 아닐까.

"아우우, 그래도 제가 중간에 와서 다행인 거예요."

[치이가 오기 전에 못 끝낸 것도 실수.]

두 녀석이 두 팔을 파닥파닥거리며 싸운다. 보는 입장에서는 둘 다 귀여워 보이는 모습이지만 당사자들은 상당히 진지한 것 같아 재밌다. 그런데 말이다. 너희들이 잊고 있는 게 있는데.

"……여긴 우리 집이다."

"아우우우……."

치이는 바로 고개를 숙였고 페이는 가슴을 폈다.

[내가 생각해도 내가 손본 곳은 잘 됐어.]

"그 전의 문제인 거예요."

옆에서 상황 파악 못 하는 친구에게 한 마디 해 보지만 소용이 없다.

[얼마면 돼?]

"너무 강하게 나오니까 할 말이 없다."

나는 한숨을 쉬었다. 세희라면 이런 인테리어를 인정할 리가 없으니까 그 때까지 기다리기로 하자. 페이가 나서서 뭔가 하려고 했다는 것에 중점을 두자고.

"그래서 갑자기 무슨 바람이 들어서 이런 일을 했냐?"

[결혼 안 했어.]

"그 바람이 이 바람이 아닐 텐데."

[나는 바람이 부는 날 친구 남편과 바람피우는 걸 바란다.]

드라마도 보냐.

"끔찍한 글 쓰지 마라."

[나는 끔찍.]

"자기 입으로 할 말이 아니잖아."

[잎으로 할 말 있어.]

"이해가 안 된다."

['입으로' 하고 '잎으로'가 발음이 비슷해.]

네가 말을 해야 알 수 있는 말장난이잖아. 지금 중요한 건 그게 아니지만.

"말 돌리지 말고. 갑자기 왜 인테리어를 바꾼 거야."

페이는 살짝 풀이 죽은 표정으로 글을 썼다.

[……내 집같이 만들고 싶었는걸.]

"그건 또 무슨 소리야."

페이는 대답하지 않고 노트북을 꺼내 딴청을 피웠다. 야, 인마. 내가 세희냐? 네가 인테리어를 바꾼 이유를 내가 어떻게 알라는 거야? 한숨이 저절로 나오려는데 치이가 말을 걸었다.

"그것보다 오라버니. 배 안 고프세요?"

"고프지."

기절하는 바람에 점심도 못 먹었으니까. 자라나는 청소년이 한 끼의 식사를 거른다는 것은 참으로 깜찍, 아니, 끔찍한 일이다.

"금방 상 차려 드리는 거예요."

"아, 고마워."

치이는 미소를 지으며 부엌으로 들어갔다. 나는 페이의 옆에 앉으며 말했다.

"어제 그거 하냐?"

[시간이 너무 빨리 가서 언인스톨.]

올바른 선택이다.

[하고 싶어?]

절제할 수 없는 건 하지 않는 게 좋지.

[하고 싶으면 다시 설치해 줄 수도 있어.]

페이는 튕기듯 말했고 나는 고개를 흔들었다. 내 소중한 방과 후 시간을 게임으로 순식간에 흘려보낼 생각은 없으니까.

"아니, 괜찮다."

[나는 부탁할 거 있어.]

"뜬금없다."

[원래 인생은 복권 당첨되고 교통사고로 사망하는 거.]

"무슨 인생이 그따위야."

[아내는 10억을 받았으니까 행복한 인생.]

"그렇다고 기쁠 리가 없잖아."

[아내가 범인.]

"그건 그냥 살인 사건이다!"

[그런 게 인생.]

"암울한 인생이구만."

[죽을 거야?]

"내 인생 아니다."

[그래서 부탁.]

이야기가 다시 처음으로 돌아왔다.

"이번에는 또 뭔데?"

[이번에는 쉬운 일.]

세상에서 믿기 힘든 말이 한 가지 더 늘어났다는 것이 내 인생이 암울해진다는 증거다.

"뭔데."

[여장.]

여장? 아, 그렇군. 여행을 떠날 때 여장을 꾸린다는 말을 하지.

"어디로 여행을 가서 사진을 찍어 오면 되는 거냐."

나는 일단 현실 도피를 했다.

[머리 많이 굴렸어. 칭찬.]

"아니, 그래도 말이다. 이상한 사진에 집사옷까지 입었는데 이제는 여장이냐?"

[바보? 집사옷은 그냥 내 부탁이었어.]

잠깐만.

"생각해 보니까 꼭 그 옷을 입을 필요는 없었잖아! 단순한 모델이었으면!"

[그런 그림을 보고 싶어 하는 요괴가 있었어.]

"거짓말하면 혼나는 거 모르냐."

[진짜.]

페이는 노트북으로 뭔가를 하더니 화면을 돌려 내게 보여주었다. 거기에는 조회수 3만 8천대에 댓글 1만 5천 개의 무시무시한 게시물이 있었다. 게시자의 닉은 페이. 제목은, '내 친구가 희대의 로리콘하고 육체관계를 전제로 사귀고 있어.'

나는 뿜었다.

[……액정 더러워져.]

신경 쓸 상황이 아니다. 그 아래의 내용은 더 심했다. 자기는 그 요괴의 절친한 친구고, 내가 어째서인지 치이의 **몸**에 홀딱 빠져 있고, 그런 나를 모델로 그림을 그릴 건데 어떤 옷이 좋겠냐는 내용이었다.

"……야. 너 여기 가입하는 게 목적 아니었냐?"

[단순한 글 쓰는 건 가입 안 해도 가능. 하지만 인정 못 받아.]

요괴넷이라는 사이트를 어떻게 운영하는지 잘 모르니 뭐라고 할 말이 없다.

"그래서 쓰는 글이 이런 거냐."

페이는 시선을 피했다.

[기분을 너무 탔어.]

어떻게 기분을 타면 이런 글이 나올 수 있는지 모르겠다.

[거기 댓글 중에 이거.]

페이는 손가락으로 댓글을 가리켰다. '곰곰이'라는 닉네임을 쓰는 요괴가 쓴 글이 댓글 중에서 가장 위에 올라가 있었다. 내용은 나한테 집사옷을 입히고 그림을 그려서 올리면 자기도 비키니 수영복을 입은 가슴을 인증하겠다는 내용이었다. 그 아래에는 '흰둥이만세'라는 심히 취향이 궁금한 닉네임이—그것도 운영자의 닉네임이라고 페이가 알려 줬다—쓴 그런 지방덩어리는 보고 싶지 않다는 악플이 달려 있었다.

"······도대체 여긴 뭐하는 곳이냐."

[요괴들이 잡담하면서 노는 곳.]

그러면 잡담이나 할 것이지 도대체 왜 그런 걸 보고 싶어 하는지 모르겠다. 아니, 내 여장을 보고 싶어 하는 것도 제정신이 아니지. ······보고 싶어 하는 건 아닌가? 일종의 사이트 가입 신고식 같은 거니까.

[그건 그렇고 안 도와줄 거야?]

페이가 나를 올려다보았다. 아니, 여장이라고. 학교 축제에서나 할 법한 가장이라고. 그런 걸 선뜻 받아 줄 사람이 어디 있겠냐. ······받아 줄 사람이 여기 있다. 어쩌겠냐. 페이는 스스로 변하고 싶어서, 자기 스스로 용기를 내서 여기까지 왔는데. 과거를 이겨 내고 싶어서 치이를 보고 자극을 받아서 스스로 힘내려고 하는 아이다. 뭔가 마음에 걸리는 것들은 있지만 그렇다고 이런 아이를 가만히 놔둘 수 있을까. 나는 한탄과 체념을 가득 담은 한숨을 내쉬었다. 그에 반해 페이의 얼굴에는 활짝 웃음꽃이 피었다.

[그래야 요괴 공인 변태.]

"하지 말라는 거지?"

[그러면 나 곤란.]

곤란한 건 이쪽도 마찬가지다. 하지만 위기는 기회라는 말이 있다. 이 위기를 잘 극복하면 난 이제 로리콘 페도필리아 변태가 아니라 여장 취미가 있는 변태가 된다. ……위기를 잘 극복하는 것 맞나. 그냥 변태에서 왕변태로 진화하는 기분인데. 이런 상황에서 그냥 당할 수만은 없다. 그래서 나는 예전부터 생각해 두었던, 하지만 지금까지는 도저히 말할 건덕지가 없었던 이야기를 꺼냈다.

"좋아."

좋아하지 마라.

"단, 조건이 있어."

[……쉬운 거?]

나는 고개를 끄덕였다.

[뭔데?]

"같이 나가서……."

[그런 거 없어.]

페이는 연기로 칼을 만들어 허공을 베었다. 그 기세가 너무 지나쳐서 내 머리에 살짝 닿았다. 랑이의 이빨이 힘을 발휘해 칼은 연기로 변해 사라졌지만 머리가 아팠다. 넌 나를 죽일 생각이냐.

"있다."

[없어.]

"있다니까."

[거부.]

"부탁 하나 안 들어주기냐?"

[응.]

어이쿠.

"그러면 나도 안 할 거다."

페이는 뾰루퉁한 표정으로 양 갈래 머리를 하늘 높이 띄웠다.

[하기 싫으면 관둬.]

그러세요? 그러면서도 정말 안 하면 어떻게 하지? 하고 눈치를 살살 살피는 게 다 보입니다, 꼬마 아가씨.

"그러면 여장하는 거에 내일 아침에 갓 구운 빵을 사 오는 것까지는 어때?"

하늘 높이 올라간 양 갈래 머리가 빙글빙글 도는 걸 보니까 페이의 마음이 움직인 것 같다. 동요하고 있어.

[빵?]

"빵."

[갓 구운 거?]

"갓 구운 거."

[어디서?]

"동네 빵집."

[으…….]

"저번에 내가 사 온 곳이다."

[……맛있었어.]

동네 빵집이지만 정말 맛있어서 유명 대형 체인점들을 물리치고 번창하고 있는 곳이지.

[딸기 우유도 같이?]

"딸기 우유도 같이."

[……알았어.]

넌 도대체 빵하고 딸기 우유를 얼마나 좋아하는 거냐.

[같이 나가기만 하면 되는 거지?]

"응."

[치이도 같이 가는 거야?]

"그럴 생각이었다."

[교섭 타결.]

"협상 타결이다."

나와 페이는 반세기 동안 반목하던 두 국가의 수장이 만난 장면에서나 나올 것 같은 멋진 악수를 했다.

"……뭐하시는 거예요?"

그게 치이에게는 조금 이상하게 보였을지도 모르겠다.

저녁도 먹어야 하기에 늦은 점심은 간단히 때우고, 하지만 치이의 음식 솜씨가 좋아서 적당히 먹는 게 힘들었다, 나는 여장을 하기 위해 옷을 입는 법에 대한 설명을 읽었다. 분명히 허공에 쓰진 것은 한글이건만 어째서 $x1=ay1$, $x2=ay2$라 하면, $y1=logax1$, $y2=logax2$가 된다는 암호를 해석하는 것 같은 기분을 느껴야 했는가. 약 10분간 페이의 '바보도 알 수 있는 드레스 입는 법'이라는 강의를 정독해 봤지만 내 무의식은 이해를 거절했다.

[한글 알아?]

"……난생처음 여자 옷을 입으라는데 그게 말처럼, 아니, 글처럼 쉽냐."

[벗겨 본 적 다수.]

"사람을 폄하하지 마라."

[인기 있는 남자라는 뜻.]

내가 마음을 준 여자애들은 내가 그런 쪽의 인기 있는 남자가 되는 순간……. 너무 끔찍해서 상상조차 되지 않는다. 내가 다른 생각을 하고 있는 동안에도 페이는 글을 이어서 썼다.

[아니면 범죄자.]

딴생각을 할 틈을 안 주는구나.

"글로는 힘드니까 동영상이나 그림 같은 거 없냐?"

[너, 컴퓨터에 있어.]

내 컴퓨터에 드레스를 입는 방법에 대한 동영상이나 그림이 있을 리가……. 아니지. 페이가 글 쓴 건 그런 뜻이 아니구나.

"있기는 있지만 그런 걸 본다고 알겠냐?! 그건 벗는 거잖아!"

[변태. 인정했어.]

이 중에 한 번도 그런 걸 본 적이 없는 사람이 있다면 저를 변태라고 욕하셔도 괜찮습니다. 돌을 던지라고 하면 정말로 돌을 던지는 사람이 있을 것 같으니까.

"아니, 그건 상관없잖아."

[치이야. 성훈이 야한 거 봐.]

나는 부엌에서 설거지를 하고 있는 치이에게 날아가는 글을 **인간이 낼 수 없는 속도로 움직여** 연기로 되돌렸다.

[……우와.]

그런 내 모습을 보며 페이가 놀란다.

[위험할 때의 속력?]

보통은 괴력이겠지.

"치이한테 이상한 말 하지 마라."

[치이, 알 거 다 아는 아이.]

······그건 나도 알지만.

"그렇다고 스스로 밝히고 싶은 생각은 없다."

[부끄러워할 일 아니야. 당당히 나서서 자랑해.]

"부끄러워할 일은 아니지만 당당히 나서서 자랑할 일도 아니지."

어쩌다가 이야기가 이 지경이 되었나. 페이와 이야기를 하다 보면 너무 자주 대화가 산으로 가서 힘들다.

"그래서 어떻게 할 거야?"

[이해 못 하는 건 네 탓.]

"내가 여장해야 하는 것도 네 탓이다."

[남 탓하는 어른은 보기 싫어.]

"사실이잖아."

[너, 보기 안 좋은 것도 사실.]

나는 페이의 양 갈래 머리를 잡고 하늘 높이 들어 올리고 싶은 것을 참았다. 참을 인자 삼만 개면 세희도 귀엽다. 참자.

"그럼 다시 적어 봐. 이해할 때까지 읽어 보자."

[시간 낭비, 자원 낭비, 요력 낭비, 돈 낭비.]

연기로 글을 쓰는데 그렇게 많은 것들이 필요한지 지금까지 몰랐는데.

"그러면 어쩌게?"

[내가 입혀 줄게.]

"······에?"

[그러니까.]

페이는 평소처럼 태연하게 글을 썼다.

[벗어.]

……뭔가, 뭔가 이상합니다. 뭐라고 말할 수는 없는데, 뭔가 불합리한 기분. 아니, 도대체 내가 왜 벗어야 하는데?! 나 요즘 들어서 다른 사람과 요괴들 앞에서 너무 자주 벗는 거 아니야? 도대체 왜?! 그 때, 갑자기 세희의 목소리가 들리는 것 같은 느낌이 들었다.

취향입니다.

……정신이 맛이 갔다는 게 농담은 아닌 것 같다.

[……]

"……까우우."

그렇게 해서 나는 어째서인지 어린 여자아이들 앞에서 팬티 하나만 달랑 입은 채 서 있게 되었다. 팬티가 트렁크여서 다행이었지 삼각이었다면 정말로 곤란했을 거다. 아니, 그 전에 안 벗었지!

[은근히 살 많아.]

"내비 둬라."

운동 하고 싶었는데 나래 님께서 안 된다고 하셔서 꿈도 미래도 없는 몸이니까.

"아우우……. 그런 거예요?"

치이는 두 손으로 눈을 가리면서도 손가락 틈새 사이로 잘도 보고 있었다. 그에 비해 페이는 손등에 턱까지 괴고 대놓고 본다. 야, 야! 부끄러우니까 그렇게 빤히 쳐다보지 마라.

"옷이나 빨리 입혀 줘."

[여장하고 싶어?]

어디의 수치 플레이입니까.

"하고 싶겠냐."

[노출증 변태.]

야.

"페이야, 오라버니는 노출증 변태는 아닌 거예요."

그럴 때는 노출증 변태**가** 아니라고 말해 달라고!

[그냥 변태.]

"맞는 거예요."

내가 그냥 변태였다면 지금 옷을 벗고 있는 건 너희 둘……. 신이시여. 저 왜 이러나요. 미친 거 아닌가요. 벽에다 머리를 박으며 순진했던 내 자신이여, 되돌아오라고 외치고 싶은 심정이다.

[눈이 더러워지니까 먼저 이거.]

페이가 손을 스치자 나타난 것은 나도 알고 있는 코르셋이라는 물건이었다. 서양에서 여자들이 드레스를 입기 전에 몸매가 예쁘게 보이기 위해서 허리에 착용하는 것이다. 왜 이런 걸 알고 있냐면……. 비밀이다. 비밀이라고. 중학생의 왕성한 호기심에 검색 엔진을 이용해 찾아봤다는 것 정도만 말해 두자.

"……그거 하면 상당히 불편하다고 들었는데."

[배. 뽈록.]

……여기서도 배냐.

[배가 나와서 어쩔 수 없어.]

"아우우, 오라버니 배는 그렇게 안 나온…… *거예요.*"

말 흐리지 마! 확신이 없다는 듯 말하지 마! 어찌되었건 지금 내 살의 면적을 가리기 위해서라면 가릴 것이 없다. 나는 코르셋을 입었다. 뒤의 끈을 묶지도 않았는데 은근히 꽉 끼는 느낌이……. 이거 왠지 어제도 말한 것 같은데.

그다음은 일사천리였다. 페이가 연기로 만든 두 손을 이용해 코르셋을 조이는 것부터 가터벨트를 채우고 오버 니 삭스를 신기고 가슴에 보형물과 브래지어를 차고 드레스를 입히고 흰 장갑에 부착용 귀걸이까지 하는 것은 그야말로 순식간이었다. 거기에 머리를 뒤로 넘기고 고정시킨 다음 난생처음 해 보는 화장에 처음 써 보는 가발까지. 머리 위에 페이가 쓰고 다니는 것까지 쓰고 나서야 페이는 손을 놓았다.

[완성.]

처음부터 끝까지 놀라는 모습만 보여 주던 치이는 여장이 끝난 나를 보고는 귀 위 머리카락을 격하게 파닥이며 말했다.

"너, 너무 예쁜 거예요, 언니!"

"……난 언니가 아니다."

[아, 이거 깜빡.]

페이는 내 목소리를 듣고는 뭔가 생각났다는 듯이 프릴이 가득 달린 천을 내 목에 둘렀다. 이 지경이 되었으니 뭘 해도 상관없는데 너무 달라붙지는 마라. 너도 가슴이 커서 그렇게 앞으로 숙인 채 가까이 오면……. 내 가슴과 맞닿으니까.

으아아아아아아아악!!

[진짜 완성.]

페이는 다시 한 번 흡족한 미소를 지었다. 나는 목에 두른 천을 매만지며 말했다.

"이건 뭐…… 어?"

말을 하다 깜짝 놀랐다. 내 목소리가 변했다. 원래의 내 목소리는 어디로 갔는지 귀에 들리는 목소리가 여자아이의 귀여운 음성으로 변한 것이다!

"이거 뭐야?!"

[목소리 변화 요술.]

요술을 개발하는 요괴는 반성해야 한다. 도대체 이런 요술을 어디에 쓰려고 만드는 거야?!

"아우우, 그것보다 일단 거울부터 보시는 거예요."

왜 그런지 모르겠지만 볼을 붉히고 기분이 들뜬 치이가 손거울, 그것도 꽃장식이 되어 있는 한 손 거울을 내게 건네주었다. 나는 받기 싫었지만 여장을 한 내 모습이 궁금하기도 해서 거울 안을 바라보았다.

"헐."

이게 누구냐. 이게 정말 내가 맞나? 평소의 내 모습은 어디가고 조금 보이시한 여자애가 한 명 있었다. 거울을 이리저리 옮겨 본다. 얼굴 각도만 달라지는 걸 보니 나 맞다. 표정을 지어 보는 거에 따라 거울 속의 여자애도 모습이 변하기도 한다. 확실히 나 맞네. 화장 기술의 발전인가. 내 얼굴에 화장품을 덕지덕지 바른 건 이것 때문이었나.

"대단하네."

"미인인 거예요."

이왕이면 평소에 미남이라는 말을 듣고 싶다.

[공들였어.]

폐이는 뭔가 어려운 문제를 고심해서 풀고 정답을 맞춘 것 같이 흐뭇한 표정을 지었다. 이 정도의 변신을 자기 손으로 만들어 냈으니 뿌듯한 걸 이해 못 하지는 않겠지만 내심 다른 일로 그런 표정을 지을 수 있으면 좋겠다는 생각이 든다. 좀 더 건설적인 일로 말이야.

[그러면 사진.]

폐이는 품에서 디지털카메라를 꺼내 연방 내 사진을 찍었다. 아무리 여장이 잘 되었다고는 해도 사진을 찍는 거에는 어쩔 수 없이 쓴웃음이 지어졌다. 그 모습이 폐이는 조금 마음에 안 든 것 같다.

[웃어.]

"쓴웃음도 웃음이다."

[그런 거 안 쳐 줌.]

멋진 녀석이다. 나는 최대한 자연스럽게 미소를 지어 보려고 했지만 무리였다. 자연스러운 미소가 인위적인 생각으로 지어질 리가 없잖아. 내가 연기 대상을 받은 연기자도 아니고.

[……]

"뭐가 그리 불만이냐."

[제대로 안 하면 약속 안 지켜.]

"자원 받아먹고 미사일 날리는 놈을 보소."

[내 맘.]

우리 집에 독재자는 필요 없다. 하지만 여장까지 해놓고 폐이를 데리고 밖에 나가지 못하면 그것도 우스운 일이다. 폐이에게 트집 잡힐 일은 하지 말자. 나는 그래서 나래를 생각하기로 했다. 으흐흐흐흐.

[······여자 표정이 아니야.]

"음흉해 보이는 거예요."

······랑이를 생각해야 할 것 같아요.

그렇게 나는 폐이의 요구에 따라 미소를 짓기도 하고 화난 표정을 짓기도 하면서 이상한 포즈까지 취하며 사진 촬영을 맞췄다. 촬영이 모두 끝나고 치이가 방에 잠시 들어가고 나서야 나는 한 가지 사실을 뒤늦게 깨닫고 말았다.

"야. 사이트에 사진 올리는 거면 한두 장이면 되잖아. 포즈도 필요 없고."

[다수의 사진에 포즈까지 합하면 고득점.]

"점수도 있었냐?!"

[그런 거 없어.]

화내지 말자. 끌려가지 말자. 지금은 내가 주도권을 가지고 있으니까. 이 순간을 위해 수치스러운 순간을 견뎌 냈잖아.

"아무래도 좋으니까 이제는 너도 약속 지켜라."

[기억나지 않아.]

"청문회 나왔냐."

[모르는 일.]

세상의 아름다운 것이 내 반대쪽에 있다는 듯 이쪽을 보지 않으려는 폐이의 양 볼을 손으로 붙잡고 내 쪽으로 돌렸다.

[아파!]

페이가 연기로 만든 몽둥이로 내 머리를 두드리지만 나한테는 랑이의 이빨이 있다. 조금 아프지만 참을 만하다고.

"거짓말하면 안 되는 거 아냐, 모르냐."

[거짓말한 적 없어.]

"약속했잖아."

[무슨 약속?]

"아예 없는 일 취급하는 거냐."

[내가 만약 약속을 했으면 증거 대.]

"증인은 댈 수 있다."

치이를 걸고 넘어가자 페이가 입술을 한 치나 앞으로 내밀었다.

[치사.]

방귀 뀐 놈이 성낸다고 딱 그 꼴이다.

[좋아.]

역시 페이는 치이와 관련되면 약해진다는 생각도 잠시.

[그러면 지금 가. 당장.]

지금?

"야, 잠깐만. 옷 갈아입을 시간은 줘야지."

[그런 거 없어.]

네 사전에는 왜 그렇게 없는 것투성이냐?!

[지금 아니면 안 가. 마음대로 해.]

페이는 자기 쓸 글을 다 썼다는 듯 고개를 휙 돌리고 팔짱을 꼈다. ……오호라. 이 자식이 그렇게 나왔다 이 말이지? 좋아.

좋다. 누가 죽나 해보자.

"가자."

[······어?]

페이가 당황하는 모습에 뭔가 슬픈 우월감이 느껴진다.

"지금 가자고."

[······그렇게 날 데리고 나가고 싶어?]

페이가 실짝 안색을 굳히며 물어 온다. 내 의중을 떠보고 싶은 것 같아서 나는 솔직하게 대답했다.

"응."

페이가 스스로 변하고 싶다고 했으니까 도와주고 싶다. 그게 내 솔직한 생각이다. 하지만 페이는 내 말에 한층 더 표정이 어두워졌다. 왜 그러지?

[지금의 내가 싫은 거야?]

그리고 알 수 없는 글을 쓰고 바로 연기로 지워 버린다.

"무슨 소리야?"

[아니, 실수. 나가고 싶으면 치이 불러.]

페이가 평소처럼 뚱한 표정으로 돌아서기에 나는 별일 아니라 생각하고 치이를 부르러 방문을 노크하며 말했다.

"치이야~."

방문이 열리고 양 볼이 살짝 상기돼서 뭔가 허둥대는 치이가 문 밖으로 얼굴만 내밀었다.

"아우우, 무슨 일인 거예요?"

"나가자."

"아우우? 지금요?"

"그래."

나는 문을 열고 치이의 손을 잡아끌었다.

"꺄우우? 잠깐만요, 오라버니! 옷은 입고 가는 거예요!"

옷? 무슨 옷? 아, 그러네. 치이는 보기 드문 한복을 입고 있어서 사람들의 눈 확 띄는 것이 걱정인가 보다. 하지만 치이가 물귀신이라고 아나 모르겠다. 나는 사악한 미소를 지으며 이상하게 다리를 안쪽으로 모으고 서 있는 치이를 내려다보았다.

"어머. 언니는 이 모양인데 동생이 그러면 안 돼지."

"오, 오라버니?"

확실하게 말해 둔다. 나는 이상한 거에 눈을 뜬 거 아니다. 그냥 치이가 당황스러워하는 모습이 너무 귀여워서 한 번 해 본 거야. 목소리가 변화돼서 의외로 잘 어울린다는 게 문제였지만. 그런데 치이야. 넌 왜 전쟁터에라도 가는 듯이 비장한 표정을 짓는 거냐. 무슨 문제라도 있어?

"아, 알겠어요. 언니. 언니가 그런 굳은 다짐을 하셨으면 저 또한 따라가 드리는 거예요."

"……언니는 아닌데."

"꺄우우! 알고 있는 거예요! 제가 그런 것도 모를 줄 아시나요, 오라버니?"

머리카락을 파닥이는 걸 봐서는 말실수를 한 것같이 보인다. 사람은 외관이 중요하긴 하죠.

검은색 드레스를 입고 고개를 푹 숙이고 있는 귀여운 여자아이와 붉은색 드레스를 입은 키가 멀대처럼 큰 여자……로 변장한 나. 그리고 어깨가 훤히 드러난 한복을 입고 치마를 두 손으로 누르고 조심스럽게 걷고 있는 사랑스러운 소녀. 이 세 명은 사람들의 이목을 집중시키기에 충분했다. 우아악. 그런데 이상하게 사람들이 나만 쳐다보는 것 같은 기분이야. 야, 저기 눈 안 치워? 날 볼 거면 차라리 내 양옆에 있는 귀여운 아이들이나 보란 말이다! 나도 내가 이상한 걸 알지만 그렇게 노골적으로 보는 건 실례 아니냐? 이게 무슨 벌칙 게임이야?!

[기분 좋아?]

"내가 변태……가 아니라, 너 요술 써도 되냐?!"

나는 재빨리 페이의 글을 손으로 지웠다. 페이는 한심하다는 듯 눈살을 찌푸리며 다시 글을 썼다.

[다른 사람 눈에는 안 보여.]

"그것도 요술이야?"

[영안이 안 뚫려져 있으면 은폐한 유령같이 꾸물꾸물하게 보이는 게 요술.]

알아듣기 쉬운 설명은 고맙지만 넌 역시 게임은 그만해야 할 것 같다. 연한 아지랑이같이 보인다고 해도 되는 걸 예로 든 게 그게 뭐야. ……아니, 잠깐만. 나는 아기였을 때 랑이를 보고 영안이 열렸다. 그래서 나는 세희의 말마따나 모습을 감춘 요괴들도 볼 수 있다. 여기까지는 한 가지 사실일 뿐이다. 하지만 이 사실이 지금 사람들이 나만 보고 있는 것 같은 기분이 든다는 의심과 하나가 되면 어떤 결론이 나올까요?

"……야. 너희들."

[?]

"아우우?"

이미 늦은 것 같지만 주위에서 이상하게 보지 않도록 나는 최대한 작은 목소리로 말했다.

"혹시 다른 사람들은 너희들이 안 보이냐?"

[……]

"……."

대답 안 한다. 대답 안 한다, 이 녀석들. 페이는 자기가 쓴 말줄임표로 갑자기 오자미 놀이를 하기 시작했고 치이는 머리카락을 파닥이며 고개를 돌린 채 침묵했다. 랑이 때의 일 때문에 이 녀석들도 당연히 남들 눈에 보일 거라 생각했는데 이게 뭐야! 나만 미친놈 된 거잖아! 그래도 치이와 페이가 옆에 있다고 생각해서 견딜 수 있었던 것이 오히려 내 뒤통수를 칠 줄이야!

[나, 사람은 싫어. 안 익숙해.]

나도 이런 꼴로 사람들의 시선을 받는 건 익숙하지 않고 익숙해질 생각도 없으며 싫은 것도 마찬가지다.

"아우우……. 저도 **지금은** 모습을 드러내기 부끄러운 거예요."

치이의 경우에는 이해해 주자. 일단 맨발이라는 점도 있으니까. 잘못하면 아동 학대로 신고당한다. 그런데 너는 왜 조금 전부터 다리를 오므리고 치마를 누른 채 조심스럽게 걷고 있냐? 불편하지 않냐? ……불편하기로는 내가 더하지. 쥐가 고양이 걱정하는 꼴이다. 고양이 두 마리에게 쥐가 방울을 매는 건 포기하기로 했다. 목적지가 별로 안 남았으니까.

혀 깨물고 죽기에는 살짝 모자란 정도의 수치심을 견디며 도착한 곳은 커다란 옷가게였다. 빌딩의 1층 전체가 남성복에서 유아복까지 없는 게 없는 곳이다. 적당한 가격에 적당한 품질이 만족스러워 평소에도 가끔 오곤 한다. 이런 꼴로는 온 적 없지만.

"오, 오라버니?"

[……여긴?]

치이와 페이가 상당히 놀란 것 같다. 왜 그러지? 하지만 나도 생각이 있어서 페이와 이곳에 온 거다. 페이는 우리 집에 와서 다른 디자인의 옷은 한 번도 입지 않았다. 아무리 무신경한 나도 그 정도는 눈치챌 수 있다. 치이도 마찬가지지만, 가끔씩은 머리의 리본을 바꿔 맨다거나 발찌를 하나 더 찬다거나, 치마 길이가 다르다던가, 팬티의 디자인이 달라지곤 하는 미묘한 차이가 있었다고. 하지만 페이는 다르다. 마치, 자신은 이 옷만을 입어야 한다는 강박 관념이라도 있는 듯 아무런 변화도 주지 않았다. 어리다고는 해도 여자아이. 예쁘게 꾸미고 싶어 하는 건 마찬가지일 텐데 말이야. 그래서 예쁜 옷을 사 주고 싶었다.

[너, 무슨 생각?]

페이의 조금 날카로운 글에 나는 대답했다.

"옷 사 주게."

[……난 이거면 돼.]

페이가 떨리는 자신의 몸을 끌어안는다. 사람들이 많은 건물 안에 들어가는 건 난이도가 높은 건가? 그렇다고 여기서 물러날 수는 없는 노릇이다. 이건 페이가 원하는 일이기도 하니까. 나는 그런 마음에 페이를 기분 나쁘지 않을 정도로만 살짝 끌어안아 주었다. 페이의 떨림이 멈춘다. 보형물을 타고 느껴지는 푹신한 느낌이 뭔가 내 신세를 떠오르게 만들어 슬프다.

"괜찮아, 페이야. 나도 그렇게 생각하니까. 하지만 옷 한 벌 정도 사 두는 것도 괜찮잖아? 나처럼 나중에 무슨 일이 있을지도 모르고."

"하지만 오라버니, 페이는……."

뭐라 말을 하려고 하는 치이의 손목을 페이가 잡아끌었다. 치이는 입을 다물고 뒤를 돌아보았다. 페이는 고개를 흔들었다. 치이는 슬픈 표정으로 고개를 푹 떨어뜨렸다. ……내가 무슨 잘못이라도 했나? 그런 생각을 하는 것도 잠시. 페이는 두 손으로 나를 밀며 글을 쓰는 것에 나는 그런 생각을 접어야 했다. 멀티태스킹에는 익숙하지 않으니까.

[복수?]

페이의 글에 나는 미소가 지어졌다. 내가 너한테 그런 짓을 할 리가 없잖아. 어떻게 하면 이런 걸 복수라고 생각할 수 있는 거야.

"단순한 오지랖이다."

[……기분 나빠.]

페이는 진심으로 기분 나쁘다는 듯 인상을 썼다. 나도 지지 않고 혀를 내밀어 준다.

"기분 나쁠 것까지는 없잖아?"

[나, 모습 안 보여 주는 거야.]

예상은 하고 있던 일이다. 하지만 이미 나는 돌아가기에는 너무 먼 곳까지 와 버렸다.

"상관없어."

[······응?]

나는 당황하는 페이의 손을 잡아끌었다.

"오라버니?"

내가 무슨 짓을 할 건지 눈치챈 치이만이 걱정이 가득 담긴 목소리로 나를 불렀을 뿐. 괜찮다, 치이야. 내가 지금까지 겪은 일들은 네가 상상하는 것보다 나를 강하게 만들었으니까!

······죄송합니다. 제가 아직 세상을 무르게 생각했습니다. 첫 단추를 끼우는 것부터 힘들었다. 매장 안에 들어가자마자 시선 집중. 매장 직원의 어찌할지 모르는 쓴웃음. 서로에게 네가 가 보라고 미루는 누나들. 하지만 나는 화장으로 가려질 것이라 믿는 새빨간 얼굴로 꿋꿋하게 페이의 손을 잡고 아동용 옷이 있는 곳으로 들어갔다. 두 번째 단추는 첫 단추보다 더욱 힘들었다.

"이건 어때?"

나는 알록달록한 귀여운 원피스를 페이에게 맞춰 보며 물어보았다.

[안 어울려.]

"그래? 나는 예쁠 것 같은데."

"아우우, 오라버니. 사람들이 오라버니를 이상하게 쳐다보는 거예요."

알고 있다. 남들이 보기에는(→남들에게는) 허공에 옷을 대보고 자기 혼자서 알 수 없는 소리를 지껄이는 정신에 문제가 있는 사람으로 보이겠지.

"쯧쯧. 젊은 나이에……."

"저기, 저 여자 좀 봐."

"왜 저래?"

"미친 거 아니야?

"불쌍하다."

아니까 말하지 마라.

"치이도 마음에 드는 거 있으면 골라. 오늘은 오…… 아니, 언니가 사 줄게."

여기에 여장 취미인 남자라는 오해까지 받으면 바로 경찰서에 신고 들어간다. 지금도 영업 방해로 잡혀갈지 모르는 상황이라고.

"아우, 아우우……."

내가 그리 불쌍해 보이는지 치이는 당장이라도 울 것 같은 표정이다. 괜찮다. 어차피 나는 완벽한 여장 중. 누군가에게 들킬 일은 없다.

"폐이야, 이건 어때? 이것도 잘 어울릴 것 같은데."

나는 몸을 숙여 폐이에게 조금은 덜 화려한 옷을 가져다 대며 물었다. 그 때. 폐이의 머리 위로 그림자가 드리워졌다.

"너 그런 꼴로 뭐하는 거야?"

익숙한 목소리에 시간이 얼어붙어 버렸다. 나는 굳어 버린 목에 억지로 힘을 줘서 고개를 들었다. 먼저 눈에 들어온 건 커다란 가슴이었다. 하지만 나는 평소와 같이 세상의 모든 희망이 가득 담긴 가슴에 정신을 팔 시간도 없이 시선을 좀 더 위로 향했다. 그곳에는 당황한, 그러면서도 한심하다는 듯이 나를 내려다보시고 계신 저의 소꿉친구, 예비 곰의 일족이신 나래 님께서 쇼핑백을 들고 서 계셨다. 어떻게 해야 하나. 어떻게 해야 할까. 1초가 영겁같이 느껴진다. 머릿속에 아드레날린이 미친 듯이 발생하는 동시에 그 어느 때보다 사고가 활발히 이루어진다. 찾아라. 이 위기를 극복할 수 있는 방법을! 하지만 슬프게도 돌멩이 하나로 할 수 있는 생각은 그리 많지 않았다.

"……누구세요?"

아드레날린이 그런 대답을 위해 분비된 게 아깝다고 자기 신세를 한탄하는 소리가 들린다. 어쩔 수 없잖아. 이런 상황에서 잡아떼는 것 말고 또 무슨 방법이 있겠냐?

"누구세요?"

그런데 그 말이 겨울잠 자는 곰의 엉덩이를 걷어찬 것 같다. 한껏 추켜 올라간 눈썹에 나래의 인상이 마치 가을날 상류에서 연어가 되돌아오기만을 기다리고 있다가 하루를 허탕치고 다음 날 하류로 내려가 보니 둑이 생겨져 있다는 걸 알게 된 곰과 같이 보인다.

[회피.]

"아우우."

치이와 페이는 순식간에 내 등 뒤에 일자로 숨었다. 나도 어디에 숨고 싶은데 숨을 곳이 없네. 치마를 들어 올려 몸을 감싸 볼까. ……죽겠지.

"저기, 처음 보는……."

"……뭐?"

화났다. 진짜로 화났다. 나래는 아랫입술이 터질듯이 꽉 깨물고 불길이 치솟는 눈동자로 나를 노려보았다.

"내가 너하고 같이 지낸 게 얼만데, 그깟 화장 좀 했다고 못 알아볼 것 같아? 아니, 그전에. 뒤에 애들은 어떻게 할 건데?"

……아. 나래도 이제는 평범한 인간이 아니지. 사실 처음부터 잡아뗄 수가 없는 일이었구나. 나래의 화를 조금이라도 가라앉히기 위해 '저도 제 자신을 못 알아볼 정도로 화장이 잘 되어서 놀랐었죠, 하하하.' 라고 말하고 싶었지만 진짜로 그랬다가는 운 좋으면 저승, 운 나쁘면 기절 행이라 말을 삼켰다. 왜 운 나쁜 게 기절이냐고? 기절하고 깨어나면 저승에 가야 하니까 그렇다.

"아니, 여기에는 나래 님의 넓디넓은 아량과 깊고 깊은 생각과도 같은 복잡한 사정이 있어요."

"……잠깐 나와."

"앗? 나래 언니? 손이 아파요. 일단 놔주세요."

"이상한 말 하지 마!"

최대한 이상하게 안 보이기 위해서 노력한 건데 오히려 나래의 화를 돋운 것 같다. ……이미 늦어 버린 일이지만.

나래는 나와 두려움에 떨고 있는 두 요괴 아이들을 매장 근처에 있는 골목으로 끌고 갔다. 분위기로 봐서는 깡패가 돈 뺏는 광경과 비슷했고 실제로도 그랬다. 단 빼앗는 건 나의 마음…… 같이 로맨틱한 것이 아니라 생명이겠지. 나는 나래가 멈춰 서자마자 재빨리 입을 열었다.

"목소리는 또 왜 그래?"

"여기에는 정말 여러 가지 사정이 있다니까요."

"사정이야 당연히 있겠지."

역시나 이해심이 많은 나래다. 그렇다는 건 지금 화난 게 그 말 때문이라는 거지. 빨리 사과하자.

"내가 화난 게 그것 때문이 아니라는 건 알잖아?"

행동력 있는 소꿉친구를 둬서 슬프다. 나는 고개를 숙이며 사과했다.

"미안. 아까는 너무 당황해서 말이 헛 나왔어. 정말 미안해."

"……눈치는 빨라요."

내 목숨을 건 진심이 어느 정도 닿았는지 나래의 화가 많이 가라앉은 것 같다. 어린아이들은 그런 거에 민감하다는 듯이 내 뒤에 숨어 있던 녀석들의 머리가 양쪽에 뽕하고 튀어나왔다. ……이 녀석들아. 나래가 무서운 걸 모르는 건 알지만 숨기 전에 나 좀 도와주면 안 되냐.

화가 가라앉은 나래에게 사정을 설명하는 건 랑이의 어리광을 받아 주는 것보다 쉬운 일이었다. 전에 말한 일 때문에 여장을 하고 페이의 옷을 사 주고 싶어서 이곳에 왔다는 말에 나래는 내가 말하지 않은 사실까지 눈치챈 것 같다. 봐라. 나래가 웬일이야? 머리 좀 썼네? 라고 눈으로 말하잖아.

"바보야. 그런 일 있으면 나한테 부탁해도 되잖아."

아이 컨텍트가 실패했나 봅니다. 나래는 한껏 침울해져 있는 나를 내버려 두고 치이와 페이에게 말을 걸었다.

"얘들아. 언니랑 같이 예쁜 옷 사고 맛있는 거 먹으러 갈까?"

나래의 유괴범 같은 말에 페이는 치이의 옷을 잡아당겼다.

"아우우우. 괜찮은 거예요, 나래 언니. 신경 써 주실 것 없는 거예요."

"나도 너희 둘이 너무 귀여워서 그래. 나, 어렸을 때부터 동생이 가지고 싶었거든. 응? 부탁이니까. 같이 놀러 가자."

나래의 간곡한 말과 표정에 치이는 단번에 거절하지 못하고 페이를 뒤돌아보았다. 페이는 나를 힐끗 쳐다보고 주먹 쥔 손을 가슴에 대고서 느리지만 확실하게 고개를 끄덕였다. 나래는 정말 행복하다는 듯이 미소 지었다.

"그러면 잠깐만."

나래는 휴대폰을 꺼내 어디론가 전화를 걸었다.

"아빠, 저예요."

아저씨인 것 같다. 그런데 갑자기 아저씨한테 전화를 왜 건 거지?

"응, 별것 아니에요. 아는 동생들하고 놀고 싶어서 그런데 지금부터 백화점 좀 비워 주시면 안 되나요?"

내가 잘못 들었나? 치이와 페이도 나와 같은 표정인 걸 보니 그런 건 아닌 것 같다. 나래는 당황하는 사람과 요괴들은 상관하지 않고 통화에 전념했다.

"알고 있어요. 그러니까 부탁드리는 거죠. 안 돼요, 아빠?"

뭔가 이야기를 듣고 있는 것 같은 나래가 살짝 아랫입술을 깨물었다.

"알았어요. 됐어요. 알겠으니까요, 파파. 나 그냥 파파하고 평생 같이 살게요. **평생**이요!"

아저씨의 목소리가 여기서도 들릴 정도로 커졌다. 나래는 얼굴을 찡그리며 휴대폰을 잠시 귀에서 뗀 다음 다시 통화를 이어 나갔다.

"진짜죠? 고마워요, 아빠. 사랑해요~."

나래는 기분 좋은 미소를 지었다. ……아니, 도대체 무슨 일이 일어난 거냐. 당황하고 있는 사이에 페이가 내 손을 잡아당기고 나래를 가리키며 말했다.

[돈 많아?]

"부자이긴 한데……."

외국에서도 잘나가는 기업의 외동딸이니까. 나래가 자기 소유의 주식이나 회사 지분도 꽤나 있다는 이야기를 어렸을 때 자랑스럽게 말하던 기억이 가물가물하게 있다. 어렸을 때의 일이라 잊고 있었지. 실제로 나래는 평소에는 부자인 티를 전혀 내지 않고 다니니까 신경 쓸 일도 없었고.

[너, 능력 있어.]

"……네가 생각하는 그런 게 아니란다."

무슨 오해를 하는 거냐.

우리들은 나래가 타고 온 고급 승용차에 얹혀서 서울 시내의 한 백화점에 도착했다. 나래는 차에서 내리기 전에 치이와 페이에게 말했다.

"여기서는 모습을 숨기지 않아도 돼."

"아우우?"

"백화점을 통째로 빌렸으니까 안에 아무도 없어."

[그거 진짜?]

페이가 깜짝 놀라서 자신을 향해 쓴 글에 나래는 환한 미소를 지었다.

"웅! 그러니까 남의 시선 같은 건 신경 쓰지 않아도 돼."

페이도 기분 좋은 표정으로 고개를 끄덕였다.

그런데 이 백화점. 뭔가 꿈속에서 와 본 것 같지만 기분 탓이겠지? 백화점은 원래 거기가 거기 같아서 내가 착각하는 거일거다. 그건 그렇고 백화점에 매장 직원도 없는 건 처음 본다. 있는 건 입구를 지키는 경비원 아저씨뿐. 텅 비워진 백화점을 걸어 다니는 건 색다른 경험이었다. 그런 경험에 흠뻑 빠져들기도 전에 나래는 익숙하게 우리들을 아동복 매장으로 안내했다. 그건 다 좋은데 말이야.

"그럼 난 성훈이하고 잠깐 할 이야기가 있으니까 둘이서 옷마음대로 골라 보고 입어 보고 있어."

왜 제 귀를 잡으시는 겁니까. 그런 나와 나래를 보며 페이는 두 손을 모아 합장을 했다. 그에 비해 우리 기특한 치이는,

"아우우우, 살아 돌아오시는 거예요."

불쌍한 나를 걱정해 주었다.

"너, 따라와."

"따라가기 싫어도 어쩔 수 없이…… 아앙~! 아파요!"

"그 말투 그만해."

"아픕니다."

"……그건 그거 나름대로 이상하네."

어쩌라는 겁니까. 닥쳐. 알겠습니다. ……나래가 진짜로 저렇게 말했다는 건 아니다.

나래에게 질질질 끌려온 곳은 매장 내의 구석진 곳에 있는

쉼터였다. 나는 의자에 앉았지만 나래는 내 앞에 서서 턱을 괴고 나를 찬찬히 훑어보았다. 나는 살짝 화가 난 것같이 보이는 나래에게 조심스럽게 물어보았다.

"왜 그래?"

"너무 잘 어울려서."

"전혀 기쁘지 않은 사실이군요."

"화장이 진해서 그렇지 꽤나 예뻐."

"칭찬 감사합니다."

"……그것보다 목소리는 어떻게 안 돼? 너라는 걸 아는데 목소리까지 여자 같으니까 좀 기분 나빠."

나는 아무 말 없이 목에 두른 천을 풀었다.

"이제 됐어?"

"기분 나빠."

"참아 줘."

"그건 그렇고 여장한 건 폐이 때문이지?"

"잘 아시네요. 오해할 줄 알았는데."

"……네가 여장 취미까지 있으면 그 땐 진짜로 우리 집에 끌고 가서 감금시킨 다음에 정신과 치료를 받게 할 거니까."

"하하하, 농담도 잘하셔라."

농담 같아? 농담이라고 생각하겠습니다. 나는 말을 돌렸다.

"그런데 너무 아저씨한테 폐 끼치는 거 아니야? 이거 손해가 이만저만이 아닐 텐데"

"너하고 요괴가 관련된 일이라고 정부에 보고하면 어느 정도 배상금이 나올 거니까 괜찮아."

처음 듣는 말이다.

"진짜? 그런 것도 있어?"

"정부를 너무 우습게 보지 마. 정부 쪽에서 요괴에 대해 신경 쓰는 건 장난이 아니니까. 너나 나나 주요 인물이야."

몰랐다. 그런 식으로 생각해 본 적이 없으니까. 나는 랑이를 그냥 랑이라고 생각했고 스스로야 뭐 할 말이 없지. 하지만 다른 방향으로 보면 나는 한 나라를 한순간에 뒤엎어 버릴 수 있는 요괴와 깊은 인연을 맺은 지킴이 일족으로 볼 수도 있다. 지금까지 눈치채지 못했지만 의외로 난 꽤나 중요 인물이 아닐까?

"지금 중요한 건 그게 아니고."

……저한테는 꽤나 중요한 문제가 될 수 있을 것 같은데요. 하지만 그건 나중에 다시 생각해 보자.

"너 무슨 생각으로 페이를 그런 데 데려간 거야?"

"……예?"

당황해서 그런 생각을 할 시간이 없으니까.

"너도 페이가 내성적인 애라는 건 알고 있잖아."

나는 고개를 끄덕였다.

"그래서 조금이라도 나아지면 좋을 것 같아서……."

"그런 곳을 갔다고?"

뭐가 문제인지 모르겠다.

"사람들의 시선을 싫어하는 아이잖아. 그러면 그렇게 사람들이 많은 곳에 데려가면 안 되지."

……아. 나래가 하고 싶은 말이 무엇인지 알 것 같다. 하지

만 동의하는 건 조금 다른 이야기다.

"그래도 그렇게 덮어놓고 있을 수는……."

"나도 알아."

나래가 아니라면 울컥했을 거다.

"문제는 방법이 안 좋았다는 거야. 너무 갑자기 **한 번에 다
바꾸려고 하면 안 되는 거 알잖아.**"

알고 있다. 나도 알고 있는 사실이다. 그래서 치이 때도 시
간이 오래 걸리더라도 스스로 나를 믿고 의지할 때까지 기다
렸다. 하지만 지금은 상황이 다르다. 왜냐하면 페이는 스스로
바뀌고 싶다고 말했으니까.

"무슨 생각하는지 다 보여."

"……요술 쓰지 마."

"네 사고방식이 간단한 거야."

세희가 둘이다.

"그렇게 간단해?"

"10년 이상 알고 지내면 누구나 알걸?"

그러면 세희는 뭐냐. 귀신이지. 관두자.

"문제는 너무 **갑자기,** 라는 거야. 알겠어?"

"……그래서 나만 미친놈 된 건데."

"옷은 왜 입어?"

'안 입으면 이상하니까' 라는 말을 했다가는 창문을 통해 밖
으로 나가게 된다. 그렇다고 대신해서 든 생각이 잡혀가니까,
추우니까, 라는 생각이 드는 건 뭐냐.

"……남에게 보여 주기 위해서 입는 경우도 있거든?"

"전 옷차림에 신경 쓰지 않으니까요."

"신경 좀……. 아니, 됐어."

나래는 고개를 흔들었다. 뭔가 조금 기분 나쁘다. 나래는 알고 있지만 모른다는 듯 말을 이었다.

"어쨌든 남에게 보여 주기 위한 예쁜 옷을 고르러 간 건데 모습을 숨긴 거잖아. 페이가 어떻게 생각할지는 고려 안 했지?"

……아. 그제야 나래가 무슨 말을 하는지 알 수 있었다. 그리고 내 바보스러움도. 나래의 말대로 내가 페이에게 옷을 사주려고 한 것은 페이가 밖에 나가면 좋겠다는 마음과 예쁜 옷도 한 벌쯤은 있었으면 하는 생각에서였다. 하지만 그건 다른 말로 하면 페이 스스로 **지금의 자신은 이상하다**고 생각할 수 있는 환경을 만들었다는 말이 된다. 자신의 모습을 숨긴 채 남에게 보여 주기 위한 옷을 산다는 모순적인 상황. 난 바보냐? 왜 생각을 못 했지? 단순히 내 자기만족을 위…….

생각이 끊겼다. 정신을 차리고 보니 바로 코앞에 나래의 얼굴이 다가와 있었다. 나는 깜짝 놀랐지만 고개를 뒤로 젖힐 수도 없었다. 나래가 내 두 뺨을 잡고 있었기 때문에.

"그런 건 또 빨라요."

나래는 넘어진 아이에게 보내는 어머니와 같은 눈으로 나를 바라보았다.

"성훈아. 실수는 누구나 하는 거야. 나도 종종 실수를 하는걸. 중요한 건 실수를 한 뒤 어떻게 행동하는지인 거야. 알겠지?"

나는 고개를 끄덕였다. 나래는 한시름 놓았다는 표정을 지으며 말했다.

"그리고 너무 그렇게 심각해지지 마. 그건 네 장점이지만 단점이기도 하니까. 지금 내가 한 말은 어디까지나 가능성일 뿐이야. 난 정말 그런 일이 생길지도 몰라서 페이를 이곳에 데려온 거고. 내가 무슨 말 하는지 알겠지?"

나는 고개를 끄덕이고 싶었지만 할 수 없었다. 그랬다가는 닿아 버린다. 하지만 나래는 알아주었다.

"그럼 됐어. 그렇다고 너무 안 좋은 쪽으로만 생각하지 말고. 좋게 생각하면 네가 그런 꼴을 하고 이상한 취급을 당하면서도 자기를 위해 애쓰는 모습에 감동했을지도 모르니까."

"페이가?"

그런 일은 없을걸.

"너, 여자를 너무 우습게 보는 거 아니야? 어린애라고 해도 꽤 속은 복잡하다고."

전 여자를 우습게 본 적 없습니다. 오히려 전 여자가 무서워요.

"주위에 있는 분들이 다 무시무시한 분들이라서 그런 생각도 못 하겠는데요."

결국 한 번 꼬집히고 말았다.

얼얼한 팔뚝을 매만지며 나래와 함께 매장으로 돌아가 본다. 매장 안에서는 치이가 페이에게 이것저것 옷을 골라 주고 있었다. 페이는 상대가 치이라서 그런지 뭐라 제대로 글도 못 쓰고 힘들어하고 있었다. 역시 페이 잡는 건 치이구나.

"이건 어떤 거예요?"

[나, 안 어울릴 거야.]

"입어 보지 않으면 모르는 거예요. 일단 이거로 한 번 갈아입어요."

[이, 입어야 해?]

"그런 거예요."

[나 이런 옷 입는 법 몰라.]

눈에 빤히 보이는 거짓말에 치이는 페이의 손목을 잡았다.

"그러면 같이 들어가는 거예요."

[……앗. 나, 이런 거 필요 없어.]

그렇게 글 쓰면서 페이는 치이에게 질질 끌려 탈의실로 들어갔다. 너도 친구한테는 어쩔 수 없이 약해지는구나.

"너도 옷 좀 고르고 와."

저도 그렇습니다.

"저요?"

"집에 그런 옷 없잖아."

"농담이지?"

"그걸 몰라서 물어?"

나래는 남의 심장을 두근거리게 만들 만큼 귀여운 미소와 함께 혀를 내밀었다.

"안 그래도 너 옷이 별로 없잖아. 바로 밑에 네가 입을 만한 옷들 많으니까 마음대로 골라 와."

돌려 입을 정도는 있지만 지금은 나래의 호의를 받아들이기로 하자.

"그럼 잠깐 갔다 올게."

나는 나래에게 치이와 페이를 맡기고 에스컬레이터를 타고 아래로 내려갔다.

엄청나게 많은 옷들의 홍수 속에서 무엇이든 골라도 된다는 선택의 자유는 나 같은 서민적인 사람에게는 상당한 혼란을 야기했다. 마치 인터넷에서 자기가 원하는 자료를 쉽게 찾지 못하는 것과 같다고 할까. 무엇보다 꼬리표에 적혀 있는 숫자가 내 경제관념하고는 완전히 다른 것이 쉽게 옷을 고르지 못하게 만들었다. 우와, 무슨 티셔츠 하나가 이렇게 비싸? 바지는 더 이상 말할 것도 없다. 나래는 내 마음대로 고르라고 했지만 가격에 압도된 나는 나름대로 예뻐 보이는 바지와 상의를 두 벌씩만 골랐다. 제가 원래 줘도 못 먹는 소심한 사람입니다. 이대로 다시 돌아갈까 생각해 봤지만 이번이 나래하고 애들이 친해질 기회일 것 같아서 근처의 의자에 앉아서 잠시 시간을 때우기로 했다. 머리를 텅 비우고 있자니 조금 졸리기 시작한다. 평소에 신경을 너무 많이 써서 그런가? 나는 결국 깜빡 잠이 들고 말았다.

"어머, 애 좀 봐?"

잠결에 나래의 목소리가 들린다.

"아우우, 오라버니도 참. 많이 피곤하셨나 봐요."

"학교에서도 만날 자는 애가 말이야."

……요즘에는 학교에서 쉬는 시간밖에 안 잔다고.

"응. 공부 못해. 완전 못해. 에? 아니야. 그런 생각할 애였으면 옛날에 근성을 고쳐 줬지."

뭔가 무서운 이야기를 하는 것 같다. 잠이 점점 도망치는 것 같아서 나는 몸을 틀었다.

"우……."

"오라버니는 잠꾸러기인 거예요."

"깨울까?"

깨우지 마세요. 지금 이 순간, 이 기분이 낮잠의 제일가는 묘미라는 거 모릅니까.

"음. 페이도 그렇게 말하니까 안 깨울게."

나래의 작은 웃음소리가 들린다.

"그래도 성훈이가 알면 아쉬워하겠다. 자기 잠들어 있을 때 우리들이 수영복을……."

번쩍! 나는 눈을 뜨며 소리쳤다.

"수영복?!"

"꺅?"

"꺄우우?"

[?!]

없다. 안 보인다. 나래는 보이지만 수영복이 아니다. 아까와 같이 평범한 옷. 이상하다. 분명히 나래가 비키니를 입었다는 소리에 깬 것 같은데.

[""……""]

그런데 왜 여성진 세 명의 시선이 경멸하는 것같이 느껴질까. 아, 물론 그 답은 알고 있습니다. 알고 있으니까요.

"너답네."

"오라버니다운 거예요."

[그냥 변태.]

"……죄송합니다."

아직 무거운 눈을 비비고 싶지만 붙인 속눈썹과 화장이 어떻게 될까 봐 그러지도 못하는 불쌍한 저를 용서해 주세요. 나는 잠에서 완전히 깰 겸 늘어지게 기지개를 폈다. 이제 좀 살겠군. 그제야 나는 치이와 페이의 옷이 귀여운 아동복으로 변해 있다는 걸 알 수 있었다. 그 귀여운 모습에 나도 모르게 미소가 지어졌다.

"범죄자의 눈빛."

"아우우, 잡아먹히는 거예요."

두 녀석이 농담을 하며 서로를 껴안는다. 그리고 나래의 눈빛은 농담이 아니었다.

"헤에? 왜 그런 눈으로 보는 거야?"

"오해입니다."

나는 정색하며 말한 뒤 화제를 돌렸다.

"둘 다 너무 예쁘다. 아까 입었던 옷도 잘 어울렸지만 지금도 잘 어울려. 응."

순수한 내 칭찬에 치이는 양 볼을 손으로 가리며 수줍어했고 페이는 입술을 쭈욱 내밀며 글을 썼다.

[호감도 마이너스 3점.]

"어째서?!"

부당하다! 나름대로 신경 쓴 칭찬이었는데!

[남자가 아니니까.]

"내가 이 꼴이 된 게 누구 탓?"

[네 탓.]

내 탓 맞다. 나는 피식 웃었다.

저녁 식사까지 백화점에 있는 레스토랑에서 해결하고 집에 돌아오자 해가 저물어 가고 있었다. 우리를 데려다 주고 바로 집에 돌아가려는 나래에게 잠깐 안에 들어오라고 권유했지만 나래는 단칼에 거절했다.

"가서 옷 정리해야 해."

그것 참 아쉽다. 나래가 치이와 페이하고 같이 노는 꽃밭을 보고 싶었는데. 나중에 기회가 되면 나래, 랑이, 치이, 정미 누나, 페이, 바둑이가 한곳에 모여 노는 모습을 보고 싶다. 세희는 저리 가라.

"그럼 조심해서 들어가. 도착하면 문자하고."

"안 하던 말 하지 마."

"저는 걱정도 못 합니까?"

"네가? 나를?"

……예, 죄송합니다.

"아, 그리고 성훈아."

나래가 나를 손짓으로 불렀다. 나는 몸을 굽혀 나래에게 얼굴을 가까이 가져다 대었다. 뭐지? 혹시 굿바이 키스라도 해 줄 생각인가?!

"정미 언니한테 사진을 보내 주다가 들었는데……. 잠깐. 너 뭘 그렇게 실망한 표정을 짓는 거야?"

"아니요. 아무것도 아닙니다."

바랄 것을 바라자.

"그것보다 누나가 왜?"

나래는 뭔가 꺼림칙하다는 듯이 나를 보고는 한숨을 쉬었다.

"언니가 전에 했던 말 기억해? 위험한 요괴가 활동을 시작했다는 거."

아, 지리산에서 했던 그 말을 말하는 것 같다. 그때 분명히 누나가 요즘에 위험한 요괴가 다시 활동을 시작해서 시간이 없다고 말했었지.

"그게 왜? 누나한테 무슨 일이라도 생겼어?"

그렇다면 그건 전 인류적인 손실이다.

"나도 걱정돼서 물어봤는데 걱정할 건 없대. 오히려 언니는 너를 걱정했어."

"나?"

불길한 기분이 든다.

"응. 그 요괴가 강력한 결계를 치고 그 안에서 너무 조용하게 있는 게 오히려 더 불안하대. 그러니까 랑이가 돌아올 때까지는 너도 조심해."

"응."

나한테는 믿음직스러운 랑이의 이빨과 믿음이 안 가는 세희의 솥뚜껑. 그리고 생김새는 둘째 치고 위력은 확실한 웅녀의 뼈 몽둥이까지 있으니까.

"그럼 난 갈게."

유리창이 올라가고 자동차가 출발한다. 음. 역시 내일 학교에서 다시 만난다고 해도 이렇게 떠나보내는 건 아쉽구나. 나래도 우리 집에서 같이 살면 좋겠다. ……그런 쪽의 속셈은 별로 없습니다.

치이와 페이는 집에 오자마자 방에 들어가 옷을 갈아입었다. 예쁘기는 해도 자기 몸에 편한 옷을 입고 싶어서 그런 걸까. 그런 의미에서 나도 옷을 갈아입고 싶었지만,

"……이거 어떻게 벗냐?"

혼자 힘으로는 무리였다. 나는 페이의 도움을 받아서 겨우 원래의 내 모습으로 돌아갈 수 있어서 다행이었다. 잘못했으면 택배가 왔을 때 이상한 꼴로 나갈 뻔했으니까. 분명 주소는 우리 집인데 수송인은 페이인 이상한 택배 말이야.

"그건 뭐냐?"

[비밀 선물.]

페이는 소포를 내게서 빼앗아 들고 손을 스쳐 사라지게 만들었다.

"내 거냐?"

[어떻게 하면 그런 생각을 할 수 있어?]

"글쎄요."

[약?]

말 참 귀엽게 한다.

[궁금해?]

페이가 물어보기에 나는 솔직하게 대답했다.

"응."

[……나중에 알게 될 거야.]

페이는 뭔가 속 깊은 미소를 지으며 자기 방으로 들어갔다.

그날은 오랜만의 나들이가 피곤했는지 두 새끼 새들은 일찍 잠을 자러 갔다. 덕분에 나는 거실에 혼자 앉아서 생각에 전념

할 수 있었다. 나래가 전한 정미 누나의 이야기 때문이다. 단지 그것만이라면 평소와 별다를 것이 없을 것이다. 나는 랑이를 만난 그때부터 지금까지 요괴의 세상을 열고 싶어 하는 녀석들의 표적이 되어 있는 상황이니까. 지금은 좀 더 거물의 요괴가, 세희의 노림수처럼 랑이의 명령을 무시할 수 있는 녀석들이 표면에 드러난 것뿐이다. 하지만, 이 사실이 링이가 옛날부터 알고 지내던 그 요괴와 연관이 되면 이야기는 조금 다르게 흐른다. 어디까지나 내 예측이지만 정미 누나가 위험한 요괴가 활동하기 시작했다며 떠난 것은 그 요괴가 랑이를 부르기 얼마 전의 일. 랑이를 협박하며 직접 부를 정도의 요괴라면 상당히 강한 녀석일 것이다. 그렇다는 건 랑이를 부른 요괴와 정미 누나가 경고한 위험한 요괴가 같은 요괴라는 가정에 힘이 들어간다. 만약 내 가정이 사실이라면 나보다 랑이가 걱정이다. 세희는 괜찮다고 했지만 걱정이 되는 건 어쩔 수 없잖아. 그 작고 귀엽고 사랑스러운 내 랑이의 꼬리털 하나라도 건드려 봐. 내가 직접……

　젠장. 내가 할 수 있는 건 하나도 없구나. 마음속 깊은 곳에서 한숨이 나온다. 에라, 모르겠다. 자자. 나는 갈아입을 속옷을 들고 화장실로 들어갔다. 더운 여름날에 샤워를 하고 자는 건 센스다, 센스. 옷을 벗어 세탁기에 속옷을 던져 놓고 알몸이 돼서 욕조 안에 들어가 찬물을 튼다. 으, 차가워! 그래도 수돗물이라 지리산의 지하수보다는 따듯한 게 조금 씁쓸하다. 아이고, 랑이가 있는 지리산으로 돌아가고 싶어라. ……이러다가 진짜로 나중에는 지리산에서 사는 거 아니야? 나래가 밭을 갈고 랑이가 씨를 뿌리는 지리산에 어서 오세요, 도 아니고 말이야. 하하하하. 왜 내 웃음이 마른 웃음처럼 들리는 걸까. 이상한 생각을 하며 온몸에 비누칠을 한다. 그리고 그 때. 탁, 탁 하고 화장실 문이 돌아가는 소리가 들렸다. 당연히 문을 잠 갔으니까 열리지 않지. 물을 잠그고 안에 사람이 있다고 말하 려고 했지만……. 그 전에 뚜두둑, 하고 뭔가가 부러지는 소리 가 들렸다. 문고리가 부러지는 소리였다. 나는 깜짝 놀라 욕조 에 주저앉았다. 반응이 너무 여자아이 같아 미안하지만, 이럴 때 남자고 여자고 뭐가 다르겠냐?!

화장실 문을 부수고 들어온 건 페이였다. 방금 자다가 일어 났는지 검은색 베이비 돌 잠옷을 입고 부어오른 눈을 비비며,

[작은 거]

하는 글을 연기로 만든 까마귀와 함께 둥둥 띄운 채 안으로 들어온다. 작은 거? ……잠깐, 잠깐만! 이 자식아! 아무리 잠결 이라고 해도 잠긴 문을 부수고 들어왔으면 안에 사람이 있다 는 것 정도는 눈치채라고!

"야!!"

내 말은 대답 없는 메아리여라. 목청이 터져라 소리쳤지만 페이는 내 말을 못 들었는지 변기 쪽으로 걸어가서 뚜껑을 열 고 잠옷을 위로 걷어 올리며 그 안으로 손을 집어넣었다. 손이 아래로 내려가는 순간. 나는 집 안이 떠나가라 소리쳤다.

"야, 인마!!"

[응?]

이제야 눈치챘는지 페이가 눈을 깜빡이고 소리가 들린 쪽,

그러니까 내 쪽으로 시선을 돌렸다. 욕조에 주저앉아 있는 나를 본 페이의 눈이 크게 떠진다. 동시에 허벅지에서 뭔가가 흘러내려가 바닥에 툭 떨어지고 깜짝 놀라서 그런지 다리가 풀려 변기 위에 앉는다. 그리고 너무나 익숙한 소리가…… 들리기 시작하자마자 나는 잽싸게 샤워기를 틀어서 머리 위에 가져다 댔다. 쏴와아아아. 지금 내가 해 줄 수 있는 최고의 배려다. 그렇지만 잠시 후.

[!!!!!!!!!!]

나는 화장실을 가득 채운 느낌표를 두 손으로 잡은 페이에게 경쾌한 16비트 리듬으로 얻어맞고 말았다.

[변태!]

겨우 샤워를 끝내고 나온 나를 문 앞에서 기다리고 있는 것은 새빨개진 얼굴의 페이가 쓴 단어다.

"내가 요 근래에 들어서 가장 많이 들은 말, 그 두 번째 순위에 오른 말이네."

첫 번째가 뭐냐고?

[로리콘 변태!]

내가 할 말을 대신 해 줘서 고맙다.

"내가 문을 안 잠근 것도 아니잖아!"

[들어오자마자 말을 해!]

"했어!"

네가 못 들은 걸 내 탓으로 돌리기냐?

[아무리 그래도 이건……!!]

페이는 제대로 글도 쓰지 못하고 두 손으로 얼굴을 가렸다. 넌 지금 부끄러워서 죽겠냐? 난 지금 아파 죽겠다. 랑이의 이빨이 견딘 게 신기할 지경이다. 와, 이러다가 어떻게 되는 거 아니야? 그래도 페이가 이성을 잃을 정도로 당황한 건 이해가 되는 일이다. 내가 사과하고 보자.

"알았어. 내가 잘못했으니까 다시 들어가서 자라."

[나쁜 놈! 넌 이제 평생 고자!]

페이는 정말 끔찍한 글을 쓴 뒤 공중에서 잡아 던졌다. 나는 그 단어들에 이리저리 얻어맞는 것밖에 할 수 없었다.

다음 날 평소보다 이른 아침. 나는 어제의 약속 때문에 조금 일찍 일어났다. 대충 씻고 나와서 교복을 입고 집을 나선다. 아직 해가 뜬 지 얼마 되지 않아서 서늘하지만 오후에는 또 미칠 듯이 덥겠지. 왜 여름은 이렇게 더운지 모르겠다. 지구과학 시간에 잤거든. 오늘도 모카 케이크와 딸기 우유를 사 가지고 돌아가자 치이가 젖은 머리를 수건으로 말리고 있었다.

"아우우, 빵집 갔다 오신 건가요?"

"아, 응. 잘 잤어?"

"푹 잔 거예요."

"페이는?"

"지금 씻고 있는 거예요."

말하기 무섭게 페이가 잠옷을 입고서 젖은 머리를 제대로 말리지도 않고 화장실에서 나왔다. 야, 야! 바닥에 물 떨어지잖아!

[치이, 머리 말려 줘.]

"잠깐 기다리는 거예요."

마치 세희에게 머리를 말려 달라고 하는 랑이를 보는 듯하다. 물론 세희는 요술을 쓰지만.

"잘 잤냐?"

[……너하고 말 하고 싶지 않아.]

어제 일이 마음에 남아 있는 것 같다.

"빵 사 왔는데."

[그건 약속.]

나는 간식으로 사온 슈크림 빵을 꺼내 페이에게 보여 주며 말했다.

"슈크림 빵도 사 왔는데 먹을래?"

[너, 사실 좋은 사람.]

나는 슈크림 빵을 페이에게 건네주었다. 페이는 하나를 입에 넣고 녹여 먹으며 행복해하는 표정을 지었다. 먹을 거에 화가 풀어지는 아이는 참 귀엽죠. 귀여운 거하고 바닥이 물바다가 되는 건 상관없는 일이지만.

"머리 말리는 건 요술 쓰면 안 되냐?"

[그거 엄청 어려운 요술.]

"그래?"

[미묘한 물기 조절이 관건.]

……몰랐습니다. 그런데 지금 치이는 자기 머리를 말리는데도 바빠 보인다. 치이도 은근히 머리카락이 기니까. 그렇다면 치이의 자랑스러운 오라버니인 내가 나설 때지.

"치이는 바쁜 것 같으니까 내가 해 줄까?"

뭐냐. 그 음식물 쓰레기에서 새 생명이 태어난 것을 바라보는 주부의 시선은.

[네가?]

"불만이냐."

[머리 말리면서 성추행?]

"아서라. 아직 할 것도 없다."

말하고 나서 내가 말을 잘못했다는 것을 깨달았다. 나란 인간이 정말 쓰레기 같다. 다행히 페이는 내가 한 말에 함축되어 있는 뜻을 모르고 다른 말을 했다.

[나, 가슴 커.]

확실히 애들 치고는 크지.

"아우우? 오라버니에게 그런 말 하면 안 되는 거예요! 오라버니는 가슴 큰 어린애들만 보면 막 달라붙어서 더듬거리는 거예요!"

상처 받았다. 치이의 말에 극심한 충격을 받은 나는 할 말을 잃었고 그 자리를 대신해서 페이가 글을 썼다.

[새 요괴 위험. 멸종당해.]

"그게 그거하고 무슨 상관이야?"

[새 요괴는 새가슴이어서 모두 가슴이 커.]

"그걸 믿으라고 하는 말이냐?"

페이는 진지하게 자신의 말이 거짓이 아니라는 뜻을 나타내는 손짓을 하며 글을 썼다.

[진짜.]

진짜냐?!

"꺄우우! 페이! 왜 그런 걸 알려 주는 건가요?!"

……치이의 반응을 보니까 정말로 사실인 것 같다. 세상에. 랑이가 알면 부러워서 하늘을 날 연습을 할 사실이군. 새 요괴들은 새가슴이기 때문에 모두 가슴이 크다는 중요한 사실을 머릿속에 따로 입력해 둔다. 그건 그렇고 이대로 놔두다가는 거실은 둘째 치고 페이의 잠옷도 완전히 다 젖겠다. 나는 페이의 손에서 수건을 빼앗아 들고 머리카락 밑쪽에 대며 말했다.

"됐으니까 내가 말려 줄게. 치이야, 괜찮지?"

[왜 치이한테?]

"그래 주시면 고마운 거예요. 전 그럼 아침 준비를 할게요."

[치이도 나 무시?]

"아, 빵 사 온 거 식탁 위에 놔뒀다."

[나, 그냥 무시당하고 있어?]

나는 피식 웃으며 페이의 손을 잡아 소파에 앉혔다. 나도 그 옆에 앉아서 페이의 몸을 돌리고 수건으로 젖은 머리카락을 꾹꾹 눌러 준다. 머리카락이 길면 말리는 법이 따로 있다는 걸 예전에 인터넷으로 알아 둬서 다행이다. 그런 걸 왜 찾았냐고? ……나중에 랑이한테 써 보려고 찾아봤다, 왜? 그런 상관없는 이야기는 그만하고. 페이의 검은 머리카락에서 흘러내린 물에 잠옷이 젖어서 안 그래도 안이 훤히 보이는 등에 달라붙어서 없는 것이나 마찬가지로 보인다. 그래 봤자 페이. 그것도 등이니까 별 상관은 없지만.

[불끈불끈.]

미리 말해 두길 잘했지.

"뭐가?"

[젖은 내 몸을 보고 울끈불끈.]

나는 페이의 뒤통수에 아주 약하게 손가락을 튕겼다.

"어린애가 못하는 소리가 없어요."

[아동 학대.]

"어이구. 사랑의 매라고 생각해라."

페이는 잠시 동안 아무 글도 쓰지 않았다. 어떻게 하면 내게 한 방 먹일까 고민하고 있는 건가. 그렇게 어느 정도 물기가 사라지고 빗질을 해 줄 때 페이가 글을 썼다. 그 글은 평소라면 대답하기 힘든 말이었다.

[……나, 사랑해?]

"응. 사랑한다. 지금보다 조금만 더 착해지면 더 많이 사랑해 주마."

하지만 말장난 중인데 무슨 상관이냐. 하지만 말장난이라고 해도 조금 쑥스러운 건 사실이다. 페이도 내가 그렇게 말할 거라고는 생각 못 했는지 당황해서 목덜미를 붉혔다. 귀엽네, 이 녀석.

[그래서 그렇게 열심?]

"뭘 열심히 해?"

머리 말려 주는 거에 열심히 할 게 어디 있냐. 가뜩이나 페이의 머리카락은 실같이 얇으면서도 머릿결이 좋아 엉키지도 않아 말리는 게 힘들지도 않다.

[……됐어. 아니야.]

무슨 말이냐고 묻기도 전에 폐이가 벌떡 일어나서 나는 깜짝 놀라 손을 놓았다. 위험하게시리. 젖은 수건과 빗을 정리하고 있자니 폐이가 나를 내려다보며 글을 썼다.

[나, 역시 어른이 돼야겠어.]

치이의 말을 통해 그게 무슨 뜻인지 알고 있는 나는 말을 돌리기로 했다.

"그런데 넌 힘이 약해서 어른이 못 된 거냐, 정신 연령이 낮아서 못 된 거냐?"

내 질문에 폐이는 입을 삐죽 내밀고 묶지도 않은 머리카락을 재주도 좋게 일부분만 빙빙 돌렸다.

[그거 묻는 거 실례. 큰 실례!]

"……치이는 자기가 알아서 말해 주던데."

예전에 말이다. 내가 요괴의 상식에 대해 잘 모른다는 것을 이용하려고 했던 폐이는 딱 걸렸다는 듯 당황해서는 급히 글을 썼다.

[나한테는 실례! 힘이 약한 요괴에게 그런 걸 묻는 건 정말 실례!]

그랬냐? 요괴라면 그럴 수도 있겠네.

"어이쿠, 실례했습니다."

살짝 고개를 숙였다 드니 폐이의 글이 기다리고 있었다.

[화장실에서 해.]

"그 실례가 그 실례가 아니겠지."

[나이 열일곱 살에 오줌싸개.]

안 듣고 있다. 그리고 그런 말을 하면 자기 무덤을 파는 거라는 거 모르냐?

　"어젯밤에 오줌 마려워서 제대로 확인도 안 하고 들어온 녀
석이……."

　페이의 몽둥이가 춤을 췄다. 정말, 랑이의 이빨이 있어서 망
정이지.

네 번째 이야기

치이가 손수 싸 준 도시락을 받고 학교로 향했다. 가는 도중에 소나기가 오긴 했지만 준비성 철저한 내게는 우산이 있었기에 별문제 없었다. 조금 날씨가 후덥지근해지고 옷이 젖어 버린 것 빼고는 말이야. 젖어 버린 우산을 교실 뒤쪽에 펼쳐서 놓은 다음 자리에 앉아 있자니 나래에게 문자가 왔다.

[우산 안 가지고 가서 홀딱 젖었어.]

나는 반성해야 한다. 단 한 줄의 문자로 여러 가지 상상을 하고 만 내 뇌는 도대체 얼마나 썩은 걸까. 그래도 입가에 히죽히죽 미소가 지어지면서 전에 목욕할 때 본 나래의 모습이 떠오르는 건 어쩔 수 없었다. 그리고 그 때 다시 문자가 왔다.

[야한 생각하라고 문자 보낸 거 아니거든?]

귀신이냐?! 나도 나래에게 문자를 보냈다.

[야한 생각 안 했습니다.]

들리지도 않고 보이지도 않는데 거짓말하는 걸 어떻게 알겠냐.

[잡아떼도 소용없네요. 어쨌든, 교복 갈아입고 오면서 할 일
도 있어서 좀 늦을 거야. 선생님한테도 전화 드렸으니까 그렇
게 알아 둬. 치이하고 페이도 잘 대해 주고.]

치이하고 페이가 갑자기 왜 튀어나오는 거지? 나는 거기에
조금 의아해졌지만 나래에게 묻지 않았다. 나래는 상냥해서
그런 걸 테니까.

하지만 내 생각을 틀렸다. 그걸 안 것은 선생님이 반 안에 들
어와서 A4용지에 적힌 뭔가를 읽고 나서였다.

"오늘은 전학생이 두 명 있다. 한 명은 저 녀석의 사촌 동생
인데 공부를 잘해서 고등학교로 편입하기로 한 뒤, 이사장님
께 부탁해서 고등학교에 익숙해지기 위해 보충 수업을 같이
듣고 싶다고 지원했다……고 적혀 있다."

선생님의 손가락이 날 가리켰다. 주위를 둘러보았지만 선생
님은 눈빛으로 나를 계속해서 지목하며 말했다.

"강성훈. 어딜 보냐?"

"저요?"

"그래, 너."

나는 등골이 오싹해졌다. 사, 사, 사, 사촌 동생? 그 녀석들
이 찾아왔다는 거야?! 아니, 왜 그 애들이 우리 학교에 와? 이
모가 더 이상은 관리가 힘들다고 우리 집에 보냈나? 그럴 리가
없는데? 어머니라도 있으시면 모를까 우리 집 사정을 훤히 아
시는 이모가 그 말괄량이들을 우리 집에 보낼 리가 없다. 하지
만 아무리 생각해 봐도 답은 나오지 않는다. 그렇다면……. 그

래. 내가 잘못 들었겠지. 나는 현실 도피를 하고 말았다.

"그리고 또 한 명은 저쪽 유럽에서 유명한 사장님 딸이라는데 저 녀석 사촌 동생하고 펜팔을 통해 친해져서 한국에 놀러왔고, 친한 친구가 학교에 갈 거라는 말에 한국 교육에 대한 깊은 감회를 받아 한동안 보충 수업이라도 같이 듣고 싶어서 왔다고 한다. ……말이 안 된다는 거 아니까 너무 그러지 마라. 내가 지금 여기 적혀 있는 내용 읽는 거 안 보이냐."

나는 뭔가 내 생각과 다르다는 것을 깨달았다. 그 녀석들이 한국어 말고 다른 나라 말을 할 수 있을 리가 없으니까. 그렇다면 누구지? 내 생각이 꼬리에 꼬리를 무는 동안 선생님은 피곤하다는 듯 한숨을 쉬며 종이를 내려놓았다.

"뭐, 사정 설명은 됐고. 야, 들어와라."

그 말과 함께 문이 열리며 한 명의 여자아이가 들어왔다. 그와 동시에 선생님이 사촌 동생이라고 말한 애가 누구인지도 자연스럽게 알게 되었고. 누가 들어왔냐고? 놀라지 마라. 그리고 오해하지도 마라. 학교에는 어울리지 않는 드레스라는 옷을 입고 온 소녀, 나와 비슷한 또래로 보일 정도로 성장한 페이였다. 눈을 비벼 보고 깜빡여 보고 지그시 눌러 봐도 선생님 옆에 서 있는 녀석이 페이라는 건 달라지지 않았다. 어렸을 때의 모습이 남아 있기는 하지만 한층 더 여성스러운 매력이 듬뿍 묻어나는 고혹적인 미소를 짓고 색의 차이 때문인지 장난 아니게 두드러지게 보이는 가슴까지. 나는 할 말을 잃었고 그런 사이에서도 페이는 자기소개를 시작했다.

"나, 페이."

그건 처음 듣는 목소리였다. 조금은 허스키하지만 예쁜 목
소리다. 도대체 왜 저런 목소리를 가지고 있으면서도 지금까
지 말을 하지 않았는지 이해 못 할 정도로 말이야.

"잘 부탁."

고개만 까닥 숙이지만 그 특이한 분위기에 어느 누구도 트
집을 잡을 수 없었다. 단 한 명만 제외하면 다들 그렇게 생각
하고 있겠지. '뭐야, 저 녀석.' 그리고 그 한 명인 나는 의자에
서 벌떡 일어나 교탁으로 가 페이의 손목을 잡으며 선생님께
말씀드렸다.

"선생님. 죄송하지만 제가 페이하고 할 이야기가 있어서 잠
깐 나가 보겠습니다."

"허. 이 녀석 봐라?"

선생님이 황당해하는 표정과 반 아이들이 터트린 야유와 함
성에 신경 쓰지 않으며 페이를 데리고 밖으로 나간다. 어디로
갈까. 아, 맞다. 전에 세현이한테 뺏은 옥상 열쇠가 있었지. 옥
상으로 가자.

"손목."

"따라와, 이놈아."

"나 놈 아니야."

"그 반대 단어는 욕같이 들려서 일부러 놈이라고 말한 거다."

"남녀 차별."

"나한테 따지지 마!"

조금 언성이 높아져서 그런지 페이가 움찔하고는 기가 죽었
다. 아, 이런. 또 실수했다. 아무리 화가 나더라도 애들 앞에서

감정을 그대로 드러내는 건……. 아니, 페이는 지금 애가 아니잖아?! 그런 얼빠진 생각을 하며 잠긴 옥상 문을 열고 위로 올라갔다. 페이는 주위에 아무도 없자 말이 아닌 글로 이야기를 꺼냈다.

[중요한 첫 인상. 너 때문에 망침.]

"걱정 마라. 드레스를 입고 온 시점에서 이미 여러 가지로 괴팍한 인상으로 남게 될 테니까."

[집에 교복 없어. 무능력.]

"여자 교복이 우리 집에 있을 리 없잖아."

[나래 언니가 벗어 두고 간 교복.]

"그런 거 없다."

[네가 훔친 나래 언니 교복.]

"내가 범죄자냐?!"

아니, 지금 이런 소리나 할 때가 아니잖아!

페이가 어른이 되었다. 그것뿐만이 아니라 혼자서 밖으로 나왔다. 이건 충격적인 일이다. 나는 도대체 어제 왜 여장을!! 이 아니라!

"너 어떻게 어른이 된 거야?"

[어젯밤, 뜨거웠어.]

나는 주머니에서 웅녀의 뼈 몽둥이를 꺼내 야구 방망이만큼 크게 만든 다음에 내 감정을 숨기지 않고 목소리에 담았다. 그건 내가 듣기에도 노기가 충만했다.

"누구냐, 그 개자식은."

페이는 충격적인 사실을 전했다.

[너.]

나란다. 범인이 나란다. 무슨 그런 말도 안 되는……. 잠깐. 이 글을 믿을 사람은 없겠지? 페이의 농담에 머리끝까지 치밀어 올랐던 화가 조금은 가라앉았다. 생각해 보면 내가 집에 나올 때까지만 해도 어린애였잖아.

"농담하지 말고."

[너무 진지해서 놀리지도 못함.]

"그러면 안 그러겠냐?! 네가 무슨 일을 당했는지 모르는데!!"

페이는 얼굴을 붉히며 손을 스쳐 검은색 부적을 꺼내 손가락으로 집어 내게 보여 주었다.

[사실, 이거.]

"그게 뭔데?"

[어른이 되는 부적.]

나는 깜짝 놀랐다.

"그런 것도 파냐?!"

[비매품. 그래서 비싸.]

"그러면 그거로 모습이 변한 거야?"

페이는 고개를 끄덕였다. 화가 풀리는 동시에 긴장도 풀려서 나도 모르게 몸이 스르르 무너질 뻔했다. 아, 젠장. 걱정해서 손해 봤네. 부적이라는 말에 뭔가가 생각나려고 했지만 떠오르지 않는 나는 뇌가 근질거리는 느낌이 싫어 고개를 저어 버리고 웅녀의 뼈 몽둥이를 작게 만들어서 주머니 속에 집어 넣었다.

"애 떨어지는 줄 알았다, 자식아. 그런 건 바로바로 말하란 말이야."

[떨어질 애 없어.]

네가 옥상에서 떨어질 수도 있다.

"그런 건 또 어디서 구한 거야?"

[어제 소포로 온 거.]

"그게 그거였냐?!"

[사이트 가입 축하한다고 운영자가 선물로 보내 준 거.]

"비싸다며?"

[이건 충전용이라 더 비싸.]

부적이 충전이 되다니, 그 무슨 하이테크놀로지냐.

"그런 거 받아도 돼?"

[괜찮아. 운영자가 만드니까.]

"……뭐하는 사람이냐."

[사람 아니야.]

"뭐하는 요괴냐?"

[무서운 분. 왕 같은 분. 그래서 조심해야 하는 분.]

페이는 떠올리는 것만으로도 몸을 부들부들 떨었다. 도대체 무슨 요괴이기에 여기에도 없는데 페이가 이렇게 겁을 먹는 건지 모르겠다. 나도 그렇게 무서운 귀신 녀석은 알고 있지만.

"그러면 됐다."

나는 깊이 파고들어 가지 않기 위해 말을 돌렸다.

"그런데 혹시 그 부적, 나중에 빌릴 수 없냐?"

[?]

페이가 머리 위에 물음표를 띄웠다.

"치이한테 한 번만 써 보게."

페이의 기분을 풀어 주려고 농담으로 한 말이었는데 눈이 반쯤 달이 돼서 나를 노려본다. 농담인 게 당연하잖아. 진심이었다면 랑이의 이름을 언급했다.

"그런 눈으로 보지 마라. 농담이었다."

[치이, 어른 되면 예뻐?]

"예쁜 것도 있는데 치이가 치마를 입잖아. 어른이 되면 사이즈가 안 맞아서 치마가 틀……."

아차! 페이가 씨익 하고 사악한 미소를 짓는다. 내가 지금 무슨 말을 한 거지.

[그것도 농담?]

"……반쯤은."

[나머지 반은 진담. 변태. 야해.]

어떻게 그 자식은 이런 말을 들어도 '남자가 변태인 게 뭐가 나빠!' 같은 헛소리를 지껄일 수 있는지 궁금하다.

[나중에 빌려 줄게.]

기대됩니다!

"아, 그런데 치이는 집에 있어?"

[?]

페이는 물음표를 만들어 볼을 긁적이며 글을 썼다.

[학교 올 건데?]

"에?"

[치이도 학교 같이 다닌다고 했어. 설정상 네 사촌 동생.]

아, 맞다. 페이가 학교에 왔다는 사실에 너무 깜짝 놀라서 까먹고 있었다. 선생님은 전학생이 두 명이라고 했었다. 이제 야 이해가 된다. 나래가 말한 치이와 페이를 부탁한다는 말은 그런 뜻이었구나.

"그런데 왜 같이 안 왔냐?"

[나래 언니하고 같이 서류 작업 중.]

"그러면 학교는 혼자 온 거야?"

페이는 고개를 끄덕였다.

"왜?"

[혼자 와야 했으니까.]

혼자서 밖에 나가기 위해 노력한 것 같다. 나는 그런 페이가 대견해서 머리를 쓰다듬어 주었다.

[약 먹었어?]

"칭찬이다, 이놈아."

어제만 해도 밖에 나가는 데 그 고생을 한 녀석이 오늘은 혼 자서 왔다. 하루 만에 급작스럽게 변했다는 게 마음에 걸리기 는 하지만 칭찬해 줄 일이다.

[칭찬?]

"그래."

하지만 페이는 그다지 마음에 들지 않는 눈치다. 아마도 부 적이라는 것에 의존한 것이 마음에 안 드는 게 아닐까? 하지만 내 생각은 다르다. 요력을 보충해 주는 약이라고 해도 마음가 짐까지 어떻게 해 줄 수 있는 건 아니다. 어른이 된다고 해서 마음속까지 어른이 되는 건 아니니까. 다시 말해, 페이는 부적이라는 것의 도움을 받아 자기 혼자의 힘으로 집 밖으로 혼자서 나온 것이다. 이건 칭찬해 줘야 하는 일이고, 칭찬받는 걸 순수하게 기뻐해도 될 일이다.

하지만 나는 생각을 잘못하고 있었다.

[하지만 난 결국 어린애. 이 부적도 언젠가는 화르륵.]

"그건 뭐 어쩔 수 없지."

충전지도 쓰다 보면 버려야 할 때가 오는 법인데 부적이라도 안 그렇겠냐.

[그래서 부탁.]

위험해. 이야기의 흐름 때문에 난 페이가 무슨 글을 쓰려고 하는지 알 수 있었다. 그래서 말을 돌리기 위해 입을 열었지만 페이가 만든 X자 반창고가 내 입에 붙는 것이 빨랐다.

[네가 알고 있는 걸 알고 있어.]

의문형이 아니라 확정이었다.

[치이, 착한 아이. 나 걱정하는 만큼 너도 걱정해. 그러니까 알려 줬을 거야.]

오랜 친구는 말을 하지 않아도 통하는 것이 있는 법이다. 나는 입에 붙은 반창고를 떼서 다시 연기로 되돌리며 페이에게 말했다.

"그래. 알고 있다. 까마귀 요괴는 편법으로 어른이 되는 방법이 있다는 걸."

페이는 살짝 볼을 붉혔다.

[그러면 상냥하게 해 줘.]

실체는 어떻든 외관상으로는 내 나이 또래 여자아이가 그런 말을 하며 고개를 살짝 숙이는 건 내게는 너무 강한 일이었다. 그래서 나는 일부러 농담 섞인 말을 했다.

"중간 단계 세 개는 뛰어넘었다."

[뭔데?]

"그걸 왜 내가 말해야 하냐."

어떻게 말은 잘 돌린 것 같다. 이 틈에 확실하게 하자.

"어쨌든 그렇게 조급하게 굴 것 없이 부적이 있는 동안 조금씩 노력하면……."

페이의 글이 내 말을 끊었다.

[아이였을 때는 아무리 노력해도 안 됐던 일이야. 하지만 어른이 되니까 한 번에 가능.]

페이는 그렇게 생각하는 것 같다. 하지만 나는 페이가 지금까지 노력해 왔던 일들이 어른이 되었다는 계기로 꽃을 피웠다고 생각한다.

[그러니까 부적이 있는 동안에 어른의 몸으로 네게 안기고 싶어. 아이일 때는 많이 아프고 힘들 테니까.]

야. 야, 인마! 수위가 너무 높잖아! 그 무슨 현실적인 이야기냐. 하지만 난 페이에게 농담을 할 수 없었다. 내 대답을 기다리고 있는 페이의 주먹이 꽉 쥐어져 있고 심지어 부들부들 떨리고 있었으니까. 그것뿐만 아니라 양 갈래 머리도 지금 당장이라도 움직일 것같이 덜덜 떨리고 있었다. 그걸 참을 정도로 진심이라는 말이다. 페이가 짧은 생각을 통해 내게 그런 말을 한 게 아니라는 것을 깨달은 나는 진지하게 물어보았다.

"왜 그렇게까지 어른이 되고 싶은 거냐."

[난 어른이 되어야 하니까.]

페이의 글이 굵어졌다. 페이가 진지하게 나를 대하고 있다는 사실을 깨달은 나도 진지하게 받아 주기로 했다.

"어른이 되면 알아서 바뀔 것 같아서 그러냐?"

페이는 조금 놀란 듯 보였다. 하지만 이내 냉정을 되찾고 글을 썼다.

[알고 있었어?]

"널 계속 보고 있었으니까."

그 말에 페이는 더 이상 참지 못하고 양 갈래 머리를 한 바퀴 돌리며 얼굴을 붉혔다.

[응. 봐. 아이였을 때는 꿈도 못 꾼 일이 어른이 되니까 가능해. 내가 싫어하는 목소리로 말하기도 했어.]

페이는 행복해하는 표정을 지었다.

[다른 사람들 앞에서도 당당히 나설 수 있었어. 어른이 되니까 변한 거야.]

그 글에, 나는 옛날이야기가 떠올랐다.

[너도 본 것같이 어른이 되자 모든 게 변한 거야.]

인간이 되어 사랑을 하고 싶어 하는 호랑이가 있었다. 사랑이 무엇인지도 모르고 단지 그것이 즐겁고 재미있고 행복해지는 것이라 생각하고 무작정 사랑하고 싶어 하던 호랑이가 있었다.

[하지만 부적에는 한계가 있어. 무한하지 않아. 구하기도 힘들어.]

그래서 나는 시선을 피할 수 없었다. 페이가, 랑이로 보인다. 나를 만나기 전의 외로워하던, 슬퍼하던 랑이로 보인다.

[나는 이제 전의 모습으로 돌아가기 싫어.]

폐이가 내 손을 잡았다.

[치이도 기뻐했는걸. 내가 혼자서 너를 찾아간다고 하니까 기뻐서 울기까지 했어. 치이도 바라고 있었어. 내가 변하는 걸.]

치이의 글에는 가장 중요한 것이 빠져 있었다. 그래서 나는 물었다.

"이유는 알겠어. 하지만 이런 방식을 써 가면서 갑자기 변할 필요는 없잖아. 조금 더……."

[필요 있어.]

나는 깨달았다.

[나는 지금 당장 변해야 해. 최대한 빨리. 나중이 되면 늦어.]

내가 잘못 생각하고 있었다는 것을. 변하고 싶어서 변한다. 폐이에게는 그런 간단한 문제가 아니었던 것이다. 그렇기에 계속해서 반복된 의혹이 들었던 것이다. 폐이는 자신의 의지로 성격을 고치려고 한 것이 아니었다. 그 충격에 나는 꿀 먹은 벙어리처럼 아무 말도 하지 못하게 되었다.

[그 이유……. 너한테만은 알려 줄게. 서로를 알고 있는 상황에서…… 하고 싶으니까.]

폐이는 내 침묵에 손을 겹치듯 스쳐서 흰색 도화지를 꺼내 들더니 허공에 띄워 놓고 그 위에 검은 연기로 산과 해를 그리며 허공에 글을 썼다. 그건 어린 시절 읽었던 그림책과 같았다.

[옛날 옛적에. 까마귀 한 마리가 살고 있었습니다.]

나는 얼이 빠진 상태로 눈만 깜빡였다. 페이는 시청자이며 독자인 내 반응은 모른다는 듯이 이야기를 계속해 나갔다.

연기가 흐트러지고 산속에 있는 작은 마을이 그려진다.

[힘이 약한 까마귀는 같은 처지인 다른 아이들과 같이 살아 갔습니다.]

어린아이들이 손을 잡고 행복하게 웃고 있는 모습이 그려 진다.

[자기 또래의 아이들과 까마귀는 친구가 되어 즐겁게 놀았 습니다. 아이들은 소극적인 성격 탓에 작은 목소리로 이야기 하는 까마귀를 이상하게 생각했지만 곧 다른 아이들과 똑같이 대해 줬죠.]

그림이 커진다. 지금과 다르지 않은 옷을 입고 있는 페이가 다른 아이들의 손을 잡고 밝고 행복하게 웃고 있는 그림. 페이 의 한쪽 손을 잡고 있는 아이는 내가 알고 있는 요괴였다. 치이 다. 반대쪽 아이는 웃고 있는 가면을 쓰고 있었다. 아니, 치이 와 페이를 제외한 모든 아이들이 웃고 있는 가면을 쓰고 있다.

그림이 빙그르르 돈다. 손을 잡고 있는 아이들이 원을 그린다.

[까마귀는 생각했어요. 이 아이들은 자신의 친구들이라고. 우정 놀이에 빠져든 페이는 친구들과 허물없이 즐거운 나날을 보냈답니다.]

그림이 계속해서 바뀐다. 하늘을 날아다니는 모습, 숨바꼭 질을 하는 모습, 물놀이를 하는 모습, 원두막에서 모기장을 치 고 잠든 모습, 눈썰매를 타는 모습. 그 모든 것이 바로 어제 있 었던 일을 기억해 나가는 듯 선명하게 그려져 나간다.

[즐거웠습니다.]

갑자기 그림이 소용돌이처럼 휘몰아친다. 수많은 원을 그리던 연기는 한순간에 사라지고 흰 도화지만이 남았다.

[그러던 어느 날이었죠. 친구들 중 하나가 갑자기 이야기를 꺼냈습니다.]

가면을 쓴 아이가 도화지 한가운데 그려진다. 그 아이는 흑백의 그림 안에서도 한눈에 알아볼 수 있을 정도로 화려하고 예쁜 옷을 입고 있었다. 교만한 미소를 짓고 있는 가면을 쓴 그 아이의 옆에 글이 써진다.

내 옷 예쁘지?

페이가 손으로 도화지를 한 번 훑자 그림이 변한다. 성난 가면을 쓴 아이들이 그 아이를 둘러싸고 있었다.

별로야. 우리 집에는 더 예쁜 옷도 있는걸. 내 옷이 가장 예뻐!

수많은 말이 도화지를 가득 채운다. 흰색 도화지는 마침내 검게 변했고 그 가장자리에 곤란해하는 페이가 흰색 선으로 그려진다.

[까마귀는 친구들을 말리고 싶었습니다.]

도화지 속의 페이가 손을 내밀고 검은 연기가 사라지며 흰색으로 글이 쓰인다.

우리 그러지 말고 다른 거 하고 놀자.

[하지만.]

백사장에 쓴 글이 파도에 사라지듯이 도화지가 새하얗게 변해 갔다.

[가장 친한 친구였던 치이조차 사냥을 하러 며칠 동안 마을

을 비웠기에 흥분한 아이들은 까마귀의 글에 관심을 가지지 않았습니다. 까마귀는 자신이 목소리를 낼 수 없다는 사실이 원망스러웠죠.]

아무것도 그려지지 않은 도화지에 광기 서린 글이 써진다.

그러면 내일 자기가 가장 예쁘다고 생각하는 옷을 입고 오면 어때?

[아이들은 그 말에 찬성했습니다. 내일 가장 예쁜 차림으로 나오기로.]

커다란 집이 그려진다. 집의 문이 열리고 마당을 지나고 마루를 지나 방문이 열리고 방 안에서 무릎을 끌어안고 고민하는 페이가 그려진다.

[까마귀는 고민했습니다. 친구들이 정한 약속이니까 자신도 가장 예쁜 옷을 입고 가야 했으니까요.]

페이가 일어나서 옷장의 문을 연다. 그 안에 있는 것은 모두 같은 옷이었다.

[하지만 까마귀에게 예쁜 옷은 없었습니다. 평소 자신에게 그런 옷들은 어울리지 않는다고 생각했으니까요. 하지만 약속은 약속. 평소와 같은 옷을 입으면 친구들이 화를 낼 거라고 생각했습니다.]

화난 가면을 쓴 아이들이 페이를 둘러싼다. 페이가 고개를 흔들며 일어선다.

예쁜 옷을 입어야 돼.

[하지만 까마귀는 어떤 옷을 입어야 할지 몰랐습니다. 그래서 친구들이 평소에 입고 다니던 예쁜 옷을 기억해 낸 뒤, 그

것을 똑같이 입기로 했죠.]

……잠깐만. 조금 다르긴 하지만 이건 그거잖아? 나는 깜짝 놀라서 페이를 바라보았지만, 이야기 속의 주인공은 담담하게 그림 동화를 계속해 나갔다.

[평소 자신이 보기에 예뻐 보이던 친구들의 모자, 옷, 신발, 장신구들. 까마귀의 집은 부자였기에 그리 힘든 일이 아니었습니다.]

화려하게 치장한 까마귀가 웃었다.

이 정도면 애들도 괜찮다고 하겠지?

[그리고 다음 날.]

공터 한가운데에 페이가 서 있었다. 반짝반짝 빛나는 페이를 부러움의 가면을 쓴 아이들이 바라보고 있다.

[약속대로 까마귀는 친구들과 만나러 갔습니다. 그런데 웬일일까요? 아이들은 까마귀를 보고 부러워했습니다. 까마귀가 가장 예쁜 옷을 입고 있었으니까요.]

페이가 난처해하면서도 미소 짓는다.

[사실 까마귀는 그런 것 따위는 신경 쓰지 않았습니다. 그저 평소처럼 친구들과 놀고 싶은 생각뿐이었으니까요.]

도화지 한편을 가득 채운 커다란 손이 그려진다.

[하지만.]

그 손이 페이를 손가락질한다.

어? 저거 내가 입던 옷인데?

도화지가 다시 검게 물든다. 검게 물든 도화지에 당황하는 페이가 하얗게 그려지고, 그 주위에 무수히 많은 손이 나타난다.

모두 페이에게 손가락질을 하고 있다. 손가락은 글로 변했다.

저건 내 건데? 저 모자 내 거야! 저 신발 우리 집에 있어.

하얀 글자가 도화지를 가득 채우고 도화지가 다시 새하얗게 변한다. 그 위에 그려진 것은 찢겨지고, 해지고, 엉망이 된 옷차림으로 주저앉아서 눈가를 훔치고 있는 페이였다. 페이의 뒤에 한 아이가 나타났다. 그 아이는 희극스럽게 휘어진 눈매와 양쪽 입꼬리가 귀까지 걸린 가면을 쓰고 있었다.

그게 가장 예쁜 옷이야?

웃음이 가득 찬다. 그 가운데 다른 것보다 선명하고 두꺼운 글이 써진다.

잘 어울린다.

페이가 고개를 든다.

너 같은 도둑한테는 정말 잘 어울려.

차마 입에 담을 수 없는, 담고 싶지 않은 글들이 페이의 몸을 꿰뚫는다.

[한순간이었습니다.]

고개를 숙이고 오는 페이의 주위를 둘러싼다. 웃는 가면을 쓴 아이들이 페이를 조롱한다. 그럴수록 페이는 점점 작아져 갔다. 아니, 아이들은 점점 커져 갔다. 그리고 도화지에 수많은 선이 그려진다.

[친구라고 생각한 아이들이 까마귀를 놀림감으로 삼는 데 걸린 시간은 정말 한순간이었습니다.]

모든 것이 무너져 내리고 하얀 도화지만이 남았다.

[호의로 이루어진 관계를 너무 믿었던 까마귀는 자신의 어

리석음에 분해서 울었습니다.]

눈물이 떨어진다. 밑에서 올려다보는 페이는 비참하게 울고 있었다. 흙을 움켜쥐고 고개를 숙인 채 아무도 없는 공터에서 혼자 외롭게 울었다.

[내 이야기는 이게 끝.]

나는 아무 말도 할 수 없었다. 이것이 사실이라면 나는 페이에게 너무나 잔인한 일을 한 것이 된다. 페이를 만나고 나서 지금까지 계속해서. 비록 모르고 했던 일이라고 해도 그 사실은 변하지 않는다.

[괜찮아. 넌 날 몰랐고 네 진심은 그게 아니었으니까.]

위로받았다. 위로받아야 할 아이에게 도리어 위로받았다. 가슴이 먹먹해지는 가운데에서 페이는 글을 썼다.

[하지만 난 그날부터 진심을 보이지 않는 다른 사람하고 말하는 것 자체가 싫어졌어. 글은 진심을 숨기기 좋으니까.]

페이는 담담하게 글을 적어 갔다.

[난 아무도 믿지 않아. 내가 믿을 수 있는 건 치이뿐. 치이만이 내가 믿을 수 있는 유일한 아이.]

알 수 있었다.

[그런데 치이가 변했어. 나를 놔두고 혼자만 변했어.]

페이가 어째서 변하고 싶었는지,

[무서워. 두려워. 치이가 점점 변해 가는 게 무서워. 언젠가는 날 완전히 떠날 것 같아서 무서웠어.]

좀 더 솔직해지고 사람을 믿고 의지하게 된 치이. 정말로 강한 아이가 된 치이. 그런 치이를 보며 페이는 무슨 생각을 했을까. 자신에게 그 누구보다도 소중하고 소중한 아이가 변한다.

"치이도 변할 것 같아서……."

[틀려.]

페이는 내 생각을 부정했다.

[치이는 그런 아이가 아니야.]

그래. 치이는 착한 아이다. 강한 아이다. 페이에게 못된 짓을 할 수 있는 아이가 아니다.

"난 단지……. 치이가 언제까지나 나를 좋아할 수 있도록, 나와 같이 있고 싶도록 변하고 싶었던 거야."

[성장하지 않는 나를 보고 실망할 것이 무서웠어. 그래서 내게는 이런 방법밖에 남아 있지 않았어.]

그 말을 듣고 글을 보는 순간 눈물이 흘러내렸다. 아니기를 바랐던 것이 사실이라는 선고에 눈시울이 뜨거워졌다. 나는 잘못 생각하고 있었던 거다. 페이는 변하고 싶어서 변한 것이 아니다. 바뀌고 싶어서 바뀌고 싶은 것이 아니다. 지금 자신이 있는 곳이 싫어서 일어나 걸은 것이 아니라, 앞서 걷기 시작한 치이를 보고 두려움에 빠져 억지로 일어나 절룩거리며 걸었던 것이다. 그 상처투성이 몸으로. 아직 아물지 않은 마음의 상처를 끌어안고.

내 행동 하나, 하나가 페이에게 상처로 와 닿았을 거라는 사실에 나는 눈물을 감출 수 없었다. 그래서 페이는 소극적으로 행동했구나. 요괴넷을 통해서 친구를 사귀려 했다. 밖에 나가고 싶어 하지 않았다. 나래와 친하게 지내려고 하지 않았다. 자신이 좋아하는 게임을 같이 하기를 바랐다. 식생활 같은 사소한 일도 바꾸기를 싫어했다. 집 안의 분위기를 자신이 원하던 모습으로 바꾸려고 했다. 옷차림을 바꾸고 싶지 않아 했다.

그 모든 것을 나는 두 눈으로 보았다. 그리고 아무것도 보지 않았다.

두 번째다.

좀 더 생각만 하고 주위를 살폈다면 눈치챌 수 있었던 일이다. 하지만 나는 겉으로 드러난 모습만으로 모든 것을 판단했다. 내 실수다. 또 한 번의 실수. 다시는 이런 일이 없도록 랑이 때도, 치이 때도 후회하고 후회했다. 그리고 이번에도 나는 똑같은 실수를 저질렀다. 그 사실에, 발전 없는 내 모습에 내 마음이 죽어 버린 것 같았다.

[울지 마. 네 잘못 아니야.]

페이가 나를 밀어 옥상 바닥에 앉히고 그 위에 걸터앉았다. 드레스의 하얀 부분에 내 눈물 자국이 묻는다. 페이는 나를 끌어안은 채 말했다.

"미안, 나 때문에 아프게 해서 미안."

아픈 건 너다. 나는 말하고 싶었다.

"하지만 아픈 건 잠시. 금방 기분 좋아져."

그거야말로 네 이야기라고 말하고 싶었다. 이대로 가만히 있으면 페이에게 범해진다. 하지만……. 나는 페이를 말리고 싶은 마음이 들지 않았다. 페이가 이렇게 된 건 내 탓이기도 하니까. 그러니까 그 책임을 져야 한다. 이렇게라도 책임을 져야 한다.

그 때. 그저 모든 일이 흘러가기만을 기다리고 있기로 한 내게 나래의 말이 떠올랐다.

"성훈아. 실수는 누구나 하는 거야. 나도 종종 실수를 하는걸. 중요한 건 실수를 한 뒤 어떻게 행동하는지인 거야. 알겠지?"

나는 나래에게 어떻게 대답했지? 그래. 고개를 끄덕였다. 알겠다고 대답했다. 맞아. 일이 이렇게 된 건 내 실수다. 내가 괜한 오지랖만 부리지 않았다면 이렇게까지 일이 될 리는 없었을 테니까. 그러니까 책임을 져야 한다. 하지만 말이야.

이게 정말로 책임을 지는 것일까? 책임을 회피하는 게 아닐까? 편한 방법으로 도망가는 것 아닐까? 그런 생각이 조금이라도 없다고 할 수 있나?

없다.

이런 방법으로 페이가 어른이 된다고 해서 달라지는 건 없다. 변하는 건 없다. 바뀌는 건 없다. 페이는 지금과 똑같은 상처를 가진 어른이 되어 살아간다. 그래. 아주 잠깐은 어른이 되었으니까 모든 것이 변했다는 착각을 하면서 달라진 모습을 보일 수도 있겠지. 그게 얼마나 갈까? 한 달? 일 년? 백 년? 요괴의 긴 수명, 나로서는 그 끝을 알 수 없는 삶에서 그것의 비중은 얼마나 될까. 그리고 그 남겨진 시간은? 그렇게 페이에 대한 책임을 회피하고 말 거냐? 그렇다면 나는 인간쓰레기다. 인간 말종이다. 목 위에 달려 있는 건 생명 유지 장치다.

그리고 그 무엇보다 **나는 바람을 피우면 안 된다.**

미안, 미안해요. 이런 상황에서 이런 말을 해서, 분위기를 못 읽어서 정말 미안해요. 하지만 나에게는 나보다 소중한 사람과 요괴가 있다. 그리고 공교롭게도 그 둘은 내가 바람을 피우는 걸 죽는 것보다 싫어한다. 나래야 더 이상 말이 필요 없고, 랑이도 마지막에 헤어지면서 한 말이 바람피우지 말라는 거였잖아.

그렇다고 책임을 피하겠다는 뜻은 아니다. 페이에 대한 책임은 내가 지어야 한다. 하지만 그 방법이 이런 건 아니다. 그렇다면 무슨 방법이 있을까?

방법은 알고 있다. 이미 알고 있었던 일이다. 나를 변하게 만들어 주신 이모, 치이를 변하게 만들었던 나. 그때처럼 조금씩, 느리게 자신을 바꿔 가는 것이 가장 좋다. 하지만 지금의 **페이에게 그런 말이 마음에 닿을까?** 나는 그렇게 생각하지 않는다. 그건 결국 지금의 페이는 잘못되었다고, 결국은 올바르게 변해야 한다는 말이다. 그렇기에 페이에게 그런 말을 할 수 없다. 해서는 안 된다. 그렇다면 내가 할 말은 그것밖에 없다.

나는 내 벨트로 내려가는 페이의 손을 잡아 위로 올렸다. 페이가 조금 놀란 듯 눈을 동그랗게 뜨며 나를 바라본다.

[攻?]

무슨 한자인지는 모르겠지만 좋은 뜻은 아닌 것 같다.

"이건 아니야."

[무슨 뜻?]

"내가 잘못했어. 그건 알아. 하지만 이런 식으로 책임지고 싶지는 않아."

페이는 양 갈래 머리를 빙빙 돌리며 말했다.

[……그렇게 생각하고 있었어? 그거 착각. 넌 잘못 없어. 괜찮아]

미안하다. 내가 워낙 바보짓을 많이 해서 그런 생각은 들지 않는다. 내가 좀 더 너를 생각하고 이해하려고 애썼다면 네가 내게서 상처받을 일은 생기지 않았을 테니까.

"아니, 이건 내 잘못이다."

나는 페이의 등에 손을 둘러 껴안았다. 이제야 가슴팍에 느껴지는 페이의 풍만한 가슴을 느낄 수 있었다. 솔직하게 말해서 기분 좋다.

"그러니까 내가 책임져 주마."

"그러면 가만히 있어. 어차피 동정이니까 금방 끝."

이런 상황에서도 아무렇지 않게 농담을 하는구나, 너. 그렇다면 나도 약간은 받아 주마.

"하지만 횟수는 많지."

"변태, 치한, 에로, 죽어."

뭔가요. 네가 말한 남녀평등은 도대체 어디로 간 거냐. 나는 피식 웃음이 나왔다. 여유를 많이 되찾은 것 같다. 그 여유의 일부분을 페이의 머리를 쓰다듬는 것에 쓴다.

"페이야."

페이가 어떤 말을 하거나 글을 쓰기 전에 말했다.

"넌 그대로 있어도 돼."

어떤 일을 계기로 삼아 목표를 삼아 노력하는 것은 좋다. 하지만 이건 아니잖아? 페이가 어른이 되고 싶어 하는 이유도, 방법도 모두 말이 안 된다. 무엇보다 페이가 진심으로 원한 것은 이게 아니라는 거다.

페이가 원하는 건 단순하다. 치이가 지금까지처럼 자신의 곁에 있어 주면 좋겠다. 그것을 위해서 변하고 싶어졌고 어른이 되고 싶고 이런 짓까지 하고 싶어 한다. 그런데 이거 웃기지 않냐?

400년 동안 부모님의 병수발을 들고 자기 목숨조차 초개같이 버리려고 했던 **그 치이가** 페이가 조금 제멋대로라고 실망을 해? 그리고 버려?

이렇게 들으니까 말도 안 되는 것 같지? 그래. 지금 이 소동은 처음부터 말도 안 되는 이유로 일어난 것이다. 평범한 입장에서 보면 이해가 안 되는 일이지. 나도 페이의 마음이 아직 아프다는 것을 몰랐다면 그 무슨 말도 안 되는 이야기냐고 화를 냈을 거다. 하지만 페이는 그때의 일을 바로 어제 있었던 일처럼 선명하게 기억해 내며 내게 그림으로까지 보여 줬다. 페이에게는 이건 옛날 일이 아니라 요 근래에 있었던 일과 똑같은 의미가 있다는 거다. 그 큰 상처를 감싸 안아 준 것은 치이 혼자뿐. 그런 치이가 떠나갈 수도 있다는 걱정이 점점 커져가 이성을 잡아먹은 거다.

그렇기에 나는 네 걱정이 모두 바보 같은 짓이라고 말해 주마. "생각해 봐라. 치이가 너를 버릴 것 같냐?"

페이는 몸을 움찔 떨었다.

"말해 봐, 페이야."

페이는 내 어깨를 잡은 두 손에 힘을 주며 말했다.

"그건 모르는 일. 치이도 언제 그 아이들처럼 나를 비웃을지 모르는 일이야."

"거짓말."

"거짓말 아니야."

"네가 더 잘 알고 있을 거짓말이다."

만약에 페이가 진심으로 그렇게 생각했다면 이렇게까지 애쓸 리가 없잖아.

옛말에 자승자박이라는 자기가 스스로 자신을 묶어서 어려움을 느낀다는 뜻을 가진 말이 있다. 갑자기 사자성어를 써서 놀랄지 모르겠지만 그 뜻이 한때의 나에게 상당히 에로하게 들려서 기억해 두고 있는 말이다. 그런 아무래도 상관없는 이야기는 됐고, 페이의 지금 상황이 그렇다. 자기도 알고 있다. 치이가 그럴 아이가 아니라는 것을. 그렇지만 자신이 가지고 있는 커다란 상처 때문에 두려워하고 있다. 페이가 그때의 일을 선명하게 기억하고 있는 건, 그만큼 그 아이들과 같이 노는 시간이 즐거웠다는 반증이기도 하니까. '그런 아이들처럼 그럴 일은 일어나지 않겠지만, 정말, 혹시라도 치이가 자신을 버릴지 모른다.'라는 의심과 걱정이 자신의 발목을 묶고 있는 아이. 그 아이가 페이다. 모순으로 점철된 저주에 걸린 공주님이다.

"거짓말 아니야."

"거짓말이다."

"거짓말 아니야!!"

치이가 나를 밀치고 일어섰다. 페이의 얼굴은 붉게 변해 있었고 어느새 손에는 연기로 만든 느낌표가 들려 있었다.

"그런 치이라도 마음이 변하는 건 한순간이야! 네가 뭘 알아?!"

"내가 모르는 게 세상에 너무 많아서 문제지만 그런 당연한 사실은 안다."

네가 행동으로 가르쳐 주었으니까.

[말로 날 속이려 들지 마!]

페이가 느낌표를 내려쳤다. 나는 반사적으로 손을 들어 올려 막았다. 랑이의 이빨이 있기 때문에 그리 아프지는…… 다르다. 평소와 다르다. 손을 타고 흘러 들어오는 격심한 고통에 잠시 정신을 차릴 수 없었다. 페이도 평소와 다른 느낌에 깜짝 놀랐는지 당황하면서 손을 틀었다. 덕분에 느낌표는 내 머리를 스치듯 지나갔다. 하지만 그것만으로도 내 머리에서는 살이 터졌고 손뼈는 부서졌다.

[……어?]

페이의 당혹스러워하는 모습을 볼 사이도 없이 나는 손을 가슴팍에 대 보았다. 없었다. 나를 지켜 주던 랑이의 이빨이 흔적도 없이 사라지고 없었다. 지리산을 떠나기 전 랑이가 했던 말이 떠올랐다. 아이고, 그게 하필 지금이냐. 랑이를 말린 것을 후회는 하지 않지만 페이가 평소에 나를 느낌표 찜질하던 걸 말리지 않은 건 후회된다.

[괘, 괜찮아?]

안 괜찮다. 격심한 고통과 함께 부서진 오른손이 부어오르는 것이 느껴진다. 하지만 이 통증에 괴로워하는 것보다는 충격을 받아 요술조차 풀렸는지 다시 어린애의 모습이 된 페이를 달래는 게 먼저다.

"별것 아니야."

페이의 얼굴이 새하얗게 질려 가는 걸 보니 별것 아니라고 말하는 사람의 표정이 상당히 안 좋은가 보다. 볼을 타고 주르륵 흐르는 피 때문일까.

[어, 어, 어디 가?]

아파하지 마라. 표정 관리해라. 이런 일은 내 주특기가 되어 가고 있지 않냐. 아파도 참아라. 랑이의 허벅지와 나래의 가슴과 치이의 팬티를 생각하면서 참아라.

바보 같은 소리를 해서 그럴까. 나는 그 죄를 톡톡히 받게 되었다. 실물이 나타났으니까.

"두 분 다 왜 여기 계시는 거예요?"

고개를 들어 하늘을 보니 푸른색 줄무늬 팬티가 보였다. 치이다. 어째서 지금? 그래, 고통을 이런 식으로 승화시키다가는 내 인생이 삼천포로 빠진다.

[어떻게 벌써?]

하늘에서 내려온 치이를 보며 페이는 당황했다. 그건 나도 마찬가지다. 치이만이 아직 상황을 제대로 파악하지 못한 것 같다.

"나래 언니가 자기가 다 알아서 해 주겠다고 먼저…… 오, 오라버니?!"

나래가 나에게 치이와 페이를 잘해 주라는 말이 그런 뜻이었구나. 그리고 치이도 내 상태를 이제야 안 것 같네.

"머, 머, 머, 머, 머, 머리에 피가 나는 거예요!!"

말도 제대로 못 하면서 머리카락을 파닥이는 치이를 보는 페이의 안색은 새하얗게 질렸다. 꽉 끌어안고 가슴에 볼을 비벼 주고 싶을 정도로 안쓰러워 보여서 지금의 내 상황이 아쉬울 정도다.

통증 때문에 점점 사고방식이 하늘로 올라가고 있다. 이럴 때가 아니다. 혹시라도 페이가 이상한 말을 하기 전에……

[아, 아니, 아니야, 치, 치이, 이거 내 잘못 아니야, 아니야]

늦었다. 완전히 자기가 한 짓이라고 광고해라, 이 녀석아.

"페이! 오빠한테 무슨 짓을 한 건가요!!"

치이의 화난 모습에 페이는 당황했다. 뭐가 말을 하긴 해야 할 것 같은데 입은 열리지 않고 글도 써지지 않는 것 같다. 내가 중간에서 별것 아니라고 말해야 하지만 솔직하게 말해서 그럴 정신이 아니다. 뒤늦게 머리가 울리며 구토감이 올라오고 있다. 입을 열면 바로 토할 것 같아. 알고 있다. 이게 뇌진탕의 증세라는 건.

[나, 난 그냥]

페이가 허둥대며 뭐라 변명을 꺼내 보지만 그게 실수였던 것 같다. 치이도 아직 그 상처가 낫지 않았으니까. 치이 역시 내가 다치는 것에 민감하다는 것이다.

"이럴 때도 변명하는 건가요? 어딜 봐도 페이 때문에 오라버니가 다친 거잖아요! 사과부터 하는 거예요!"

날이 선 치이의 호통에 가뜩이나 당황하고 있던 페이는 실수를 했다.

[왜 그렇게 **화**를 내, 치이, 내가 먼저 친구, 저 인간, 만난 지 얼마 안 돼, 왜 **화**만 내, 내 이야기 들어 줘.]

평소의 페이라면 그런 말을 할 수도 있겠지~ 하고 허허허 웃으며 넘어갈 수 있는 글이었지만 상황이 안 좋았다. 머리에서 피를 흘리고 있는 나. 피가 조금만 흘러도 상당히 위험해 보이는 곳이 다름 아닌 머리다. 치이의 화를 돋우었다는 것은 말하지 않아도 알겠지. 진심으로 화가 난 치이는 귀 위 머리뿐만 아니라 꽁지머리까지 하늘로 붕 띄우며 소리쳤다.

"그걸 지금 말이라고 해?! 오빠가 다쳤잖아! 너 때문에! 그런데 그런 소리나 하고! 너 그렇게 안 봤는데! 바보! 멍청이! 꼴도 보기 싫어!"

가뜩이나 아픈 머리가 더 아파진다. 아이고, 치이야. 나를 위해 화를 내 주는 건 좋은데 왜 하필 지금 이럴 때 그런 기특한 말을 유감없이 해 주시는 거냐고요. 치이의 말에 충격을 받은 페이는 흔들리며 총기가 사라진 눈동자로 치이를 바라보며 뒤로 주춤주춤 물러났다. 하지만 이내 그 자리를 가득 채운 것은 치이를 향한 내 입에 담기도 싫은 그런 감정들이었다.

[나도 싫어! 치이 바보! 멍청이! 똥개! 너도 내 말 안 들어 줘! 똑같아! 너도 결국 똑같아! 필요 없어!]

치이도 내게 정신이 팔려서 페이가 평소와 다르다는 것을 이제야 눈치챈 것 같다. 페이가 저렇게 정색할 줄 몰라서 당황하는 모습을 보니까 알 것 같다고. 젠장.

[치이도 싫어! 너도 싫어! 다 싫어!]

울고 싶으면서도 악으로 버티며 입술을 터질듯이 깨문다.

[그러니까 이제 신경 쓰지 마! 안 도와줘도 돼! 사라져 줄 테니까! 다신 안 올 거니까!]

저 말을 믿을 정도로 치이는 바보가 아니다. 하지만 치이에게 지금의 상황은 페이가 나를 다치게 한 후에 자기 멋대로 화를 내는 것, 그 이상 그 이하도 아니다. 그래서 뒤돌아서는 페이를 그저 보기만 했다.

페이도 알고 있을 거다. 화가 났기에, 당황했기에, 머리에 열이 올라서 마음에도 없는 말을 하고 있다는 것을. 지금뿐인 감정에 휘둘려서 말을 심하게 했다고 나중에 후회할 걸 뻔히 알면서도 어리광을 부리고 있는 거다. 왜 그런 소리를 하냐고? 난 봤거든. 뒤돌아선 페이의 등에 글이 써지는 걸.

[잡아 줘]

정말로 페이가 쓴 걸 내가 본 건지, 아니면 단순히 내 환각인지는 모르겠다. 하지만 그게 무슨 상관이야. 나는 보았다. 이번에는 제대로 보았다. 그렇다면 지금 머리가 울리고 토할 것 같고 손이 아픈 게 무슨 대수냐.

나는 움직였다. 머리에서 흘러내린 피가 눈에 들어가 한쪽 눈을 찡그리면서도 당장 토할 것 같은 기분이 들면서도 일어났다. 앞으로 달려가 손을 뻗어 잡는다. 그러면 된다. 페이가 지금 이 자리에서 도망치지만 못하게 하고, 둘의 마음이 가라앉기만 하면 나머지는 시간이 해결해 줄 거다.

잡기만 하면.

페이는 까마귀 요괴. 두 팔을 새의 것으로 변화시켜 날갯짓을 하며 하늘로 날아오르는 페이는 그야말로 요괴다웠다. 늦는다. 아직 잡을 수 있는 높이지만 조금이라도 더 시간이 걸리면 늦는다. 내 느린 몸으로는 페이를 잡을 수 없다.

또 잡을 수 없다.

잊을 수 없는 기억이 다시 한 번 떠오른다. 그 기억은 지금, 겹쳤다.

'넌, 꼭 행복해야 돼.'
'사라져 줄 테니까!'

"웃기지 마아아아!"

나는 인간으로는 불가능한 속도로 움직여 부서진 오른손으로 페이의 발목을 잡았다. 뼈가 부서졌는데 어떻게 움직였는지는 모르겠다. 지금 그게 중요하냐?! 페이를 잡았는데! 아파 뒤지겠는데! 나는 고통에 짜증을 느끼고 그 짜증이 분노로 변하며 분노가 감정을 격하게 만드는 것을 느끼며 소리쳤다.

"가긴 어딜 가, 이 까마귀 새끼가!!"

욕이 아닙니다. 페이는 까마귀 요괴고 아이니까 까마귀 새끼가 맞아요. 페이는 날아오르려다가 옥상에 철퍼덕 엎어지고 말았다.

[아얏?!]

"까우우우?!"

나는 엎어진 페이의 몸을 돌렸다. 두 손으로 빨갛게 된 코를 만진다. 귀엽네. 나는 귀여운 페이가 도망치지 못하게 그 위에 올라타 두 무릎으로 두 날개를 짓눌렀다.

[아팟!]

너는 지금 머리에는 피가 흐르고 오른손은 덜렁덜렁거리고 있는 내가 안 보이냐.

"나도 아프다! 그래서 뭐 어쩔 건데?!"

내 고함 소리에 페이와 치이가 몸을 움찔 떨었다. 새 요괴는 소리에 약한 건가? 아니, 단지 내가 무서워서 그럴지도 모른다. ……하긴. 나도 얼굴이 피범벅이 돼서 악귀 나찰 같은 녀석이 소리 지르면 무섭겠다. 내 턱을 타고 흐른 피가 페이의 붉은 입술 위에 떨어진다. 나는 왼손을 들어 입술에 묻은 피를 지그시 눌러 닦아 주며 말했다.

"멋대로 사람을 이런 꼴로 만든 다음에 뭐? 사라져? 너 인마! 내 말 못 들었냐?"

나는 페이의 붉은 눈동자를 똑바로 노려보며 말했다.

"넌 지금 그대로 있어도 된다고 했잖아! 거짓말이 아니라고 했잖아! 그런데 왜 나는 무시하고 치이 말만 듣고 삐쳐서 도망치는 거야? 내가 그렇게 우습냐? 사람이 오냐오냐 하니까 우습게 보이지? 그렇지?!"

꼬마 녀석한테 무시당했다고 화내는 찌질한 고등학생이 여기 있습니다. 내 기백에 눌렸는지 페이는 겁에 질려 떨면서도 지지 않고 말했다.

[모, 못 믿는다고 했어! 너 같은 걸 어떻게 믿어?!]

이 녀석이 아직도 말귀를 못 알아듣고 있다.

"누가 날 믿으라고 했냐고?!"

[……어?]

당황하는 페이에게 진심을 전한다.

"그냥 있으라고! 날 안 믿으면 안 믿는 대로 있어도 좋고 믿으면 믿는 대로 좋아. 치이 사랑해 하고 쫄래쫄래 다녀도 상관없어. 날 괴롭히는 건 싫지만 받아 주마. 시시껄렁한 말장난은 나도 재미있으니까 계속해라. 아침에 빵만 먹으면 내가 계속 사 와 줄게. 그러니까! 넌 그냥 그대로 치이하고 내 옆에 있으라고, 이 자식아!!"

페이는 내 말에 잠시 할 말을 잃었다가 간신히 글을 썼다.

[하지만 치이가…….]

그래. 잠깐 흥분해서 잊었지만 문제는 그거다.

"또 치이냐?!"

하지만 내게도 생각이 있다.

"좋아!"

나는 치이를 노려보았다. 치이는 몸을 움찔 떨고는 귀 위 머리카락을 파닥였다.

"야."

"아, 아우우?"

"너 나한테 은혜 갚으러 왔다고 했지?"

"그, 그런 거예요, 오라버니."

"그러면 그 은혜 갚기로 내게 네가 하늘로부터 점지 받은 이름을 걸고 맹세해라. 내가 하는 말이라면 **무엇이든지** 하겠다고."

"꺄우-우-우?!"

이런 상황에서 왜 얼굴을 붉히냐.

"그, 그래도 오라버니. 그건 너무……."

"해."

"꺄우-우-우-우!"

"지금 당장!"

"아, 알겠어요."

치이는 두 손으로 얼굴을 가리며 말했다.

"제가 하늘로부터 점지 받은 이름인 여, 연리의 이름을 걸고 맹세하는 거예요."

예쁜 이름이다. 나는 진심으로 그렇게 생각했다.

"그러면 연리야."

치이는 귀까지 붉어져서 제대로 대답도 하지 못했다.

"꺄우-우-우-우……."

"내 말에 진실만 말해라. 거짓말은 절대로 하지 말고."

왜 그런 말을 하는지 모르겠다는 표정을 지으면서도 치이는 대답했다.

"알겠어요, 오라버니."

"너, 조금 전에 페이한테 화났지?"

"그런 거예요."

"페이가 도망쳐도 안 잡으려고 했지?"

치이는 힘겹게 말했다.

"……그런 거예요."

페이가 뭔가 글을 썼기에 나는 친절하게 눈을 감았다.

"그러면 넌 페이하고 평생 모르는 척하면서 지낼 거냐?"

"그건 아닌 거예요!"

치이는 화를 냈고 난 눈을 떴다. 깜짝 놀란 페이의 얼굴이 보인다.

"페이는 제 소중한 친구예요! 제게 없어서는 안 되는 친구라고요! 제가 페이를 이런 일로 버릴 리 없잖아요! 아무리 오라버니라고 해도 그런 말을 하면 화내는 거예요!"

"진심이냐?"

"제 이름을 걸고 맹세해요!"

나는 다시 페이를 보았다. 왠지 모르게 눈가가 물기에 젖어 있는 페이를 내려다보며 말했다.

"들었냐? 저게 치이의 진심이다."

[……]

"요괴에게 있어서 그 이름이라는 건 목숨보다 소중한 거라고 알고 있어. 이래도 네가 네 마음대로 어른이 되고 싶다면……"

나는 이 모양 이 꼴이 되면서까지 할 수 있는 건 다했다. 그렇다면 그다음은? 그 때는 페이와 치이가 서로 알아서 해 나가야 하는 일이다. 서로가 앉아서 대작이라도 하면서 허심탄회한 이야기라도 하라고 해. 술 마셔서 곤드레만드레된 두 녀석의 모습을 상상하니까 웃겨서 웃음이 나왔다.

"하핫, 이렇게까지 했는데 안 되면 그 때는 내가 진짜 어른으로 만들어 줄게. 괜찮냐?"

[……물어볼 상대가 잘못.]

"농담이다."

그랬다가는 나래하고 랑이한테 죽는다고.

"이제부터는 네 이야기다. 치이의 이야기고. 이제는 너희 둘이서 알아서 해라."

나는 페이의 위에서 내려와 바닥에 주저앉았다. 머리는 여전히 아프고 어지럽고 구토감이 일고 오른손은 불에 타는 것 같다.

내가 위에서 나오자 페이는 자리에서 일어나 치이에게 걸어갔다. 상황을 잘 모르는 치이와 자신이 한 바보짓 때문에 어색하게 서로를 바라보는 시간을 깨뜨린 건 페이였다. 페이는 양갈래 머리를 빙빙빙 돌리며 치이를 와락 껴안았다.

[미안, 치이. 내가 미안. 잘못했어. 마음에 없는 소리였어. 치이, 사랑해. 나 치이 없으면 안 돼.]

……보는 내가 다 부끄러워진다. 거의 울 것 같은 페이의 고백에 치이는 귀 위 머리카락을 파닥이며 답해 주었다.

"아우우, 괜찮은 거예요. 저도 너무 화내서 미안해요. 지금처럼 사이좋게 지내요."

다행이네. 둘이 제대로 화해한 것 같고 페이도 계속 마음에 담아 두고 있던 고민도 내려놓은 것 같으니까. 이야. 그건 그렇고 정말 보기 좋은 모습이다. 뭐가 그리 보기 좋냐고? 옆에서 보고 있자니 치이와 페이가 꽉 끌어안은 바람에 안 그래도 매력적인 가슴이 짓눌러진 것 말이다.

끝마치는 이야기

"이런. 상 위에 놓인 숟가락이 엎어진 것처럼 보기 좋지 않은 광경이로구나."

갑자기 들려온 목소리에 나는 깜짝 놀라 고개를 돌렸다. 분명 처음 듣는 목소리건만 이상하게 들어 본 기억이 있는 것 같다. 그 목소리의 주인공은 양탄자같이 커다란 부적으로 만든 계단을 걸어 내려오고 있었다. 몸이 이런 상황이라 잘 보이지는 않았지만 그럼에도 하늘에서 내려오는 모습은 위압감이 넘쳤다. 요괴다. 그것도 대물이다. 나는 주머니에서 웅녀의 **뼈** 몽둥이를 꺼내 들었다.

"흠. 쓸모없는 것들. 내 시간이 없는 걸 다행이라 여기거라."

"까우우?!"

[?!]

그 요괴가 품에서 부적을 꺼내 태우자 치이와 페이는 그대로 바닥에 쓰러 넘어졌다.

"치이야? 페이야?!"

깜짝 놀라서 둘에게 다가서려는데 어느샌가 그 요괴가 내 앞을 가로막았다. 그 요괴는……

랑이였다.

아니, 아니다. 랑이와 쏙 빼닮았지만 다르다. 가장 다른 것은 머리카락의 색. 랑이는 은발과 같은 흰색에 검은색 머리카락이 껴 있다면 이 아이는 반대다. 검은색 머리카락 사이사이에 흰색이 보인다. 그것은 꼬리도 마찬가지였다. 또 다른 점은 눈매도 있다. 랑이같이 순진한 아이의 것이 아닌 어른 같은, 그러면서 날카로운 분위기가 감돈다. 마지막으로 옷. 랑이가 전에 격식 있게 차려입은 것같이 멋들어진 하얀색 한복을 입고 있었다. 하지만 그 무엇보다 놀라운 건 입에 물고 있는 회색 연기가 뻐끔뻐끔 나오는 곰방대였다. 어린애가 담배라니! 지금 신경 쓸 건 그게 아니지만.

랑이와 쏙 빼닮았으면서 다른 느낌의 요괴. 나는 본능적으로 이 아이도 호랑이 요괴라는 것을 깨달았다.

"놀랍구나. 네가 웅녀의 신물을 가지고 있을 거라고는 상상도 하지 못했느니라. 그래서 아직까지 서 있을 수 있는 것이로구나."

검은색 호랑이 요괴, 내가 제멋대로 줄여서 흑랑이는 기분 나쁘다는 듯 말했다.

"꿇거라."

그 순간. 무릎 뒤쪽을 누군가가 걷어찼다. 나는 강제로 무릎을 꿇게 돼서 뒤를 돌아보았다. 거기에는 사극에서나 나올 법한 기생들이 입는 옷을 입고 있는, 가슴이 반쯤 드러난 여자가 나를 내려다보며 싱글벙글 웃고 있었다.

"그럴 정신은 있는 것이느냐?"

나는 정신을 퍼뜩 차렸다.

"치이하고 페이에게 무슨 짓을 한 거야!"

대답에 따라 지금 바로 몽둥이를 휘두를 자신이 있다.

"가엽고 딱하구나. 지금 위험한 것이 누구인지도 모르는 어리석은 벌레에게, 흰둥이, 그 바보 녀석이 반해 버리다니."

흑랑이는 품에서 부적을 꺼내 불태우자 흘러나온 연기가 흩어지지 않고 내 코를 타고 깊게 들어왔다. 설마 그런 짓을 할 거라고 생각하지도 못한 나는 그 연기를 그대로 들이마셨다. 연기에 맛이 있을 거라고 상상도 못 했지만 코를 타고 들어온 연기는 엄청나게 쓰면서 매웠다.

"콜록, 콜록!!"

연기에 괴로워하는 내가 흑랑이가 보기에는 어이가 없었던 것 같다.

"허. 이걸 맡고도 기절하지 않다니. 빨아도 냄새나는 행주 같은 녀석이 먼저 손을 써 놓았구나. 어리석은 것. 그렇다고 내가 시간을 들인 수를 무마시킬 수 있을 거라 생각한 것이느냐. 그렇다면 나도 확실하게 하겠느니라."

흑랑이가 손을 들었다. 내 이마에 점점 가까워지는 그 작은 손에 나는 이유 모를 두려움을 느꼈다. 위험하다. 저 손이 닿는 순간 무엇인가가 일어난다. 그 공포심에 나는 체면이고 체통이고 나이고 뭐고 다 집어치우고 눈을 찔끔 감으며 소리쳤다. 지금 나를 도와줄 수 있는 유일한 요괴의 이름을.

"범이야!!"

"우습구나. 내가 흰둥이에 대한 대비도……."

흑랑이가 말을 내뱉는 순간.

"나 왔느니라!!"

너무나 익숙한, 너무나 듣고 싶었던 진짜 랑이의 목소리가 들렸다. 나는 반가움에 두 눈을 떴다. 내가 본 것은…… 알몸의 랑이가 머리에 어린애들이나 쓰는 샴푸 모자를 쓰고 내 정면에서 흑랑이에게 이단 옆차기를 날리는 모습이었다. 샤워를 하다가 왔는지 몰라도 거품이 묻어 있어서 다행이었다. 랑이의 이단옆차기를 어디선가 꺼낸 부적 더미로 막은 흑랑이는 옥상 바닥을 초토화시키면서 밀리다 내 무릎을 꺾은 여자의 품에 안겨서야 멈췄다. 랑이는 너무나 당당하게 내 앞을 가로막고 호랑이의 그것으로 손을 변화시켰다.

"어떻게 흰둥이가 벌써 왔느냐?! 내 분명 결계를 쳐 놓았는데!"

……아까부터 흰둥이라고 말한 건 랑이의 별명 같은 것인가 보다. 잠깐. 그렇다면 내가 흑랑이라고 마음대로 이름 붙인 요괴가 랑이를 불렀던 요괴라는 건가?

"검둥이야말로 여기서 내 낭군님께 무슨 짓을 하는 것이느냐! 네가 어른이 되는 부적을 준다 해서 목욕 재개를 하고 있었는데!"

아마 내 생각이 맞는 것 같다. 그런데 흰둥이와 검둥이인가. 분명히 색은 맞지만……. 너희 둘은 개냐. 그리고 어른이 되는 부적이라니. 그러고 보니 뭔가 머릿속에서 앞뒤가 맞기 시작했다. 하지만 거기에 정신이 팔려 있기에는 상황이 안 좋았다.

"내가 묻는 말에 먼저 대답하거라!"

"나는 모르느니라! 그냥 낭군님이 내 이름을 부르기에 왔느니라!"

……다 좋은데 일단 좀 가려 주면 안 되겠냐. 고개만 들면 랑이의 뽀얗고 토실토실한 엉덩이가 보여서 어떻게 할 수가 없다고.

"인간은 생명의 위험을 느낄 때 성욕이 충만해진다고 합니다만 그래도 조금 너무한 감이 없지 않습니다."

세희다. 고개를 들어 보니 세희가 목욕 타월로 랑이의 몸을 가려 주고 있었다. 이 녀석 요즘 들어 상당히 나한테 좋은 일을 자주 하는데 이미지 관리라도 하나. 조금 인상이 좋아지려고 하는걸. 그에 비해 흑랑이, 아니, 검둥이는 평소의 나처럼 인상을 찌푸렸다.

"네놈 짓이느냐? 이 빨아도 빨아도 가시지 않는 찌든 때 같은 것이!"

"제게는 **냥이**님의 결계를 깰 수 있는 힘이 없다는 걸 아시지 않습니까?"

냥이? 냥이라고? 설마 이름이 냥이는 아니겠지? 하지만 세희의 얼굴에는 농담하는 기색이 없었다. 정말 저 이름인가? ……아니겠지. 정말이라고 해도 검둥이 스스로 자신의 이름을 말해 줄 때까지 나는 검둥이라고 부르겠다.

검둥이는 잠시 생각에 잠기고 나서 입을 열었다.

"그럼……. 그 똥개 녀석밖에 없었는데 그것의 짓거리느냐?!"

왜 나는 똥개라는 말에 바둑이가 떠오른 걸까.

"잘 아시는군요."

"하찮은 똥개 주제에 어찌!"

"그래도 반은 풍산개의 핏줄입니다."

세희는 말을 마치고 소매에 손을 집어넣고 어디서나 흔히 볼 수 있는 강아지 한 마리를 꺼냈다. 그 크기는 많이 줄어들어 있었지만 내 눈에 익은 바둑이었다.

"냥이님의 결계가 너무 강하여 조금 시간을 지체하고 말았지만 원래 똥개도 복날에 쓸 데가 있는 법입니다."

세희는 그렇게 말하면서 바둑이를 내게 던졌다. 야! 대우가 너무하잖아! 나는 잽싸게 왼손으로 바둑이를 품에 안았다. 검둥이의 분해하는 시선이 이쪽으로 향한다. 내 등골이 오싹할 지경인데 그런데도 곤하게 잘 자고 있는 바둑이가 신기하다.

"바둑이는 괜찮은 거야?"

"지금은 지쳐 꿈을 꾸는 것으로 힘을 회복하고 있을 뿐입니다."

"꿈?"

"개꿈 말입니다. 도련님께서도 몇 번 끌려 가셨기에 알고 계셨을 거라 생각했습니다만……. 이런, 제가 도련님께 너무 많은 걸 바라고 있었군요."

그게 무슨 말이고 그걸 내가 어떻게 아냐고 묻고 싶었지만 그럴 시간이 없었다. 랑이가 뒤에서도 보일 만큼 볼을 부풀렸거든. 다행히 그 대상은 내가 아니었다.

"나는 검둥이를 믿었느니라. 그래서 낭군님과 잠시 떨어지는 것도, 결계에 갇혀 있는 것도 참고 같이 있어 주었느니라. 그런데 왜 나를 속인 것이느냐?!"

"속은 흰둥이가 겨울에 쳐 놓은 발과 같은 것이니라."

그 말에 랑이는 머리카락으로 물음표를 만들었다.

"그게 무슨 말이느냐?"

"쓸모없다는 뜻이니라."

……참 말 한 번 생활력 넘치게 한다. 그 말에 랑이는 머리카락을 삐죽 세우며 화를 냈다.

"속이는 게 나쁜 것이니라!"

랑이와 검둥이가 언질을 벌이는 동안 세희는 아무 일도 없다는 듯 정신을 잃고 쓰러져 있는 치이와 페이의 두 발을 잡고 내 옆으로 끌고 왔다.

"치이 님과 까마귀는 괜찮습니다. 단순히 기절한 것뿐입니다."

뭐라 할 말은 많았지만 참자.

"다만 도련님께서는……."

"나도 안다."

오른손은 과장해서 종아리만큼 퉁퉁 부어올랐다. 통증은 잘 모르겠지만 구토감은 더 심해졌다.

"주인님."

세희의 말에 랑이가 검둥이와의 말다툼은 그만두고 고개를 내 쪽으로 돌렸다. 나를 본 랑이는 지금이라도 울 것 같은 모습이다. 나는 랑이를 위해 힘겹게 미소 지어 주었다. 실수였나 보다. 랑이는 고개를 돌려 눈가를 손목으로 쓱쓱 닦았다.

"조금만 참거라. 내가 검둥이를 내쫓고 금방 안 아프게 해 주겠느니라."

그 말에 검둥이가 코웃음을 쳤다.

"흥. 네가 감히 나를 어찌 하겠다는 말이느냐?"

"나도 화나면 무섭느니라!"

"지퍼백에 냉동 보관된 반찬 같은 흰둥이가 말이 많구나."

"……그건 무슨 뜻이느냐?"

"봉인되었다는 말이니라."

"으윽."

랑이는 한 발자국 뒤로 물러섰다가 질 수 없다는 듯이 말했다.

"그, 그래도 너 하나는 상대할 수 있느니라!"

눈싸움이 거세진다. 그중 먼저 시선을 피한 것은 검둥이였다.

"됐다. 어차피 흰둥이 너도 나한테 발톱을 세울 뜻이 없는데 시간 낭비를 할 생각은 없느니라."

"그건 검둥이도 마찬가지니라!"

둘의 말대로 랑이의 호랑이 손에는 날카로운 발톱이 보이지 않았다.

"흥이 깨졌느니라. 가희야, 가자꾸나."

"어머나. 그냥 가시는 것이옵니까? 좀 더 놀다 가시옵소서."

"닥쳐라."

"소저, 닥치겠나이다."

검둥이의 창귀는 여전히 웃는 낯으로 소매에서 부적을 꺼내 다시 한 번 계단을 만들었다. 랑이도 지금은 내 안전이 우선이 라 생각하는지 지켜보기만 했고 그 위에 오른 둘은 어느 순간 부터 더 이상 보이지 않게 되었다. 요술인가? 그런 생각을 할 생각이 있으면 먼저 내 앞에 무릎 꿇고 앉아서 걱정하는 랑이한테 할 말을 하자.

"나 잠깐 좀 잔다."

말이 잔다는 거지, 사실은 기절하는 거였다. 아파서, 머리와 손이 너무 아파서 견딜 수가 없었으니까.

뭔가가 손을 핥는 느낌에 정신이 들었다. 이런 적이 전에도 한 번 있었던 것 같은데. 자유로운 왼손으로 지끈거리는 머리를 짚으며 오른쪽으로 고개를 돌려 보니 역시나. 바둑이가 내 손을 핥고 있었다. 아니, 내 손을 핥고 있는 게 아니다. 바둑이는 내 검지가 무슨 살이 붙어 있는 뼈다귀라도 되는지 열심히 빨고 있었다. 내 손가락을 받치며 빠는 혓바닥이 간지럽다.

"이제는 내 차례이니라."

바둑이가 입을 떼자 침이 긴 다리를 이었다 끊어진다. 그에 이어서 랑이가 내 중지를 입에…… 집어넣게 놔두겠냐. 나는 오른손을 뒤로 뺐다. 조금 저린 감이 없지 않지만 기절해 있는 사이에 다 나은 것 같다. 하지만 랑이와 바둑이는 그렇게 생각하지 않는 것 같다.

"아앗! 안 되느니라! 아직 다 안 나았느니라! 절대로 맛있어서 그런 건 아니니라!"

"그래요, 도련님. 아직 더 빨아 드려야 해요. 절대로 맛있어서 그런 건 아니에요."

나는 알고 있다. 랑이의 손에 반죽음이 되었을 때 나를 구해 준 건 세희의 요술이라는 것을.

늑골 세 대가 부러졌고, 두개골과 어깨뼈와 팔, 허벅지에 금이 갔으며, 내출혈에, 대장이 터지는 중상을 고친 세희가 일부러 해가 저문 지금까지 랑이와 바둑이에게 이런 짓을 시킨 이유가 무엇이겠냐.

5천 년 때문이지.

"세에에에에히이이이의!!"

"제가 도련님의 몸을 정성껏 핥았다는 가정은 하시지 못하는 겁니까?"

상상만 해도 무서운 소리를 하며 귀신이 나타났다.

"그랬다가는 네가 지금 말을 하고 있겠냐."

"유머 감각이 느셨습니다, 도련님."

페이에게 감사해야 하나.

"그런데 치이하고 페이는?"

"이야기를 모두 듣고 도련님을 위해 옆방에 준비해 두었습니다."

준비? 뭘 준비해?

"그 이유가 동정의 여지가 있다 하나 죗값은 치러야 하는 것이 하늘의 이치입니다. 마지막 선은 넘지 않으시면 마음껏 즐기셔도 됩니다."

……위험한 기분이 든다. 아마도 그건 랑이가 옆에서 뚱하니 나를 바라보고 있기 때문만은 아닐 것이다.

"히이잉~. 성훈아. 우리 오랜만에 다시 만난 거 아니었느냐. 혹시 너는 그렇게 생각하지 않느냐. 그리 생각하니 슬퍼서 울 것 같으니라."

나는 정말로 울먹일 준비가 된 랑이의 허리를 안아 내 위에 앉힌 뒤 볼에 뽀뽀했다.

　"내가 그러겠냐. 나도 널 껴안고 네 볼에 뽀뽀하는 날만 기다리고 있었다. 그래도 지금 상황이 말이 아니니까 미안하지만 조금만 더 있다가 이야기하자."

　내 마음을 가득 담아서 다른 쪽 뺨에도, 이마에도, 귀에도 뽀뽀해 준다. 받는 것만으로는 싫다는 듯 랑이도 내 목에 뽀뽀해 주었다. 나는 그런 랑이를 꽉 끌어안으며 말했다.

　"잠깐만 기다려 줘. 지금 해야 할 일이 남았으니까. 괜찮지?"

　"응! 나는 너의 지어미며 동생들의 언니이니까 말이니라!"

　……동생들?

　뭔가 이상해서 랑이에게 되물으려고 했는데 세희가 그럴 틈을 안 줬다.

　"System Message. 도련님의 조교 레벨이 1 올랐습니다."

　그런 개그는 하지 마.

　……그렇다고 이런 개그는 아닌데.

　""읍―! 우우읍!!""

　치이와 페이는 침대 위에 수갑으로 묶여 있었다. 원래 우리 집에 침대가 없다는 사실은 넘어가고. 분명히 전에도 이런 적이 있었지. 그때와 다른 건 치이가 아래에 페이가 그 위에 서로를 바라보며 침대에 묶여 있다는 것이다. 나는 깊은 한숨을 내쉬고 손을 허공에 내밀며 말했다.

　"열쇠."

"익숙해지셨군요, 도련님."

"머리 아프니까 적당히 해라."

"당연히 아프시겠지요."

세희는 아리송한 미소를 지으며 다시 사라졌다. 나는 치이와 페이의 손발에 달려 있는 수갑을 풀어 주었다. 다행히 이번에는 뺨이 돌아가는 일은 없었다.

"괜찮냐?"

"괜찮은 거예요."

[응.]

"세희한테는 내가 나중에 뭐라고 할 테니까 봐줘라."

그 말에 치이와 페이는 서로를 마주 안고 머리카락을 빙빙 파닥거리며 벌벌 떨었다.

"안 그러셔도 되는 거예요!"

[우릴 죽일 생각?!]

……기절해 있는 동안 무슨 짓을 한 거야?

"자, 그럼."

농담이나 하기에는 시간이 이미 늦었다. 나는 랑이를 재우기 위해 이야기를 좀 일찍 앞당겼다.

"페이야."

올 것이 왔다는 표정이다.

"어쩔 거냐."

[?]

뭔 소리인지 모르겠다는 듯 물음표를 연기로 만들어 볼을 긁적인다.

"나 기절해 있는 동안 생각 안 했냐? 앞으로 어떻게 할지."

[너무 당연한 걸 물어봐서 당황.]

페이는 치이의 손을 잡았다.

[나는 계속 치이하고 같이 있을 거야.]

치이도 페이의 손을 맞잡았다.

[그리고 치이는 네 곁에 있어.]

……응?

[그러니까 내일 아침도 잘 부탁해.]

"잠깐. 왜 이야기가 그렇게 되냐?"

[네가 한 말 기억 못 해?]

"기억하는데."

[그러면 여기 **둥지 틀게.**]

……아무래도 이 녀석은 우리 집에 눌러앉을 생각인 것 같은데. 내가 한 말이 있어서 뭐라고 할 수도 없다. 너무 아파서 기세를 타고 이성을 잃은 채 이것저것 말한 과거의 나여. 반성해라. 하지만 내가 그대로 있어도 된다고 한 건 이런 뜻이 아니었다고! 내면적인! 마음의 문제였다! 그리고 우리 집이 무슨 기와집이냐? 둥지를 틀게?

"아우우, 안 되는 건가요?"

치이의 불안한 표정으로 올려다보는 시선에는 당할 수가 없다. 하지만 이런 걸 나 혼자 결정할 수는 없기에 고민하고 있자니 치이가 발을 움직여 페이를 툭 건드린 것 같다. 그러자 페이도 치이와 같이 두 손을 맞잡고 나를 올려다보았다.

[둥지 트는 거 싫어?]

……그 속셈이 빤히 보이지만 그럼에도 이길 수 없습니다.

"아니."

나와 치이와 페이는 그 의미는 다르지만 모두 두 손을 들었다. 앞으로의 일이야 어쨌든 나는 기뻐하는 두 녀석을 흐뭇하게 바라보다 뭔가 한 가지 생각이 나서 말을 꺼냈다.

"아, 그런데 페이야. 그 어른이 되는 부적 좀 줘 봐라."

"왜?"

"랑이한테 쓰……"

잠깐만. 어째서 목소리가 들린 거지? 그것도 너무나 익숙한, 10년 동안 계속해서 들었던 목소리 말이야.

"랑이한테, 어른이, 되는 부적을, 써서, 뭘 하게?"

치이와 페이는 얼굴이 하얗게 질려서 침대 뒤로 도망쳤고 나는 저 아이들을 겁에 질리게 만든 주인공을 보기 위해 굳어 버린 몸을 억지로 움직였다.

성난 반달곰으로 변한 나래가 있었다.

"치이하고 페이가 학교에 다닐 수 있게 손봐 주고, 난리가 난 학교 옥상 뒤처리를 하다가 이제야 깨어났다는 이야기를 듣고 한걸음에 달려왔는데 재미있는 소리를 하고 있더라?"

나래는 웃었다.

"설명."

나는 진심을 담아 외쳤다.

"나래 님! 사랑합니다! 살려 주세요!"

"시끄러."

계속되는 이야기

벌써 새벽 두 시지만 잠은 오지 않았다. 내 양옆에 잠든 랑이와 바둑이를 쓰다듬어 주는 것은 즐거운 일이었으니까. 랑이가 오자마자 우리 집에 다시 살림을 꾸린 나래도 오늘만큼은 랑이와 같이 자는 것을 허락해 줘서 다행이다. 나는 내 몸에 기대고 잠이 든 랑이의 머리를 쓰다듬어 주면서 오늘 밤, 마지막으로 나를 찾아올 주인공을 기다렸다.

"주인님이 주무실 때까지 오래 기다리셨습니다."

"듣고 싶은 이야기가 있으니까."

"냥이님에 대한 것입니까?"

"……그 이름 진짜냐?"

세희는 고개를 끄덕였다. 그래도 검둥이라고 부르고 싶은데. 냥이라니. 이상하잖아.

"어쨌든."

지금까지 잠에 들지 않고 생각한 것을 정리한다. 왜 하필 폐이는 랑이가 내 곁을 떠났을 때 찾아온 걸까. 왜 세희는 치이에게 지리산으로 내려오지 말라고 한 걸까. 요괴넷의 운영자는 왜 페이에게 부적을 선물로 보낸 걸까. 왜 세희는 그 힘든 상황에서도 인형을 통해 그런 말을 한 걸까. 그 모든 것을 한 가지 단어를 통해 세희에게 물었다.

"그 녀석이 흑막이냐."

그렇다면 모든 것이 설명이 된다. 랑이가 내 곁을 떠났을 때 페이가 찾아온 게 아니라 페이가 나를 찾아올 때 랑이가 내 곁을 떠난 거다. 세희는 페이가 온다는 걸 알고 있었기 때문에 나는 모르겠지만 그에 대한 방비를 해 두었을 것이다. 냥이가 랑이를 불렀을 때 잠깐 보인 미소는 증거로 조금 약할지 모르겠지만 이 자식은 그것으로도 과분해. 무엇보다 인형을 통해 랑이가 첫 번째라는 말을 한 것도 있고. 페이가 요괴넷에 가입하려고 했던 건 우연일 수도 있다. 하지만 냥이가 페이에게 부적을 보낸 건 우연이 아닐 것이다.

"소가 제대로 뒷걸음질을 쳤습니다."

내 생각이 맞는 것 같다. 냥이가 노린 건 이런 거겠지. 랑이를 자신에게 부른다. 그 사이에 페이와 치이가 나를 찾아온다. 그리고 페이는 내게 안긴다. 그 결과, 랑이가 내게 실망하게 된다. 실패한다 해도 그 녀석은 조금 전처럼 내게 무슨 짓을 했다. 그 부적. 그 부적이 단순히 나를 괴롭히기 위해 불태워진 것은 아닐 것이다. 지금 상황에서 가장 중요한 것은 그거다.

"그러면 그 녀석이 태운 부적은……"

세희가 자신의 손가락을 입술에 가져다 대었다.

안 어울린다.

"내일이 되면 도련님께서 스스로 깨닫게 되실 것입니다."

"그래서."

"대답할 수 없습니다."

"왜."

"그 또한 대답할 수 없습니다."

나는 조금 화가 났다.

"몸과 마음을 바친다며?"

"못 믿으시겠습니까?"

"지금까지 네가 한 행동들을 생각해 봐라."

"그렇다면 증명해 보이겠습니다. 대신 그것에 대해서는 내일 아침까지 더 이상 묻지 말아 주시지요."

내가 뭐라 대답을 하기 전에 세희는 내 앞에 무릎을 꿇고 이불을 들어 올리더니 허리를 숙여 그 안으로 파고들었다. 이불 밖으로 보이는 건 엉덩이뿐. 깜짝 놀라서 뒤로 빠지려고 했지만 그보다 세희가 내 발을 잡는 것이 빨랐다. 이불을 들어 올리자 랑이와 바둑이가 곤히 잠들어 있는 너머로 세희가 내 발 앞에서 새빨간 혀로 입술을 핥고 입을 여는 것이 보였다. 나는 황급히 말했다.

"하지 마!"

랑이가 옆에 있는데 무슨 짓을 하려고?! 세희는 나를 올려다보며 눈웃음을 지었다.

"도련님은 치킨마요이십니까. 아, 반대로군요."

세희가 뜬금없는 소리를 하는 게 하루 이틀도 아니기 때문에 나는 당황하지 않았다. 하지만 도시락을 말하는 거면 치킨마요가 맞는데 뭐가 반대라는 건지 모르겠네.

"이상한 짓 하지 마."

나는 한숨을 쉬었다.

"그런 짓을 할 정도로 말하기 싫은 거냐."

"말하면 안 되는 것입니다."

"왜?"

세희는 잠들어 있는 랑이의 뺨을 쓰다듬었다.

"저도 선을 지키고 있는 겁니다, 도련님. 이 이상 도련님을 저의 꼭두각시로 만들면 주인님께서 행복해하시지 않으실 겁니다."

나는 두 손을 들고 더 이상 세희에게 아무것도 묻지 않기로 했다.

"그럼 깊은 단꿈을 꾸시길."

나는 세희의 말대로 깊은 잠에 빠져들었다.

〈4권 마침〉

글쓴이의 끼적끼적

안녕하세요, 카넬입니다. 3.5권의 후기의 뜻은 한 달 후에 책이 나온다는 것을 단편집이고 해서 장난스럽게 표현해 본 것입니다. 그게 너무 장난스럽지 않았나 반성하는 차원에서 이번 권은 지금까지와는 다르게 진지하게 적어 가 보겠습니다.

이번에 등장하는 페이라는 아이는 고생에 고생을 해서 만나게 해 드릴 수 있게 되었습니다. 4권은 몇 번이나 포기하고 싶었고, 실제로도 포기한 적이 있지만 도저히 이 불쌍한 아이를 모른 채 지나갈 수 없어서 제 억지와 고집으로 밀어붙였습니다. 4권이 3.5권보다 먼저 원고 작업에 들어갔다면 믿으시겠습니까.

이번 권에서 다룬 동화는 까마귀와 관련된 꽤나 유명한 이야기입니다. 허영심 많은 까마귀라고 알려져 있죠. 어렸을 때 한 번쯤은 읽어 보셨을 거라 생각합니다. 예뻐 보이고 싶어서, 자신을 뽐내고 싶어서, 왕이 되고 싶어서 다른 새들의 깃털로 자신을 치장한 허영심 가득한, 하지만 불쌍해지는 까마귀의 이야기를요. 치이를 등장시켰을 때부터 이 이야기는 계속해서 생각해 두고 있었습니다. 까치하면 까마귀, 까마귀하면 까치니까요.

동화에서 까마귀가 한 행동은 잘못된 거였습니다. 하지만 저는 문제를 그 이전에 두고 싶었습니다. 옛날이야기에 그런 걸 따지는 것 자체가 우습기는 하지만 사물을 삐딱선을 타고 보는 게 습관이 된 저한테는 어쩔 수 없더군요. 저는 가장 아름다운 새를 뽑는다는 것 자체에서 까마귀를 일부러 제물로 잡기 위해서라는 악의를 느꼈습니다. 까마귀의 그 검은 모습을 보고 멋지다! 뭔가 있어 보인다! 고귀해 보인다! 라고 생각하는 분들은 많을지 몰라도 귀여워! 사랑스러워! 아름다워! 라고 생각하시는 분들은, 고정관념상이라도, 없으니까요. 그러니까 새들 중에서 가장 아름다운 새를 뽑는다는 것 자체가 까마귀를 목표로 노린 악의의 산물이라는 겁니다.

……음모론자 같군요. 이 모든 것은 스즈미야 어쩌구의 음모입니다.

어쨌든, 그런 생각이 꼬리에 꼬리를 물다 보니 이런 글이 나오게 되었습니다. 이건 마치 빵 만들 재료를 주니 국수를 만들어 버린 것 같지만 나름대로 만족합니다. 일단 책이 나오게 되었으니까요.

다른 이야기로 넘어가서.

저는 모든 문제를 정신론, 근성론으로 해결해 나가는 것을 싫어합니다. 힘들어하는 사람에게 "그건 네가 근성이 없어서 그런 거야."라고 말하거나, 실패해 주저앉은 사람에게 "그건 네 노력이 부족해서 그런 거야."라는 식으로 말하는 걸 말이죠. 저는 그런 말을 하는 사람은 자기가 축복받은 환경에 있는 줄도 모르는 사람이 출발점이 다른 사람을 아래로 내려다보며 하는 헛소리라고 생각합니다. 아, 이건 근성도 노력도 안 한 사람을 옹호하는 말이 아닙니다. 제가 말하고 싶은 건 그 환경이 뒷받침되지 않아 실패하고 힘들어하는 사람에게 충고라고 하는 말이 그럴 경우 받아들이는 사람이 얼마나 고깝게 생각하느냐에 대한 이야기입니다. 왜 이런 말을 하냐면 4권을 쓰는 내내 만약 페이와 같은 아이가 현실에 있다면 주위에서 뭐라고 말할까 생각해 보니까, 그런 말을 할 사람들이 많을 것 같아서 그렇습니다. 실제로도 제 주위에 많이 있고요.

이건 어디까지나 제 생각이지만, 상처받아 더러운 진흙탕에 주저앉은 아이에게 필요한 건 그 손을 억지로 잡아 일으켜 세우는 것이 아닌, 자신이 더러워진다 해도 그 옆에 앉아 같이 있어 주고 상처를 쓰다듬어 주며, 그 아이의 상처가 아물고 혼자 일어날 수 있는 힘이 생겼을 때 그 손을 잡고 반걸음 앞서 걸어가 줄 수 있는 어른이 아닐까요.

저는 누군가가 자신의 괴로움을 토로할 때는 이야기를 듣고 공감해 주기를 바라는 것이지 자신의 생각을 절대적인 해결책인 듯 말하고 거기에 따르라는 말을 듣고 싶은 것이 아니라고 생각합니다. 물론 자신의 괴로움과 문제를 진심으로 걱정해 주며 생각해 주는 그런 사람이 주위에 있다면 감사한 겁니다. 인생 제대로 사신 겁니다. 하지만, 그건 그 사람의 귀가 열려 있을 때, 자신의 괴로움을 어느 정도 이겨 낼 수 있는 힘이 있을 때의 이야기입니다. 힘들어 죽겠는데, 울고 싶은데, 이대로 모든 것을 끝내고 싶을 때는 옆에서 아무리 좋은 말을 해 준다 해도 귀에 들어오지 않습니다.

치이는 그 힘이 있었고, 페이는 없었습니다. 치이는 강한 아이니까요. 그에 비해 페이는 약한 아이입니다.

다른 이야기로.

물리적 피해를 주는 것에는 민감하지만 정신적 피해에는 무감각한 분들이 많습니다. 작중의 성훈이 큰 충격을 받은 것을 이상하다 여기시는 분들께서는 그런 측면에서 바라봐 주시면 감사하겠습니다. 성훈이는 그런 쪽에 상당히 민감한 아이니까요. 그 책임이 성훈에게만 있는 것은 아니지만 원래 어른이란 아이의 실수까지 자신이 책임져야 하는 법입니다. 책임을 질 줄도 모르는 사람이 어른이 되어 자식을 키우며, 아이의 실수를 "아이니까."라는 말로 책임지는 것을 회피하는 것을 보면 많은 생각을 하게 됩니다. 그것은 아이를 위한 면죄부이지, 어른을 위한 면죄부가 아닙니다.

이상하죠? 이런 후기. 저도 그렇게 생각합니다. 참고로 저는 지금까지 후기를 적을 때와 정신 상태가 별반 다를 게 없습니다. 주위에도 아무런 문제없습니다. 혹시나 걱정하실까 봐 하는 이야기입니다.

"이상하느니라." "안 어울려." "저 사람 왜 저러는 거예요?" [약 먹었어.] "사람은 죽기 전에 뭔가 달라진다 하지만 사람이 아니니 해당사항이 없습니다." "저 졸려요……."

　이런 반응을 보이시는 것이 제 소망입니다.

　그런 의미에서 지금부터 감사의 인사 전까지는 농담입니다.

　저는 책이 나올 때마다 인터넷에서 검색을 해 봅니다. 이런 게 안 좋다는 건 알고, 충고도 많이 받았습니다. 하지만 저는 고등학생 때도 공부 안 하면 좋은 대학에 못 간다는 말을 들었습니다. 그걸 흘려보내고 고생했는데 지금 보니 발전한 게 없군요. 그래서 고생하고 있습니다. 그렇다고 죽을 때까지 고생하기는 싫으니 고치고 있습니다. 스캔본 찾을 일이 사라지면 그만둘 수도 있겠죠.

　어쨌든, 가끔 수위가 너무 높다고 하시는 분들이 계시더군요. 제 나름대로 야하지 않게, 이 정도면 눈살 찌푸리지 않고 읽으실 수 있겠지~라는 생각으로 썼기 때문에 조금 충격이었습니다. 그래서 다음 권은

야하게 썼습니다.

　이상한 게 아닙니다. 야하지 않게 노력했는데 야하다면 처음부터 야하도록 쓰면 야하지 않게 될 거라는 생각이었습니다. 그 결과는 5권의 처음부터 나올 겁니다. 궁금하시면 사 주세요. 1권 때부터 벼르고 벼른 장면이 나옵니다. 그런데 내년이네요.

작년 12월에 1권이 나오고 11월에 4권. 실질적으로는 5권이 나왔습니다. 개인적인 목표를 달성해서 기쁩니다. 이런 추세로 내년까지만 열심히 하면 다시 새해를 맞이하기 전에 끝나지 않을까요? ……라는 생각을 하고 있지만 그건 판매고가 결정해 주겠죠.

이런 이야기는 숨겨야 하는 거 아니냐고요? 고전 명작인 '죄와 벌'도 도박 빚을 갚기 위해서 썼다는 소문도 있는데요, 뭘.

거기다 아시다시피 전 1권부터 끝내고 싶다고 노래를 불렀던 놈입니다. 작가 대담에서 한 말은 거짓말입니다. 지금은 아니지만요, 그거 말이죠. 단, 언제 끝나도 독자 분들께서 만족하실 수 있는 마지막 권을 보여 드리겠다는, 제 역량상 지키기 힘든 약속은 하겠습니다. 걱정하지 마시고 재미있을 때까지만 사 주세요. 시리즈물은 재미없어지면 그만 읽는 겁니다. 저도 그래요. 재미가 없어지면 그건 제 책임이니까, 부패한 정치인을 투표로 심판하는 것처럼 저를 판매고로 심판해 주세요. 이렇게 말하니까 꼭 작가가 부업인 사람 같죠? 다른 일이 있는 것 같죠? 하지만 저는 전업 작가입니다. 그러니까 더욱더 그런 식으로 강하게 키워 주세요. 그래야 평생 글 쓰면서 먹고 살 수 있습니다.

조금은 심각한 분위기로 쓰려고 했던 후기도 이것으로 끝났습니다.

마지막으로 제 이야기를 계속 들어주시는 독자님들과 제 책이 계속 나올 수 있도록 힘들게 도와주고 계시는 편집부의 직원 분들, 아이들을(이 괄호 안에는 말로는 표현하지 못할 격한 감정의 표현이 들어갑니다) 그려 주신 영인 님. 언제까지나 건강하시길 바라는 아버지, 자식 걱정에 고생하시는 어머니. 동생 정신줄 잡아 주시는 데 힘써 주시는 형님. 이 모든 분들께 감사드립니다.

아. 그리고 친구들아. 너희들이 이 후기를 읽는다면 밥 먹으러 가고 싶은 곳을 말해라. 단, 11월 4일까지다. 그 이후에는 안 사 줘. 흥이다.

이상, SAN 수치가 낮아 보이는 후기를 읽어 주셔서 감사합니다.

◆ 본 작품의 의견, 감상을 기다리고 있습니다 ◆

보내실 곳_

서울시 마포구 망원동 485-37 연세빌딩 6층
우편번호 121-230 디앤씨미디어 시드노벨 편집부

카넬 작가님 앞
영인 작가님 앞

카넬 시드노벨 저작 리스트

『나와 호랑이님』 4
『나와 호랑이님』 3.5
『나와 호랑이님』 3
『나와 호랑이님』 2
『나와 호랑이님』

나와 호랑이님 4

1판 1쇄 발행 2011년 11월 1일
1판 16쇄 발행 2020년 1월 20일

지은이_ 카넬
발행인_ 신현호
편집장_ 이환진
책임편집_ 유석희
편집_ 유석희 송영규 이호훈
편집디자인_ 한방울
국제업무_ 정아라 함려나 전은지
영업·관리_ 김민원 조은걸 조인희

펴낸곳_ ㈜ 디앤씨미디어
등록_ 2002년 4월 25일 제20-260호
주소_ 서울시 구로구 디지털로 26길 111 JnK디지털타워 503호
전화_ 02-333-2513(대표)
팩시밀리_ 02-333-2514
E-mail_ seed_dnc@dncmedia.co.kr
홈페이지_ www.seednovel.com

값 6,800원

ⓒ카넬, 2011

ISBN 978-89-267-8095-4 04810
ISBN 978-89-267-8052-7 (세트)

2011년 시드노벨 공모전 제3기 본격 개막!

라이트 노벨 작가로서 꿈을 지닌
많은 분들의 응모 바랍니다.

◇ 2011년 제3기 공모전 진행일정 ◇

원고접수 : 9.16~11.21까지

예선심사 : 12월 말까지

결과발표 : 2012년 1월중

자세한 사항은 홈페이지를 참조해주세요.

http://www.seednovel.com